长篇人物传记

姚明
传奇

沈世豪 著

厦门大学出版社　国家一级出版社
XIAMEN UNIVERSITY PRESS　全国百佳图书出版单位

图书在版编目(CIP)数据

姚明传奇/沈世豪著.—厦门:厦门大学出版社,2016.6(2024.11 重印)
ISBN 978-7-5615-6077-8

Ⅰ.①姚…　Ⅱ.①沈…　Ⅲ.①传记文学-中国-当代　Ⅳ.①I25

中国版本图书馆 CIP 数据核字(2016)第 115540 号

责任编辑	王鹭鹏
美术编辑	李夏凌
电脑制作	张雨秋
技术编辑	许克华

出版发行　厦门大学出版社

社　　　址	厦门市软件园二期望海路 39 号
邮政编码	361008
总 编 办	0592-2182177　0592-2181253(传真)
营销中心	0592-2184458　0592-2181365
网　　　址	http://www.xmupress.com
邮　　　箱	xmupress@126.com
印　　　刷	厦门金明杰科技发展有限公司

开本	787mm×1092mm　1/16
印张	22
插页	2
字数	316 千字
版次	2016 年 6 月第 1 版
印次	2024 年 11 月第 3 次印刷
定价	68.00 元

本书如有印装质量问题请直接寄承印厂调换

厦门大学出版社
微信二维码

厦门大学出版社
微博二维码

姚 明

姚明，福建省莆田市涵江人，1966年6月22日出生。父亲是军人，从小在军营长大。1985年考入厦门大学经济学院企业管理系企业管理专业，1989年7月本科毕业。1998年于莆田创办雅美织带饰品有限公司。2004年，于厦门创办姚明织带饰品有限公司，任公司董事长。专业从事涤纶织带系列产品生产，仅仅十年，姚明织带就成为全球最大的织带制造商。2009年，应美国商务部"反倾销、反补贴"联合调查，全国涉事企业多，只有"姚明织带"应诉，完美胜出。姚明和他的"丝带王国"因而独领风骚，饮誉中外。

姚明的人生，具有强烈的传奇色彩。他不走传统产业的道路，而是立足于面向风云突变的世界市场，以脚踏实地却又敢于创新、激流勇进的精神，探索出一条全新的办现代化企业的道路。2014年，他在同行中率先走出国门，在印度办厂取得成功，成为中国海关第一个"出境加工手册"试点企业，为践行"一带一路"倡议做出开拓性的重大贡献。姚明强烈的敢为人先的创新精神和丰富经验，具有典范性和启迪性。

2010年，姚明获福建十大经济风云人物、厦门十大影响力人物荣誉；2012年，获"影响中国的厦门十大商界领袖""厦门特区建设30周年（1981—2011）厦门商界十大风云人物"荣誉；2013年，获"第六届中国管理模式杰出奖"之"杰出领导力奖"，为全国唯一获奖者；2015年，姚明获《世界经理人》"中国十大管理实践"之"卓越运营奖"。此外，姚明还获得"全国优秀企业家""福建省五一劳动奖章""厦门打工者最信赖十佳雇主"等二十多项荣誉。姚明所带领的姚明织带饰品有限公司获得"中国优秀企业"称号，2010、2011、2012年度厦门市最具成长性中小企业，厦门经济十大影响品牌，全国中小企业生产经营运行监测厦门样板企业，厦门150家重点工业企业，国家工信部工业化与信息化"两化融合"试点企业，福建省和谐企业，福建省名牌产品，福建省著名商标等十多项殊荣。

2016年，姚明再次获厦门"厦门打工者最信赖十佳雇主"称号，并获"闽善2016·民间慈善榜年度人物"奖，还是福建省"2016年度魅力老板"厦门唯一的当选人。姚明的社会兼职有厦门大学厦门校友会会长、厦门理工大学校董、厦门市工商联副主席、厦门海西商界理事会会长、莆田市姚氏宗亲会会长、厦门市莆田商会创会会长、厦门大学EDP校友会名誉会长、莆田一中校友总会名誉会长、福建省大学生创业扶持促进会名誉会长、厦门市大学生创业促进会名誉会长、厦门市众创空间产业协会名誉会长、厦门市纺织服装同业商会名誉会长、正和岛福建岛邻机构执行主席，多达二十多项。

序

九十五年前，陈嘉庚先生怀抱教育救国、实业强国的理念创办厦门大学，创校之初就设立了两个学科，一个是师范，一个是商科。被誉为"南方之强"的厦门大学，近百年来人才辈出，其中最耀眼的群体就是蜚声海内外的商科人才，他们遍布海内海外、各行各业，他们身处不同年代、不同岗位，但都抱着强国富国的追求和理想，为之做出杰出贡献。姚明校友就是这个群体中的一个佼佼者。

姚明1989年毕业于厦大经济学院企管系，在厦大学习四年，品学兼优，按照常路，他可以选择进机关、去国企或其他更为安逸、舒适并有前途的好单位，但他没有选择这些，而是默默地走上一条白手起家自己创业的艰辛之路。他做的是并不起眼的丝带，历经十年奋斗、拼搏，一路披荆斩棘、冲锋陷阵、攀登不已，居然做到这个领域的世界第一，成就了一番令人赞叹的事业。小小的丝带，牵动全球业界的目光，开创"姚明丝生活"的全新时代！真可谓是一个奇迹。在这个以实现中华民族伟大复兴的中国梦为主旋律的时代，姚明的人生，尤其是他的创业之路，显然远远超出个人的范畴，而具有典范或者榜样的意义。

姚明最值得称道的是什么？是精神，用他自己的话来说，就是专注、坚持到极致。个人创业真的是很不容易呀！姚明既没有什么靠山，也没有什么雄厚的资金，更没有三头六臂，就是凭一股创业的精神和激情，投身时代的激流之中，起步维艰而终将事业逐步做大。进入世界市场之后，面临的困难和挑战更是出乎他自己和人们的意料，包括美国商务部强加于他的"反补贴、反倾销"调查。在这场决定企业生死存亡的挑战面前，姚明并不退却，而是在政府有关部门的鼎力支持和帮助下，积极应诉，终于完美胜出，谱写了一曲足以让中华儿女扬眉吐气的正气歌！一个著名的企业家一针见血地指出，中国的企业往往并不缺乏资金，甚至，在一定程度上，也并不缺乏人才，最缺乏的是精神！是的，在改革开放的浩荡潮流里，下海经商的人何其多，但成功率并不高，尤其是民营企业，下海后"活"着回来的更少。原因有多方面，时机不好、体制不顺、环境不佳，等等。但是，企业家缺乏应有的企业精神，是极为重要的因素。对于"姚明精神"，沈世豪教授进行过总结：从企业的发展看，立足本土，敢于突破常规，与时俱进，不断创造，走最适合自己实际情况道路的创新精神；从时代的视角看，跻身国际竞争，不畏强手，敢于维护自身的权益，面对挑战，傲然自立于世界舞台的担当精神；从科技范畴看，不断采用现代化最新技术，精益求精，全力走科技创新之路的科学精神；从人格魅力看，专注、坚韧、坚持到极致的持之以恒精神。我还想加上的一条，从个人品格上看，姚明有很深的感恩情怀。他不忘每一个帮助过自己的人，当他有能力的时候，他也极其愿意帮助他人。他从厦大走出，始终不忘母校的培育之恩，在事业有成之后，更是以校主陈嘉庚为榜样，尽己所能支持母校的建设与发展，热心捐款、捐物，等等。

有智者云，"小人物可有大精神"，我很赞同这句话。沈世豪教授所著《姚明传奇》正是这样一部写"小人物"大精神的好书。作者用他那特有的浓郁细腻优美的散文笔调描绘一个"小人物"具有传奇色彩的创业之路，挖掘出姚明身上极具时代特色的大精神。这确实是一本鼓励人们向上向善的好书。

特为之序！

2016年5月29日

（序者为厦门大学校长、厦门大学校友总会理事长、厦门大学教授）

目 录

姚明
传奇

姚明
传奇

小引

小小寰球，从来没有像今天这样让人们为之振奋、激动、惶恐、不安。风云际会，中华民族的迅速崛起，成为21世纪举世瞩目的灿烂风景。

中国走向世界，世界走进中国。全球化浪潮，势不可挡！

姚明在如此壮阔的世界舞台闪亮登场。

他手握柔美多彩的涤纶丝带，轻轻一抖，便牵动了烽烟滚滚的世界市场，甚至牵动颇有霸主地位的美国人过敏的神经，于是，2009年，美国对中国输美窄幅织带产品发起一场惊心动魄的"双反"之战，"姚明织带"系中国大陆唯一的应诉企业，但完美胜出，以独享零关税的资格，进军美国市场，大踏步走进世界100多个国家和地区。姚明和他的"丝带王国"，独领风骚、饮誉中外。

姚明传奇无愧是时代的缩影乃至经典。

他是儒商，一个洋溢着强烈时代精神和具有鲜明个性的现代儒商。

他是怎样走过来的？人生如书，让我们沿着他和"姚明织带"的足迹，走进跌宕起伏、异彩纷呈、风光无限的天地。

第一章

初出茅庐

世界很大，满目生辉，令人眼花缭乱，可以给你选择的人生道路似乎也很宽广，然而，你或许可以发现，在人生道路的选择上，慷慨的上帝却十分吝啬乃至苛刻，最适合你的道路，往往只有一条。因此，随心而动，坚定不移地走自己的路，虽然可能如《西游记》中的唐僧西天取经一样，要历经九九八十一难，但幸福和成功总是钟情于你的。

走好第一步，太重要了！

YaoMing
Legend

姚明传奇

小试牛刀

姚明是幸运的。

1985年9月，他以优异的成绩考进厦门大学经济学院企业管理系企业管理专业。这位从全国百强中学莆田一中走出的年轻人，19岁，风华正茂，文静，儒雅，一米七的个头，洋溢着英姿勃勃的青春气息。方方正正的一张脸，温润、俊朗，给人宽厚、亲和、谦逊之感。凤慧的前额，稍高，展现出睿智的风采。正是被激情、理想点燃生命异彩的年龄，世界和未来都向他绽开灿烂的微笑。

一脚踏进被誉为"南方之强"的校园，他立即被校园的奇秀风光陶醉了。

厦门大学真美哟！

厦门，名闻遐迩的海上花园；厦大，便是独具神韵的飞来的园中园。

校园依山面海。五老峰，仿佛是天外飞来的围墙，凝神细看，恰似五个老人从云头飘落：或抱膝打坐，或仰卧歇息，或捋须长吟，或低首回眸，或倜傥高歌。任天风海涛不绝于耳，五个老人似乎已经参透人生，从天外世界超然降临这片土地。不辞迢迢万里，是前来倾听莘莘学子琅琅的读书声吗？

门前一片海，是厦大的骄傲，也是厦大的灵魂。它，从天外携来万顷波涛，深情地把厦大揽在自己的怀里。到过厦大求学的人们，无论命运把他们抛到哪里，一颗痴迷的心，总是系着这片大海。水天一色，淘尽了人生的悲欢离合，也融尽了他们对母校海一样的深情。中国，拥有大海的大学屈指可数，而厦大拥有的大海，不仅系着如孤舟涌动于碧波之中正在等待回归的台湾，而且通往更为广阔的浩浩渺渺的太平洋。

姚明宿舍在芙蓉（二），大一在126室，大二搬到326室。这是校主陈嘉庚先生亲自设计和督建的建筑。中式的大屋顶，一色深绿的琉璃瓦，西式的廊柱，红墙，回廊，飘溢着浓郁的传统和现代交织的风采，人们调侃为"穿西装，戴斗笠"。中西合璧的嘉庚式建筑，是厦大的特殊标志，也是陈嘉庚先生留下的永恒的纪念。芙蓉（二）宿舍门前，20世纪60年代，曾经是农场，专门种菜，供应厦大食堂。后来，改为芙蓉湖，碧水如画。湖畔，满目皆绿，全是树。漫步其中，你会惊讶地发现：除了厦门最常见的花开时如火如荼的凤凰树，还有许多极富异国风情的植物。菲律宾的巨型油棕，远渡重洋，飞到这里来了。马来西亚的芒果，带着海上明珠的浪漫，飞到这里来了。缅甸的槟榔、印度的菩提，带着佛国氤氲香韵，飞到这里来了。千年古榕，飞越苍茫的岁月烟云，在这里落户。百年银桦，消融时光的苦涩，抖擞精神，正准备书写明丽的新篇。柔情依依的锦竹、伟岸潇洒的小叶桉、絮语声声的相思树、燃遍半边天的木棉，都带着独特的个性和渴望，编织着生命的乐章。

环境是一本大书，是校园文化的形象雕塑。以"自强不息，止于至善"为校训的厦门大学，文化沉淀十分深厚。切不要低估开放、雄奇、绚丽的校园环境，对莘莘学子的熏陶、濡染、净化之力。千姿百态，美不胜收，那是飘飞的音符，声声落在学子的心田里。回首姚明走过的传奇之路，都可以在厦大的校园中寻觅到如神奇密码般的脚印。

姚明爱读书。他就读的经济学院（现拆分为经济学院和管理学院）有厦门大学的优势学科和支柱性学科，从1921年厦大创办商学部算起，有90多年的历史。由我国著名经济学家、教育家、社会活动家、厦大前校长王亚南先生亲自领衔创建的"中国经济学"，已经成为在国内外具有深刻影响的博大精深的学术殿堂。学院群贤毕至，声名如雷贯耳的专家、学者云集，名师出高徒，有幸在这样的高校和专业中学习、深造，姚明深感荣幸之余，更是百倍努力。

书本知识如潺潺清泉，滋润着姚明的心田。书山巍巍，品不尽的瑰丽风光；学海无涯，看不够的流光溢彩！姚明与众不同，他除了认真钻研学问以外，在积累了相当的理论知识以后，更渴望将理论运用于实践。读书是学习，使用则是更重要的学习。学习理论和学习社会，后者更为重要。

苦苦地修炼一身功夫，谁不想一试牛刀？

机会终于来了。

1988年，姚明已经读大学四年级了。其时，中国改革开放大潮滚滚奔涌，改革开放的总设计师邓小平确定的以经济建设为中心的决策，迅速地改变了中国面貌，如神话般崛起的中国令全世界刮目相看。存在决定意识，人们的思想、观念在这一大潮中，更是发生千秋大裂变！有人惊呼传统大厦摇摇欲坠甚至出现崩溃的危机，也有人举手加额，欢呼现代思潮的汹涌澎湃、闪电惊雷！

种种迹象表明，大变革将带来大动荡。机遇和挑战总是如孪生兄弟，呼啸前行。

厦门大学的办学思想是开放的、现代的。当轰然而至的经济大潮无情地冲决传统办学大门的时候，校方允许并鼓励学生以勤工俭学的方式参与经济活动。

敏锐而善于接受全新思潮的学子，摩拳擦掌，几乎个个都想在经济大潮中一试身手。尤其是经济学院的学生，他们对经济的敏感更是不同凡响。

然而，毕竟是羽毛未丰的学子，他们一无资本，二无经验，更没有广泛的人脉乃至经商的背景，因此，只能做点家教，或者倒卖点手表、服装、鞋袜，摆摆小摊等，做小生意，成不了什么气候。

此时，肚子里装满经济大师们高谈阔论的姚明想到什么呢？

他不走同学们走过的老路，书生经商，他首先想到的是书。他的思维方式与众不同：一般人看来，厦大是书山墨海，藏书达230万册之多的图书馆，还有像模像样的新华书店，学子们要想看书实在太容易了。姚明的睿智之处就在于，他敏锐地发现，厦大虽然书多，但新出的图书，尤其是热销和年轻人特别喜欢读的书却很有限。例如，当时最为流行的琼瑶、三毛的爱情小说，金庸、古龙、梁羽生等人的武侠小说，还有借改革开放大潮涌入中国的最新外国小说，尤其是有争议的外国经典文学作品，在堂皇的学校图书馆里是见不到踪影的。因为，在大学图书馆，即使购买这些图书，上架也需不少时日。姚明正是透过表面现象，发现其中蕴含的巨大商机。独辟蹊径，善于发现是创意的前提，精彩的创意是什么？震撼！

姚明决定做租书的生意。

他是很注意细节的，他的父亲是军人，做事向来严谨，一板一眼，在事情还没有眉目的时候，他不想因此事让父亲忧虑。于是，他向十分了解和信任他的叔叔悄悄地借了500元钱作为资本，购买了当时学校图书馆借不到而同学们又十分喜欢的新书，有琼瑶、金庸、梁羽生、古龙等被热捧的新作，也有不少外国最新涌进中国的经典作品。租一本书，一天只需三毛钱。

厦大有个叫"三家村"的地方，有幢米黄色的小楼，门前是个小广场。原来是学校团委、学生会、武装部三家所在地，因此，得了这个雅号。后来，和"文革"时期极为出名的"三家村"，即由作家邓拓、吴晗、廖沫沙三人以"三家村"名义出的杂文连载，正好同名，于是，声名鹊起。三位著名作家的"三家村"被疯狂的人们批倒在地，还被踩上一只脚，写"三家村"的三位作家更是被残酷迫害，邓拓、吴晗死于非命，只剩下廖沫沙一人带着累累伤痕留在人世。厦大的"三家村"因此谐名而成为最为醒目的热点之地。这里是校园中心，处处是养眼的绿树鲜花，风景秀丽，而且人来人往，很是热闹。

姚明选择在"三家村"这一黄金之地摆摊租书，他的书摊叫"白鹭书社"。

他请了几位要好的同学帮忙。虽是小小的摆摊，但却是他从书斋走向商场、从学生变为经商者的开端，忐忑、新奇、激动，一种从未体验过的感觉顷刻从心头涌起，从迎向他的一张张脸庞和目光中，他读到一个丰富的世界。绝大多数人向他投以惊喜、赞誉的眼神，心细的他，也发现，偶尔，如一丝冷风掠过，也有怀疑甚至鄙夷的眼神落在他的面前。

他始终微笑着，用敦厚、真诚迎接他的一批批"上帝"。

学生经商，当时还是新鲜事。姚明此举，立即轰动校园。不得不赞叹他独特的创意，他的书很快就征服闻讯而来的"上帝"们，无论是美女还是帅哥，都在他的书摊前留住脚步。这些在图书馆和一般书店看不到的新书，如磁石，深深吸引着喜欢读书的人们。

首战告捷。姚明书摊上的书很快被租光。姚明满脸是笑，他第一次收获到成功的喜悦。那是令人沉醉的美酒，那是令人神思飞越的乐曲。俗世的人们往往以为经商仅是赚钱，身在其中的人们才能够体味到，不光是赚钱，更让人欣喜的是感受到金秋的璀璨和厚重！

姚明把每天租书的收入用于购买更多的新书，这样书的册数不断增加。经济学课本上的抽象理论，此时化为伸手可触的阳光、春风、雨露，实践

姚明
传奇

之树常青，的确是颠扑不破的真理。姚明用滚雪球的办法，利用厦大这块风水宝地，把租书生意做得风生水起，有声有色！

旗开得胜！

他的生意越做越大。"三家村"前"白鹭书社"的书摊，热闹非凡。显然，姚明已经有了一批追逐他的热情粉丝，他们几乎每天都来捧场，看到喜欢的新书上市，立即租走。姚明的宿舍已经放不下日益增多的书，他特地在芙蓉（五）租了一间房子，用来放书和日常租书之用。同样门庭若市。

他是善于开发市场的，租书业务最兴盛的时候，他还请来弟弟姚忠帮忙。姚忠当时在莆田念高中，学校正好放假，姚忠看到租书生意如此之火，非常高兴。兄弟俩联手，在芙蓉（二）的走廊靠墙一侧，摆下书摊，这一新开的"门面"，同样门庭若市。

虽然，每本书一天的租金只有三角钱，但因为书越来越多，生意最好的时候，姚明计算过，每月的纯收入有1000多元。1988年，当时一般老师月工资只有100多元，姚明显然是学生中腰包鼓鼓的"大款"了。他不小气，对前来帮忙的同学，同样付予较高的报酬。

小试牛刀，姚明的成功，居然轰动校园。他收获的不仅是钱，更重要的是经商的感悟——那是一个情趣无穷的世界，如登山，沿着崎岖的小径，却可以领略群峰千仞、蔽日嵯峨；如观海，可领略曹孟德吟唱的"日月之行，若出其中，星汉灿烂，若出其里"之景，何等的壮阔！他之所以选择经商办企业，就是从这里开始的。

世界很大，满目生辉，令人眼花缭乱，可以给你选择的人生道路似乎也很宽广，然而，你或许可以发现，在人生道路的选择上，慷慨的上帝却十分吝啬乃至苛刻，最适合你的道路，往往只有一条。因此，坚定不移地走自己的路，虽然可能如唐僧西天取经一样，要历经九九八十一难，但幸福和成功总是钟情于你的。当时，姚明或许还未领悟到这一深刻的人生哲理，但已经跨出的第一步，为他的未来悄然地确定了坐标。

在"白鹭书社"租书业务蒸蒸日上如日中天的时候，姚明并未预料到，古训所说的月盈而亏，竟然在他毫无思想准备的情况下，突然让他遇上了，

　　有人认为，姚明出租的书中有"禁书"。即使在改革开放的年代，出现这种事情，也并不奇怪。属于社会主义初级阶段的中国，各种错误思潮，也很难在短时期内杜绝。

　　姚明感到无比冤屈，却不知如何申诉；他感到困惑，却不知该向谁去讨教。老师也无法解答他的这些难题。

　　姚明收拾残局，静悄悄地回到熟悉的课堂。收起雄心，继续游走在经济学富丽堂皇的殿堂里。小试牛刀的最大收获，是在他心中播下一颗种子，搏击商界或企业界，这是他人生坚定不移的抉择。

姚明
传奇

走何厝

1989年7月，姚明大学毕业，走出校园。

最美好的青春年华，永远遗落在芙蓉湖畔了。在背起行囊离开厦门大学的时刻，一种莫名的忧伤和惆怅如淡淡的雾，萦绕心头。

此行何去？

去当公务员吗？当时，对许多大学生来说，这是上乘的选择。且不说公务员旱涝保收，而且，在俗世中，你只要有一点小小的权力，人们就要求你，虽不一定如今天揭发出来的"老虎""苍蝇"那样，疯狂地搞权力寻租，但在世人的眼中，你只要进入政府权力层、管理层的官场，你的人生就如进入保险箱，至少衣食无忧，如果运气好，还可以步步高升，实现你梦寐以求的人生价值。

姚明为什么不选择这一年轻人争先恐后追求的理想呢？

姚明在大学里读过马克思的《资本论》，一本比砖头还要厚的马克思主义学说的经典之作，姚明清楚地记得，学富五车的教授说过，马克思发现了资本主义社会剩余价值的奥秘并将它公之于众，这是他的伟大贡献。人们往往忽略了，马克思的《资本论》中还有一个重大的发现，那就是资本的占有和垄断，同样是造成社会贫富悬殊、两极分化的极为重要的原因。马克思主义学说犹如高山大海，太高太深，在中国当一个优秀的公务员，必须通晓这一学说。姚明感觉自己不大适合，因此，对这一选项，他并不考虑。

此外，还有一个原因，姚明感觉到，人贵有自知之明。虽然，厦大校友在厦门政界的很多，姚明想进入政界，并非没有希望。但务实的他，明白自己的短处——他是个实诚之人，天生不会讲奉承话，更鄙夷拍马屁之徒。他太正直，虽然不能议论其时官场的这些弊病，但他本能地认识到，凭他的性格，不适宜因种种原因而造成的官场的特殊氛围。更何况，俗语曰，"朝中无人莫当官"。

已经接受了现代新思想、新思潮的他，虽然并不完全相信这一古训，但他心里很清楚，他的家庭和家族，虽然不乏在政界工作的人，但他们皆如他一样，是正派之辈，他不想麻烦他们因此而徇私情，提携自己。他认为，这样做，对他是一种无法容忍甚至宽容的耻辱。

堂堂七尺男儿，应当仗剑闯天下，坚定不移地走自己的路。

他喜欢实业。大四时候的租书，对他是一次试炼，他相信自己的商业敏感和驾驭商界风云的能力，人们常说，商场如战场，熟读中外经济理论的他，最想做的事情，就是运用这些瑰丽的理论成果，在经济界搏击风云，书写辉煌的篇章。

自20世纪80年代以后，翻天覆地的经济大变革，造就了一批批经济界的弄潮儿，他们一个个粉墨登场，往往黯然退出，昙花一现的戏剧上演得太多了，是文化上的短板所致，还是中国社会变革时期各种思潮、各种社会力量相互冲撞的结果？尚在求学时期的姚明，就认真思考过这一复杂而奇特的社会现象。要想搞实业，当时最保险的是进入大型的国有企业，这种体制内的企业，因为有政府作为坚实的靠山，在激烈的商业竞争中，往往具有特殊的优势。中国什么权力最大，显然，政府的权力最大。厦门不乏航母一样的大型国企，如建发集团、路桥集团，这些集团中还有不少他熟悉的厦大校友，要进这些驰名的国企也不难。但姚明的看法却和人们不大一样，并非瞧不起这些实力雄厚而且可以在商海中进行集团冲锋陷阵的大型国企，而是那行政化、体制化的运作和管理模式，并不适合他的情趣和追求。

姚明崇尚独立自由开拓天地和未来的实业。因此姚明在厦大就读的是当时很热门的企业管理专业，于是，大学毕业后，他青睐当时人们尚不看好却如雨后春笋般崛起的民营企业。

厦门的民营企业虽然比不上温州，但同样十分活跃。最值得注意的是台湾企业。20世纪80年代，随着海峡两岸关系的缓和，一批批台湾企业家越过浅浅的海峡，踏浪而来，到厦门创业。短短时期内，就聚集了3000多家台企，它们是厦门经济界中最为活跃的力量。

虽然，由于种种原因，进入大陆投资的台湾企业，较大规模的几乎都选择苏州、上海、广州等地，留在厦门的大多数是中小企业，但它们带来全新的管理方式和思维模式，企业不大，但却给人焕然一新别开生面的感觉，这正合姚明的个性和追求。万丈高楼平地起，他决定从基层做起，就像刚刚展翅的飞鸟，体味蓝天的浩渺和深邃。

他走进位于厦门何厝村的五强金属工业有限公司，这是由台湾企业家柯文镇创办的生产箱包配件的小企业，主要生产包箱包角的五金配件。柯文镇为人善良、敦厚，他把公司的工厂管理交给厦大科班毕业的姚明。

何厝，可不是寻常之地。

它位于厦门市郊。最让人感兴趣的地方，是可以用肉眼眺望大小金门。站在厦门的胡里山炮台望金门，须待海碧天青的晴朗日子，才能看到大担、二担写意的影儿，深黛色的，依稀是遗落在缥缥渺渺大海中的梦，令人总看得不那么真切。而在何厝，大小金门离你是那么近，岛上的树木葳蕤，楼群点点，逶迤的沙滩上，桅杆依稀可数，一抬脚，仿佛就可以踏上那梦魂牵绕的土地。大金门给人的第一印象是大，它的总面积超过厦门岛，苍然如一艘不沉的巨轮，沉甸甸地停泊在眼帘可及的海面上。正因为如此，在海峡两岸用大炮进行对话的紧张岁月，何厝是真正的前线。震惊中外的"八二三"炮战中，何厝小学的十几位少先队员，主动请战，在纷飞的弹雨中，和前线军民一起，送炮弹，修工事，检修电话线路，抢救伤员，谱写了可歌可泣的篇章。根据他们的事迹改编的电影《英雄小八路》饮誉全国，《中国少年先锋队队歌》就是这部电影的主题歌。历史翻过了一页，如今，台湾海峡风平浪静，两岸"三通"早已实现，每天有二十多班班船来往于金门和厦门之间，同胞的往来已经成为很寻常的事情。"战则两伤，和则双赢"，何厝成为海峡从战争走向和平的最有力的见证。

因此，何厝成为厦门特殊的旅游点，每天游客如云。何厝的百姓当年是出没战火纷飞炮声隆隆战场的英雄，今日则是改革开放勇往直前的尖兵。何厝农民的出租车队，以服务上乘而在厦门享有盛誉。他们盖厂房搞开发区，筑巢引凤，成为台湾企业家落户厦门的首选之地。姚明所在的五强金属工业有限公司就是较早落户在这里的台企。

姚明很喜欢这个地方。这里是厦门郊区，虽没有市区的繁华，但却有着难得的大海之滨的宁静和清丽。人到这里，洗净尘嚣，返璞归真，别有一番韵致。偶有闲暇，一片天籁之中，你尽可以洒脱地卧在温润细软的沙滩上，枕着如歌如诉的波涛，任碧沉沉的海水洗尽劳碌、疲乏、烦恼，甚至不幸；也可以邀上几位知心的老朋友、老同学，到附近的烧烤点，要点烤肉，要点烤鱼等海鲜，沽点啤酒，品尝具有时髦色彩的现代味。不过，姚明向来专心致力于工作，这样惬意的日子很少，对他而言是奢侈的享受。

柯文镇待人和蔼、可亲，毫无老板的派头。姚明亲眼看到，柯文镇对前来该厂打工的人们，十分友好，从来不大声苛责他们。员工出了点差错，他也如兄长一样，和颜悦色地说服和教育。因此，柯文镇在员工中不仅口碑好，而且颇有威望。他对科班出身的姚明更是信任有加，把厂里的大小事都交给姚明处理。

以人为镜，姚明从柯文镇身上学会不少东西。如今，人们常说以人为本，姚明感悟到，要办好一个企业，在思路确定之后，最关键的是人。机器可以购买，技术可以引进，制度可以逐步完善，市场可以寻觅和开拓，但作为企业人员，包括管理层和在一线的操作工，他们的素质、修养、精神面貌等潜在的要素，往往被忽视了。姚明从初出茅庐开始，就认真学好这一课。善于学习和思考的他，从柯文镇身上，学到最宝贵的东西，就是如何做一个能够凝聚人心的优秀企业家。人格魅力，在企业家中，是极为重要的，它的基础是文化。文化是根，文化是心，认真研究一个成功企业家的创业史，都可以从文化上破译其成功的密码。

这家台企的规模不大，只有200多人，产品的技术含量也不高，在实践中，姚明欣喜地发现，普普通通的产品，却连着广阔的市场。厂里生产的产品，全部运往台湾，作为包箱的组成部分。在大学中，他学过系统论。

姚明传奇

他明白，现代企业的发展，已经从根本上颠覆了传统产业封闭性的单门独户作坊式的生产方式，小中见大，牵一发而动全身，主动融入世界性的大市场并力争在其中赢得一席之地，是在激烈竞争中保持不败之地的重要因素。或许，正因为如此，姚明后来从事人们视为很平常的丝带生产，却因为融入世界市场，才演绎出一幕幕精彩的大戏。

世界很大，世界有时又很小。凡尘俗世，一个人要生存和发展，关键是要找准位置。时势可以造英雄，英雄同样可以造时势。

何厝小楼如织，绝大多数是由富裕起来的农民盖的。这座具有浓郁闽南风情的镇区中间，有一幢崩塌了半边的西式小楼，据说是一位远渡重洋的华侨盖的房子，该楼是当年炮战的指挥部，中了80多发炮弹，依然屹立不动。或者，是感念当年厦门儿女坚贞不屈万死不辞的英雄气慨；或者，

是提醒人们珍惜今日和平的来之不易，人们特地把它保存下来作为纪念地。细细观察，弹痕斑驳处，已经长出茸茸的青苔了，任人们慢慢体味其中的悲壮和苍凉。姚明不止一次地站在这座历经炮火的小楼前，钢筋铁骨铮铮，为人、办企业同样应当有如此矢志不移的精神。

洋溢着英雄气概的何厝，寸寸皆有传奇，步步皆有相思。姚明在这里工作了几年，完整地了解和熟知企业运营的全部流程，从订单到生产到销售，一个个环节缺一不可，不能有任何的懈怠。从制定思路到管理到每一个个性不一的员工，企业家都应该着意。尤其是细节，台湾的企业特别注意细节，他们喜欢在车间里张贴一条醒目的标语："细节是魔鬼。"听起来让人心惊肉跳，但细心一想，却有着深刻的道理，不少麻烦，甚至毁灭性的灾难，不就是忽视细节酿成的灾祸吗？

人生道路虽然漫长，但关键的就是那么几步。大学毕业走出校门选择人生就业的道路，应当算是关键的第一步。不得不钦佩姚明睿智的选择，他不是去攀附可以遮阴的大树，用大树底下好乘凉安慰自己，而是选择一片人们未注意到的质朴耕地，精心耕耘，用辛勤的劳作铺垫人生道路的基石。

姚明之长在于思考、思想，他立足现实，勤于观察、分析，他既不是沉迷于烦琐事务中碌碌无为的事务主义者，又不是只会高谈阔论不切实际的空想主义者。理想和现实，是如此和谐地融合在这位初出茅庐的年轻人身上。

姚明喜欢工作，除了工作，他几乎没有什么特殊的爱好，从工作中汲取快乐，从与人相处中感受人生的丰富和乐趣，是他有别于其他企业家的地方。他是属马的，他特别欣赏马的英俊、潇洒和驰骋天下的雄姿，他还发现，马有一个特点——站着睡觉，时刻保持警惕，始终处于履行神圣使命的状态。因此，他总结了一句座右铭——"快乐工作，站着睡觉"，概源于此。

在何厝的短短几年中，他学会的东西很多，从人生的信念、思维方式到企业管理的全部过程以及应有的素养，他都了如指掌。对一个刚走出校门的大学生来说，那是极为难得的训练，甚至磨炼，更是如修炼般的淬火。

他逐渐走向成熟。

姚明深深感谢柯文镇，柯文镇是他走出校门后在实践中遇到的第一个难得的好老师。

柯文镇也深深了解这位气质、思想、抱负不凡的年轻人，他需要姚明，有姚明替他管家，他不仅一身轻松，而且企业越办越好。但善良的柯文镇心里明白，姚明是可以领军的将才，他不能因为自己的私利而耽误这位优秀的年轻人，姚明应当有更广阔的平台，有足以施展才华的大舞台。

忍痛割爱，姚明在柯文镇那里工作几年后，柯文镇主动推荐姚明到好友许荣树办的荣树纺织有限公司工作，这是一家规模不大的丝带花饰厂。

一个全新的机遇向姚明走来。

人生又一关键的一步开始了。

当然，离开柯文镇，姚明恋恋不舍，但他没想到，他会因此和丝带结缘，开启自己人生的辉煌之门。

天道有常，好人多助，命运又一次钟情于他。

丝带情缘

1993年年末，姚明到许荣树那里工作。许荣树的企业是台湾最大的织带厂家。初识许荣树，姚明感觉不错，他也是一位待人和蔼的老板。因为柯文镇和许荣树是老朋友，听了柯文镇对姚明的介绍以后，许荣树很是信任姚明，就把丝带花饰厂的筹建和管理工作全部交给姚明，还特地派姚明到莆田去筹建丝带花饰的外包工厂。

莆田是姚明的家乡，位于中国大陆的东南沿海，这里盛产荔枝，因此又称荔城。美丽多情的木兰溪绕城潺潺流过，自古以来，得誉"文献名邦，武杰辈出"。令海峡两岸甚至世界各地华人崇敬的妈祖娘娘林默娘就出生在这里，莆田的湄洲岛上，年年月月，香烟缭绕。更让天下信众为之惊叹的是，禅宗佛教独具异彩的武林胜地南少林，也位于紧靠城市的九莲山上。少林武术，动若脱兔，神如蛟龙，其风驰电掣之势，惊天动地。冷兵器的时代虽然已经过去，但少林武术表现出来的中华民族有我无敌的大无畏精神和雄心侠胆，依然让人们肃然起敬。

或许，正因为有深厚的文化积淀和面向大海的地域优势，借改革开放的猎猎雄风，昔日以农业经济为主的莆田，发生翻天覆地的巨变。莆田人特别聪明，特别会做生意，人们善意地调侃他们是中国的"犹太人"，他们大阔步地走出莆田，走向全国，走向世界。他们那种敢于拼搏的精神和善于经营的睿智，不仅享誉福建，而且赢得全国同行的尊敬和赞叹。

这是姚明第一次认识丝带这个行业，尤其是当时方兴未艾的涤纶丝带。

涤纶是现代石化产业的副产品。涤纶丝带用百分百涤纶纱线织成，纱线具有密度高、色泽鲜艳、质地细腻光滑、水洗牢度高、不容易掉色、干摩擦强度高、不褪色等优点，而且不含偶氮染料，可通过相关环保检测，能顺利出口到对环保要求严格的欧美市场、日本市场。涤纶丝带一般使用在高档、高端的礼品包装、服装装饰、玩具装扮等上面，它一登场，就得到消费者的喜爱和追捧。

当时，市面上走俏和流行的还是尼龙丝带，尼龙丝带色牢度不高，容易掉色和变形，质地和涤纶丝带相比，立即相形见绌。人是有缘分的，一见到涤纶丝带，姚明就有相见恨晚的感觉。

一根小小的丝带，也能牵起人生，甚至舞动全球吗？

姚明心中，悄然升起绵绵的无边联想。虽然，他并未奢望后来所取得的那样令人惊叹的辉煌，但心中已经渐渐地喜爱上它了。

在筹建涤纶丝带花饰厂的过程中，姚明第一次认识了涤纶丝带做成的花。

用涤纶丝带做花，是工艺，更是神奇的创造。他情不自禁地沉醉在那万紫千红、千姿百态的花海里。

人是爱花的，古诗云"自红无假染，真白不须妆"，花的天然之美，不仅装点我们赖以生存的世界，而且美化着我们的生活。有道是，树象征着人的精神，花好比是人的面容。用涤纶丝带做成的花，不仅可以回避鲜花难以长久保存的缺陷，还可以根据人们的审美情趣，得到不是真花胜似真花的艺术效果。

玫瑰花是花中气质高贵的公主，"鉴湖女侠"秋瑾曾经赞美她"得占春光第一香"，深得人们的钟爱。用涤纶丝带做的玫瑰花饰，让数不清的消费者，尤其是爱美的女士，为之折腰。姚明欣喜地感觉到，涤纶玫瑰花饰种类繁多，琳琅满目，美不胜收，那是艺术的长廊、宫殿，是美的王国！或许，正因为如此，人们才把玫瑰视为爱情的象征。

丝带可以做成三角玫瑰、五角玫瑰、六角玫瑰，有单色、双色，赤、橙、黄、绿、青、蓝、紫，应有尽有，真是看尽天下无颜色哟！而且根据需要，分别可以做成2分、3分、5分、7分、1寸、1寸半等多种规格。市面上曾经风行的茶玫瑰，更是独树一帜。

红花需要绿叶扶，带绿叶的玫瑰因而欣然登场。涤纶丝带做成各种规格的绿叶玫瑰，刚上市就深受消费者的青睐。自然界有多少种玫瑰，心灵手巧的女工们就可以巧夺天工，做出多少种玫瑰。

阵容不凡的玫瑰花系列，令人叹为观止！

温文尔雅、清丽动人的康乃馨，同样是人们的爱物。她有儒雅之美，让人们想起对健康的美好祝愿。因此，送上一朵永不凋谢的康乃馨，或者在服饰以及礼品上别上一朵康乃馨，品位立即提升。

菠萝花、紫荆花、杜鹃花、童心花，还有倾国倾城的牡丹花，自然界有多少花，只要需要，用涤纶丝带就可以制作出多少花。小小的花饰，就这样以最优雅的姿态走到人们的心中。

姚明被丝带花饰的无穷魅力和神奇的诱惑深深吸引住了。在商言商，他不但看到缤纷花海后面潜力无穷的商机，而且深深地感受到丝带温馨、柔美、抒情的迷人神韵。小小的丝带，牵动他的遐想，更牵动他久蕴心中创业的渴望！

丝带的用途实在是太广了，除了做花，借自然界的花卉的慷慨馈赠，幻化出一个美轮美奂的王国，还可以做出十分时尚的手结，有蝴蝶型、束腰蝴蝶型、凤蝶型……还可以做成鱼尾平结、双平结……人们的需要和想象天地有多大，丝带的用途就有多大！

姚明
传奇

小小的丝带，为何会有如此的神通？

道理并不复杂。丝带虽然简单，就像汉字的五种基本笔划——横、竖、撇、点、捺，却可以通过变幻无穷的组合，幻化出神奇的世界。是现代的集成电路，还是古老的密码？丝带有如此之大的用途和前景，道理也是如此。当生活成为艺术，当物质幻出精神，小小的丝带就突破藩篱，成为春天里的繁花绿树，田野上洋溢着希冀的嘉禾，甚至人们心中的梦！

哲学家曾经提出过一个很有意思的数学命题，所有的零连起来并没有什么意义，如果前面加上一个"1"，那就会产生人间奇迹。丝带业和花饰业的神奇组合中，丝带不就是那个可以带来奇迹的"1"吗？简单和复杂，平凡和伟大，就是通过组合，产生如此飞跃式的质变！

姚明坚定地选择丝带，丝带也从此多情地缠上他。

涤纶丝带花饰的制作，从采购商提供的商品样品开始，当然，企业也会根据需要组织相关人员开发新产品。丝带业是典型的劳动密集型的行业，目前尚不能用机器进行大规模的制作。每一朵花都是女工精心制作的成果，涤纶丝带只是原材料而已。培养制作花饰的女工，一般要四个月时间。然而，聪明的台湾老板，却想出一个绝妙的办法。这类企业，除了在厂里培养一批技术熟练而且具有领头作用的女工以外，绝大部分采取外包的办法，即培养当地乡镇或城市的女工，让她们在家中制作，委托一个人代替厂里进行管理，付给一定的报酬。这种"藏工于民"的现代模式，既节省了厂里要养大批工人的开支，又可以按质计件，激励这些女工生产出更多更好的产品。

姚明在莆田筹建的这个丝带花饰厂，厂内只有200多名工人，生意最好的时候，在外面却有2000～3000人。这一以"藏工于民"为主的用工形式，是以前在书本上没有学过的，却发挥了重要的作用。

正因为如此，涤纶花饰这一行业的入门门槛比较低，在莆田、泉州一带，不少农民企业家纷纷仿效，办起这样的企业，业界竞争日益激烈。

每一行业都有短板。善于思索的姚明在实践中发现，涤纶花饰有两个短板。一是原材料，当时，优质的涤纶丝带全靠美国进口，进口的渠道掌握在台湾老板那里。二是订单，订单就是市场，企业没有市场立即就会陷于瘫痪的境地，订单也全部由台湾老板自己控制。和蔼的许老板，精通商界的运行规律，深谙要害。他虽然把筹建和管理的许多权力交给姚明，但关键信息，却不动声色地牢牢掌握在自己的手中。

这才是城府深邃的真正商界高手！

在许老板的麾下，姚明兢兢业业地工作，把新厂办得有声有色。许老板很信任他。人是有成就感的，姚明看到经过自己和同事们的努力，一批批惊艳的花饰运出厂门，走向市场，他感到欣慰。

木兰溪缓缓地流，两岸风光如画。莆田阳光明媚，雨水充沛，土地肥沃，几乎所有的植物都在伸展腰肢，痛痛快快地疯长起来。团团浓绿，就像化不开的云彩。莆田本是水果之城，然而，多年来，水果价格太贱，尤其是

姚明传奇

原来十分有名的荔枝，一斤居然卖不到一元钱，连请人采摘的费用都不够。因此，不少果农干脆不管那些荔枝树了。昔日被称为摇钱树的果树，就这样成为装点木兰溪的风景树。市场经济的这双神秘莫测的手，不知还会导演出何等的戏剧。

姚明站在故乡的土地上。他惊叹改革开放带来的人间巨变，不得不承认，人们现在的确是富裕了，再也不必为衣食等俗事忧愁了，然而，新的矛盾和危机依然不断产生。他是时常有危机感的人，即使是在顺境中，也是如此。这匹"站着睡觉"的"骏马"，此时想的是什么呢？

姚明被丝带紧紧缠绕着，已经无法分开了。他预感到，他的人生将由丝带发轫，并由此牵动尔后人生的万种风情！

已经成熟起来的他，心里当然明白，虽然许老板对他信任有加，但他毕竟只是个管理者，说白一点，同样是个替人打工的角色，只不过相对于那些在第一线的操作工，地位和待遇高一点罢了。

何时能够自己当家作主，叱咤风云，施展才华，如鲲鹏一样搏击云天，书写壮美的人生呢？

他期待着。

独立办厂

老天不负有心人。

1998年，机会终于来了。

故事是由一个美籍华人引发的。他叫威廉·杜，一个中西合璧颇富情趣的名字，60多岁了，幽默风趣，毫无老相，多年在中国做生意，对企业界很是熟悉。一个偶然的机会，姚明认识了他。或许是缘分吧，他很欣赏姚明的朴实、真诚和讲究信誉，和姚明成为了要好的朋友。威廉·杜告诉姚明，他手上每年有几十万元美元的涤纶丝带花饰订单，可以给姚明全力的支持。他鼓励姚明独立出来，自己开办涤纶丝带花饰公司。

一个香喷喷的大烧饼就这样从天上落到姚明的手里。

机不可失，时不再来。姚明可以单飞了。

并非有意背叛许荣树，而是另立门户，作为同行，依然可以和许荣树并肩在行内拼搏。久经商海的许荣树完全理解姚明，翅膀长硬了的雄鹰总是喜欢独自搏击风云，许荣树见多了此类情况，他自己也是这样走过来的。因此，许荣树不但不责怪姚明，反而热情地鼓励姚明独立创业。

姚明有个弟弟，名叫姚忠，两兄弟堪称绝配搭档。姚明在厦大做租书生意时，姚忠还是个高中生，姚明租书生意最好的时候，姚忠曾经赶来帮忙。两兄弟长相有点像，但姚忠稍胖。性格更不

相同。姚明善于思索，爱在办企业的方向、思路上下功夫，也就是在精神上天马行空，摘取飘逸的云彩，欣赏瑰丽的日出和星光万里。姚忠务实，是十分勤勉的实干家，员工称赞他："姚忠在管理上精细、到位，是个可以一直管到垃圾桶的人。"姚明独立办厂，老弟姚忠是他最好的助手。俗语曰"上阵父子兵，打虎亲兄弟"，此话不谬。

姚明把厂址选在位于莆田城厢区华亭镇的华林开发区，此地离他的老家虽然有数十公里，但环境十分优越。原来是一位台湾老板办的鞋模厂，有现成的车间。这位台湾老板还很注意厂区的绿化、美化，特地从台湾引进优质的芒果、龙眼、荔枝、葡萄等果树以及棕榈、槟榔等高档的风景树，把工厂建成环境优美的花园。此外，此地交通便利，厂区门口就是福厦高速公路。姚明虽然不信风水，但从中国传统风水学来论道，风水之说的精髓在于"藏风止水"四个字，这里紧靠木兰溪，莆田人的母亲河就从身旁流过。木兰溪畔，连绵的绿树编织出迷人的画卷，让人心旷神怡。无论站在哪个角度看，都是"藏风止水"的地方。据说，台湾老板刚开始生意不错，后来因为做鞋的生意竞争太激烈，日渐式微，因此收摊，把厂房租给姚明使用。

姚明将公司命名为雅美织带饰品有限公司。

凭借多年在荣树纺织企业有限公司积累下来的经验和建立起来的人脉关系，且有美国朋友威廉•杜的鼎力支持，公司起步很是顺利。当然，小小的麻烦是会有的。

这是一个颇有情趣的小插曲。

姚明记得很清楚，租借这片厂房开始办厂，开业的鞭炮声刚刚响过，就引来了一批本地"罗汉"，这些人肆意闹事，居然不准姚明开张。是忘了拜当地的"地头蛇"，还是忘了烧哪一路的"神仙"的那炷高香？一身书生气的姚明弄不大清楚。姚忠对这种"土鳖"式的讹诈却了然于胸，他毫不客气地前去理论，正告这些蓄意前来闹事的人，同是莆田乡党，姚明兄弟不会理睬这一套。姚忠找到在该镇任领导的亲戚，这个亲戚出面，风波烟消云散。

26

中国人办企业碰到此等怪事，并不算新鲜。

同样是做花饰，以前是替人打工，现在是自己当家做主人，虽然，生产流程以及管理方式和过去没有什么区别，感觉却大不一样了。最突出的感觉是自由多了。看天空，天空特别开阔，观大地，更是秀色连绵，满园春色。书生型的姚明，向来敏感，他从点点滴滴中清晰地感受到作为主人创业的乐趣。

车间里繁花似锦，穿着统一厂服的女工，有年轻的姑娘，也有人到中年的成熟女性，她们都是经过专门培训的骨干。薪酬是计件的，女工们个个全神贯注，悄然无声地沉浸在花海里。在姚明的眼里，花是美的，这些勤奋且巧夺天工的女工更是美的。姚明向来没有老板的架子，他熟悉这些女工，熟悉她们的个性乃至她们的家庭，在他的心里，那是一起创业的姐妹。如花的前程正悄然向姚明绽放出绚丽的异彩。他有当主人的自豪、欣慰，更感受到肩上承担的责任。

姚明很喜欢这个地方。工作多年，他待过不少企业，像如此花园般的

厂区，他还是第一次见到。到福建投资创业的台湾企业家主要选择沿海地区，多数在厦门，但厦门地方小，便有相当多的企业家选择在莆田、泉州、晋江、石狮等商品经济同样发达的地方。来大陆创业的台湾企业家，文化积淀、追求目标乃至情趣不一，但这位曾经在这里办鞋厂的台湾企业家，是一个十分懂得生活且不乏高尚情趣追求的人。他爱花，爱树，懂得营造优美的环境，为自己，也为来到这里打工的人们，营造了宜人的环境。如此有品位的台湾企业家，难得而且值得尊敬。闲暇时节，姚明爱在花园式的厂区漫步，踏着绿树的浓荫，看路旁的鲜花笑脸相迎，此地远离闹市，没有尘嚣，花饰生产又没有噪音，走着，走着，就走进诗一样的境界里。

正因为对这个厂区的倾心钟爱，这位台湾老板提出要卖工厂的时候，姚明破例答应了。姚明一向认为租比买好，或许是他当年在厦大读书时做租书生意形成的理念吧。他专注、执着，但并不保守，购买这个厂区就是如此。购进这片厂区以后，兄弟俩共同努力，把厂区后面的土地也征用过来，开拓出一个60多亩大的宽敞的花园式厂区，里面有湖、小瀑布、农场、果园，还请台湾著名的建筑师在湖边建了一幢浪漫、典雅的小木屋。环境如人，走进这里，恰似走进诗情画意的公园里。

做花饰是体验美、追求美、创造美的事业，需要醉人的环境。有幸到这里打工的人们是美的，有幸成为这里主人的姚明，更是深深感受到美的迷人和诱惑。

福建的窗口是全国首批列入经济特区的厦门，眼界不凡的姚明，虽然留恋莆田的工厂，但他明白，要想掌握最新的信息，驾驭变幻莫测的商界风云，把生意做大、做强，囿于莆田是远远不够的，因此，他采取了一个富有战略眼光的布局，把公司的窗口设在厦门，他亲自在厦门坐镇，莆田的生产业务主要由姚忠负责。

于是，位于厦门金榜公园一侧的金榜大厦，就成为姚明的据点。他组织了一批精干人员，驻扎在这里，主要负责策划、经营销售等工作。

独立办厂的效益开始很不错。除了厂里保持两三百人的规模以外，熟悉故乡情况的姚明和姚忠一起，利用广泛的人脉关系，采用了外包的办法，在厂外组织起2000～3000人的家庭作坊队伍。这些农家或小镇的女工，通过短期的培训，很快就掌握花饰生产的基本技术。论工艺，大多数的花饰品种，技术水准要求并不算高，关键是熟练程度。不出家门就可以打工赚点钱，这种方式很受人们欢迎，尤其是在当时民间有大量剩余劳动力的情况下，姚明的做法实用而且带来双赢。这个花饰厂，生意最好的时候，每月有20多万元的纯利润。

外包女工的培训和管理，由专人负责，姚明也会抽出时间，到这些人家里去看一看，走一走。一是了解这些女工的情况，看有没有需要解决的难题；二是感受这些淳朴乡亲的生活。每一次，都有深深浅浅的收获。

独立办厂开始虽然比较顺利，但始终有忧患意识的姚明，也清醒地看到存在的潜在危机：丝带是进口的，花饰产品是出口的，而且基本按照美国人威廉·杜送来的订单组织生产。虽然是独立办厂，但在原料的来源和产品的销售上，姚明都没有主动权，两者只要有一个方面出现断裂，公司就有可能崩盘。他的预感不幸被证实。

美国人威廉·杜无法继续支持姚明了，订单就是市场，突然没有最为主要的订单来源，等于市场这一最为关键的链条断裂了。这是带有毁灭性的致命袭击，姚明猝不及防。

姚忠慨叹：一切归零了！

姚明传奇

怎么办？

突遇变故，惊骇之后，姚明慢慢地冷静下来，他和姚忠等管理层的干部商量，立即收拢生产规模。好在花饰是按照订单生产的，他们安排好厂里的骨干工人的去处，100多人只留下8个工人。在厦门的火车站附近找了一个住处，招了三四个人专门找销路。开始，他们到邮局寄公司产品的宣传品，寄去200多份，又到邮电局的黄页上找客户，结果都是泥牛入海，杳无音讯。

如大潮退去，面对一时无法摆脱的困境，姚明感到困惑，也感到无奈。市场，企业的生命线。谁赢得市场，谁就赢得现在甚至未来。

真理是朴素的。现实教育了他，也激励了他。

他是个轻易不服输的人，下一步怎么走？寻找市场，他相信，世界之大，不会只有一个威廉·杜。他突然想起西方的一句谚语："当上帝无情地关上了一扇大门，必定会打开一扇明亮的窗户。"

窗户在哪里？

第二章

东山再起

　　人生不如意十之八九，何况是在遭受"归零"的严重挫折之后。一切从头做起，谈何容易！东山再起需要非凡的执着，更需要机遇。机遇总是偶然出现的。世界著名作家巴尔扎克有句名言："偶然是世界最伟大的小说家，若想文思不竭，只要抓住偶然就行。"办企业何尝不是如此呢！

YaoMing
Legend

姚明传奇

路在脚下

要挺过落潮后的困境，并非易事。

丝带花饰遇到如此之大的挫折，姚明也曾经想过经营其他行当。他会做企业策划，和人合开过设计公司，在最没有事情可做的时候，他还曾经承包过一个旅游商场，但都不成功。面对种种诱惑，他的情感深处，依然系着那根美丽多情的涤纶丝带。

那是他多年来无法释怀的一个梦。

人是需要感觉的，并非如流行歌曲唱的那样，处处跟着感觉走，但相信自己的感觉，在发生动摇的时候，感觉却有着特殊的意义和分量。感觉的后面是什么——兴趣，须知，兴趣不仅是入门的先导，而且是幸福之源。幸福的本身就是感觉。思虑再三，他面对的人生抉择，只有一条路——坚定不移地做丝带，他下定了决心。

不就是缺乏订单吗？即使踏破铁鞋，他也要寻找到他心中的太阳、月亮、星星！

姚明和他的弟弟姚忠一起，走出去了。

外面的世界真的很大，很精彩哟！

这是一次寻宝似的远行。姚明的目的很明确，首先就是通过寻找订单建立涤纶丝带花饰的销售市场。他们首站选择中外闻名的浙江义乌。因为义乌是中国大陆六大强县（市）之一，人均收入水平，豪车密度在中国大陆居首位，是中国大陆最富裕的地区之一，在福布斯发布的2013年中国最富有的10个县级市排行榜上排名第一。义乌是全球最大的小商品集散中心，被联合国、世界银行等国际权威机构确定为世界第一大市场。

义乌属金华管辖，原来仅是个县级市，位于浙江省中部，金衢盆地东部，三面群山环抱，风景秀丽，民风淳朴，是一座文化积淀十分深厚的古城。先后孕育出"初唐四杰"之一骆宾王、宋代名将宗泽、金元四大名医之一朱丹溪、现代教育家陈望道、文艺理论家冯雪峰、历史学家吴晗等历史名人。义乌是中国首个也是唯一一个县级市国家级综合改革试点，先后被授予中国国家卫生城市、国家环保模范城市、中国优秀旅游城市、国家园林城市、国家森林城市和浙江省文明示范市等荣誉称号。义乌国际商贸城被中国国家旅游局授予中国首个AAAA级购物旅游区。

这里的小商品真多呀，让人看得眼花缭乱，义乌是个奇迹，但细细思索，你不得不赞叹义乌人敢于拼搏并善于经营的精神。姚明特别留意义乌市场上的丝带商品，令他感到惊讶的是，这里的丝带商品全部是尼龙质地的，没有见到涤纶丝带产品。

这真是一个极为重要并有着特殊价值的"伟大发现"。涤纶丝带最早源于美国和欧洲，一出现就受到消费者的青睐，迅速淘汰占据市场很久的尼龙丝带。中国商品的发展往往比国外慢了半拍甚至一拍，姚明坚信，这一无法阻挡的消费潮流，必将席卷中国的市场。市场是什么？不仅是现实生活中正在流行的商品，更重要的是即将如欢腾的日出那样洋溢着强大生命力并且将以燎原之势成为主流的商品。

跟在别人的后面，亦步亦趋，没有前途，只有抢占先机，先人一步，占据制高点，才真正有市场的话语权。市场，让多少人神魂颠倒梦寐以求的市场，钟情于勇于探索和开拓的弄潮儿。

义乌之行，姚明的收获太大了，他在这里寻觅到开启未来命运的金钥匙。金光闪闪的金钥匙哟！为什么命运唯独钟情于姚明呢？这就是一个企业家思想的力量和目光的锐利之处。

第二站他们选择广州。广州是中国南方的重镇，且不要小看操着一口"鸟语"的广州人，在改革开放大潮中，他们是最没有保守思想而且最能够充分运用政策优势阔步前进的人。世人这样描绘广州人："遇到红灯绕道走，黄灯亮起抢着走，看见绿灯拼命走！"以生猛海鲜驰名的粤菜，几乎征服了天下的食客，而广州在经济、文化、艺术方面的佳绩，同样令人惊叹不已。走进广州，姚明立即感受到这座名城热烘烘的氛围。商家云集的古老的高第街，清朝道光年间许氏家族所建的家庙、戏台、书室、花园，古色古香，雅致非常，曾经鼎盛非凡。如今已历十代，该家族出了不少知名人士，如清代的广州名绅许祥光、民国的粤军总司令许崇智、红军将领许卓、教育家许崇清和鲁迅先生的夫人许广平。而今，不少古屋已损毁另建，但许氏宗祠一带仍留昔日风貌。旧貌换新颜了，曲曲折折的老街，现在成为广州著名的商业街，现代服饰等时髦商品汇成彩色的河流。此地的服装最为新潮，价格也便宜，是到广州的必到之地。广州和义乌不大相同，这里毗邻香港，深得香港这颗璀璨东方之珠的神韵，商品特别具有现代味，也就是说，在时髦、时尚上在全国独领潮流。但让姚明惊讶的是，这里风行的织带商品，主流依然是传统的尼龙丝带产品。

并非上帝也同情姚明，让商业感觉特别敏锐的广州人，故意把大好机遇留给他，而是说明了一个真理——机遇无处不在，就在于你能不能发现它。

激烈的商业竞争中，没有比抢占先机更为重要的事情。那是可以鸟瞰甚至掌控全局的高地，谁抢先占领它，谁就获得主动权。用商业的角度看，那可是真正可遇而不可求的"金娃娃"呀！

姚明心里更有数了，他并不就此满足，而是和姚忠一起，继续前行。

第三站他们启程赶往上海。上海是国际性的大都市，高楼如云。奔腾不息的黄浦江，沉雄、壮阔。迅速崛起的浦东，更是万商云集，饮誉中外。上海不愧是中国的经济中心和商业中心，这里的每一丝风，都飘溢着现代商潮浪花的气息；这里的每一个信息，都传递着世界市场跳动的脉搏与呼吸。姚明预感到，当美国人威廉·杜为他启开的独立办厂的大门关闭以后，他苦苦寻觅的窗户，很可能就在这片热土上。

在上海安顿下来之后，姚明就开始向有关的商家、企业寄送材料。这种最原始的推销产品的老办法，好比是大海捞针，几乎所有办企业的人在创业阶段都做过这样的事情。此种方法效果甚微，因为被用得太广泛了，如今，不仅是厂家，就是一般的消费者，他们每天收到的类似广告的宣传品，不知有多少，人们大都看都不看一眼，就把它们丢进垃圾桶里。

尚未发迹的姚明也经历过如此的尴尬。其时，上海篮球的姚明名声已经如雷贯耳，央视第五频道的体育节目里，经常可以见到这位国际球星精彩绝伦的表演，而从莆田走出的姚明却无人问津，他坚忍不拔地在寻求和探索的道路上跋涉。有志者事竟成，当然，莆田姚明的默默无声，只是暂时的。

空谷终于有回音。姚明首次寄出的上千份材料，如大浪淘沙，现在终于有了回应，他收到四家企业的订单：上海的企业两家，台湾人办的企业一家，新加坡人办的企业一家。

望眼欲穿的太阳，冲破云彩，终于向姚明两兄弟露出美丽的微笑。

虽然，这四家企业订单的数额都不大，然而，这是破冰之旅，让姚明无比振奋。喜悦的姚明，真想痛痛快快地引颈高歌，遗憾的是，他不大会唱歌，办企业的老板一族，进歌厅唱卡拉OK是最为寻常的事情了，连那些原来是泥腿子的农民企业家也会扯开大嗓子，像对着昔日的田野呐喊那样，吼几曲流行歌曲，姚明却缺乏这样的爱好和特长，他只好把喜悦写在脸上，然后藏在心里。

以前被人们称为冒险家乐园的上海，如今，的确是敢于在商潮挥戈跃马的人们的纵横驰骋之地。这片播种希望的沃土，不知培育出多少商界足以顶天立地的大树。

万里征程只是走出第一步，姚明继续寻觅订单。他坚信，上海上海，商机如海，肯定还有更大的鱼儿在深处游弋。

遥远的海面上飘来一叶帆，唐人诗云"何处青楼方凭栏，半江斜日认归人"，人是有缘分的，缘分是什么？机遇。机遇特别钟情那些专注、执着的创业者。

熙熙攘攘的人海中，一个蓝眼睛、红头发的意大利商人向姚明走来。

来自异国的他，看中中国这片不断出现奇迹的土地。他是个颇有眼光的商人。人们往往片面地以为，老外个个都是神秘人物，其实，他们和中国人一样，也在寻找商机，寻找可以合作的伙伴。双赢，是国际畅通无阻的共同语言。

双方相遇完全出于偶然。然而，正如著名作家巴尔扎克所言："偶然是世界上最伟大的小说家，若想文思不竭，只需抓住偶然就行。"姚明不是作家，但他却十分相信偶然带来的神奇效应。

这位意大利商人慷慨地给姚明送来一个20多万元的订单。久旱逢喜雨，何况是让人欣喜欲狂足以淋透大地的一场甘霖！

路在哪里，路在脚下。此时，姚明才深刻体味到中学时读过的鲁迅先生的《故乡》一文中的名言："世界上本没有路，走的人多了，也便成了路。"鲁迅不愧是值得国人永远崇敬的伟大作家。

从处于困境的莆田到不断收获希望的上海，姚明的心境豁然开朗，他相信，还有更大的成功等待着他。他充满自信，和他患难与共的姚忠更是踌躇满志。他们继续在上海辛勤耕耘。

又一喜讯传来。上海一家生产服装辅料的公司"妮娃"，得知姚明的情况，主动找上门来。他们十分欣赏市场上罕见的姚明花饰等涤纶丝带产品，决定采用姚明的产品。这是一家颇有实力的企业，该企业对姚明的鼎力支持，如虎添翼，更是让姚明信心倍增。

上海真是个好地方。虽然，就旅游而言，在上海本地，除了现在已经成为上海名小吃聚集地的古老城隍庙，就没有多少出名的风景名胜，但上海人的精明、细致以及对产品的高尚追求，让姚明深深感受到这座城市深厚而丰富的内涵。上海最出名的是外滩，姚明不止一次在这里漫步。经典的巍然如群峰的西式大楼，虽然历经岁月风雨的洗礼，依然保留着东方大都市永恒的记忆，也象征着如丰碑似的商业风流。看来，要想在中国商界中有所作为，上海是个万万不能轻易忽视和言弃的地方。从一定意义上可以这样说，在中国没有涉足过上海的企业家不是真正的企业家。

捷报频传。

冥冥之中，姚明仿佛和意大利人有特别的缘分。又一个意大利商人向姚明走来。他不仅带来姚明渴望的订单，还带来极为宝贵的商业信息。当时，中国的丝带，95%以上都是尼龙质地的，涤纶丝带在总量中只占5%左

姚明
传奇

右，国外早已是涤纶丝带一统天下。意大利人十分欣赏姚明紧跟国际潮流，开发涤纶产品的创新精神，愿意和姚明联手，把生意做强、做大。

最为头疼并造成姚明原来企业"归零"的订单问题，经过艰苦的努力，终于迎刃而解。原先紧闭的市场大门，一扇扇向姚明启开。里面不仅珍宝无数，对姚明来说，那里有更重要的信心、前景、希望、未来！

又可以甩开膀子，大干一场了！

启动已经关闭的机器，请来已经辞退的工人，请那些曾经在家里打工的姑娘和大嫂们，重操旧业，编织花海，编织一片锦绣的春天。"青枝绿叶何须辨，万卉丛中夺锦标"，姚明开始书写涤纶丝带全新的春秋！

此次外出，尤其是上海之行，姚明满载而归。

他回到莆田。木兰溪依然多情地静静流淌，九莲山满山苍翠，雄风浩荡，天高海阔的湄洲湾更是祥云飘拂，阳光明媚。经过挫折的人更强烈感受到凤凰涅槃的深邃和庄严。

这是一次更为深刻也更让姚明铭记的人生历练，他不仅突破紧紧系着企业生命的订单这一瓶颈，而且走向更为广阔的天地。木兰溪通往博大浩瀚的大海，姚明也真正开始领略国内外商界风云尤其是丝带这一行业的摇曳多姿。

依然不断有新订单向姚明飞来。

有志于从事企业生产，就必须认识世界，也必须让这个世界尽快认识你，了解你。地球很大，地球有时又很小。办企业，实际上是企业家的修炼过程，能不能够得道，靠机遇，更靠执着、真诚、耐心、恒心。

发现"辰峰"

机遇的天平又一次向姚明倾斜。

涤纶丝带花饰的原料涤纶丝带向来需要从美国进口，姚明在荣树纺织有限公司从事管理工作的时候就已是如此。后来独立办厂，涤纶丝带原料也是从美国等地进口。若从美国进口，丝带很贵，运输成本很高，时间又长；若从台湾进口，很多没有现货，要下订单生产，通常起订量要远远超出花饰的需求量。

当时，中国大陆生产涤纶花饰要从美国等地进口涤纶丝带已经成为共识，中国大陆有专门制造高级涤纶丝带的生产厂家吗？对这一问题，喜欢思索的姚明也未认真探究过。习惯成自然，业界同样如此。人的认识往往有误区，越是平常的问题越容易被忽视。

一个很不经意的机会，姚明突然得到消息，天津有家港资企业叫辰峰织带，能够生产高档的涤纶丝带。该厂生产的涤纶丝带主要出口美国，美国再出口到台湾，台湾再出口到大陆。中国土地上生产的涤纶丝带为什么要这样故意绕一个大圈，又回到中国大陆呢？这种浪费人力物力的运行模式，在企业界并不罕见。改革开放的中国，需要不断完善的地方太多。

大喜过望。姚明立即前往天津这家工厂考察。

天津是历史名城，自古因漕运而兴起，明永乐二年（1404）正式筑城，是中国古代唯一有确切建城时间记录的城市。历经600多年，造就了天津中西合璧、古今兼容的独特城市风貌。天津和首都北京近在咫尺，系直辖市、国家中心城市、环渤海地区经济中心，曾获全国先进制造研发基地、北方国际航运核心区、金融创新运营示范区、改革开放先行区等殊荣。天津也是全国为数不多超大城市之一。

寻寻觅觅，姚明终于找到天津辰峰织带有限公司，原来，这是一家港商独资企业，于1995年5月成立，坐落于天津北辰经济开发区内，专业生产涤纶、尼龙系列各种时尚丝带及装饰花产品。公司引进国内外先进的机器设备、高水平生产技术、高品质的原料，可生产各种颜色的以涤纶、尼龙类为原料的单双面缎带、金银葱带、罗纹带、人字纹带、雪纱带等，以及以带类产品深加工制成的丝带花等产品。

　　从制造涤纶丝带到染色工艺，该厂的生产形成一条龙。站在那一排排轰然鸣响的机器旁，看无数如雪的涤纶丝神奇地如瀑布般奔泻而出，然后织出似乎永远也扯不完的丝带。经过染色后，更是幻化出迷人的异彩。对此，姚明感慨万千。南宋著名爱国词人辛弃疾在《青玉案·元夕》一词中曾经吟唱："众里寻他千百度，蓦然回首，那人却在，灯火阑珊处。"这种令人如痴如醉的感觉真好。

踏破铁鞋无觅处，得来全不费工夫。人生难得有如此的幸运。

涤纶丝带的原料来源问题终于顺利解决。购买美国进口的涤纶丝带价格比较昂贵，从天津这家工厂直接购买，就实惠多了。姚明立即和该厂商定，以后直接采用他们的产品。厂方见有企业主动求上门来，当然爽快地答应了。这家港商独资企业的管理人员是精明的，他们摆出一副皇帝女儿不愁嫁的派头，要求姚明必须款到发货。姚明做事向来实诚，讲究信誉，当然立即答应了这一要求。

事情发展到此，好像一切问题都解决了，谁曾料到，以后还会发生波折呢！世界上的事情，真的是很难预料的。恪守信誉的姚明，干脆预先把购买原料的款项，以十万元人民币为基数，提前转到该厂，请求他们按照购买涤纶丝带的数量从款项中扣除，这种信守信誉充分相信对方的做法，在业界是不多的。

问题恰恰就出在这里。

姚明的市场打开以后，如滚雪球，订单不断增加，对丝带的需求量也不断扩大。企业的运转，总是不能做到百分之百的准确，有时，汇到辰峰公司购买丝带的款项不够用，尚缺那么一点钱，辰峰公司就不肯发货，这影响正常的生产。后来了解到，雅美公司的花饰产品销往国外时和辰峰公司的业务产生冲突，辰峰公司有意刁难，不提供涤纶丝带原料。发生多起相关的事件以后，睿智的姚明感觉到，丝带受制于人，很像被别人左右手脚，总是不那么方便。辰峰公司停止丝带供应，公司岂不就像断了血脉，危及生存甚至生命吗？

属马的姚明始终保持高度的警惕，在商界游走多年，在这片烽烟滚滚危机四伏的地方，想立于不败之地，不得不有强烈的忧患意识，要提前做好预防突发事件的准备。当年，美国客商威廉·杜因订单问题给姚明的教训实在是太深了。古语云"登山难，求人更难；春冰薄，人情更薄；悬崖险，人心更险"，听起来虽然暗淡、苍凉，但却是无数人生经验教训的总结。

更重要的是，具有超前意识的姚明，还发现一个更为重要的商机——涤纶丝带取代尼龙丝带的趋势，已经势不可挡。涤纶丝带生产的本身就具有异常广阔的前景。自己生产涤纶丝带，不仅可以满足企业本身的需要，而且可以供应正在转型的国内其他企业，甚至出口。方兴未艾的端倪，预示着辉煌灿烂的未来。想到这里，创业的激情如熊熊的火焰，在姚明胸中燃烧。

极目长空，天开云绽，骏马纵情奔驰的时机已经到来。

办企业需要预见，需要提前量，谁得到先机，谁就能够获得命运的青睐。

一个全景式的宏大构想在姚明的脑海里酝酿着。

他崇尚自由，崇尚骏马驰骋无边草原那样的境界。丝带的制造、染色等工艺，就那么神秘甚至不可攀登吗？别人能够做的，他也应当可以做，甚至做得更好。他大胆地设想，如果公司能够制造丝带，解决染色等一系列的工艺，他带领的公司不仅成为可以独立运行不必受制于人的企业，而且可以在丝带行业独领潮流。到那时，公司的日子就好过了。

从单纯做花饰，到建立一个拥有从丝带生产、染整到花饰等系统完整产品的现代化企业，那是一个生产规模、管理方式、经营范围的大飞跃，如果能够实现，公司将从目前作坊式的劳动力密集型的企业，转型成为全国丝带行业中具有鼎足地位的企业。如此的前景当然十分诱人。

姚明的这一大胆想法是被逼出来的。且看风光奇秀的长江三峡，正是那矗立云天无比险峻的峰峦叠嶂，"逼"出涛声如雷雪浪滔天气象万千的奇景。

这不是简单的公司规模的扩容，而是预示着一场大变革、大发展、大跨越！

资金、人才、技术等条件，姚明当时都欠缺，但他发现，公司必须走这条路。邓公说过，发展是硬道理。的确如此。迟走不如早走，早走，可以抢占先机，主动；迟走，到被逼得走投无路再走的时候，就非常被动了。

思路决定出路。

看木兰溪滚滚东流，势不可挡。姚明立即下定决心，把辰峰公司制造丝带、染色的一系列技术"克隆"过来，进行科学的改造，打造全新的可以在业界一展风流的织带公司。

机器可以购买，关键是人才。织带技术和染色技术，是极为关键的两

42

大技术。聪明的姚明想到，最快捷和有效的办法，就是高薪聘请在辰峰公司工作的工程师，让他们带着新技术到姚明公司工作。

当然，这有"挖墙脚"之嫌。然而，在激烈乃至白热化的企业竞争中，技术人员尤其是关键部位技术人员的流动，却是很平常的事情。水往低处流，人往高处走。后来，经过耐心的工作和协商，辰峰公司负责织带机的孙师傅和负责染色的刘师傅同意到姚明公司工作。人才资源是最重要、最有潜在优势、最具可持续发展和最可靠的战略资源。在市场经济条件下，决定企业发展的是人而不是物。人才是国家的核心竞争力，办企业更是如此。在这一根本问题上，姚明毫不含糊。

人的因素第一，辰峰公司两位师傅的到来，解决了最为关键的技术难题。

资金也是大问题，建立如此规模的全新的工艺流程，首批就需要数百万资金的投入，如此之大的资金在哪里？凭借姚明当时的经济实力，这又是一座难以跨越的大山。一山走过一山拦，姚明的不同寻常之处，就是他始终相信：办法总比困难多。

姚明传奇

两个朋友

　　资金，资金，对办企业的人来说，资金如血脉。看那些曾经昙花一现而后砰然倒下去的企业，许多就是因为资金链断裂而无法维持，悲哀地被淘汰出局。

　　自己生产丝带、染色、成品，形成丝带生产一条龙，独立发展，大步跨越、开辟未来之路，姚明破釜沉舟，招兵买马，组织力量，开始伟大的进军。

　　中国有句老话，开弓没有回头箭。此时，姚明的心态和处境正是如此。

　　购买机器设备要钱，招揽人才同样要钱。姚明的企业要实现华丽转身，最需要的就是资金。

　　虽然，姚明独立办企业已经几年了，但因为只做花饰，而且市场刚刚打开，并没有赚到多少钱，要实现他拟定的宏伟计划，完全不够应有的开支。人们常说，一分钱难倒英雄汉，姚明此时需要的资金，是以百万、千万作为基数来计算的。

　　如天文数字的资金缺口怎么办？

　　向政府贷款吗？姚明从投身办企业这一行当开始，几乎没有想过这一渠道。并非不相信政府，也并非没有这样的可能，而是他这个人，一身书生气，向来不善于和官员打交道。改革开放的浪潮席卷神州大地，办企业的英雄好汉太多，但身在其中的人们都知道，政府的钱可不是那么好拿的，尤其是如此大笔的款项，更是难上加难。并非苛责直接负责贷款的银行，在市场经济的大潮里，对金钱特别敏感的他们，最喜欢的是锦上添花，对成功的企业，他们十分主动，而且往往怀揣大笔资金，主动上门服务，因为这是有回报的；而对姚明这样还未出名正在处于创业阶段的企业，要让银行雪中送炭，撒下大把大把的银子，前景未卜，万一打了水漂怎么办？因此，对这一选项，姚明连想都没有去想。当然，他不会想到后来和美国打的那场震惊全国业界的"反倾销、反补贴"的大战，正是因为姚明不仅没有拿过政府一分钱的补贴，而且连贷款也未有过，才能扛得住美国人的审查。过硬的他，才敢于挺直身板，站起来和美国人应战。当然，这是后话。

地下钱庄、地下银行有钱。虽然这是违法的，但不必讳言，在商品经济十分活跃的闽南，通过这一渠道进行融资以解决资金问题，并非不可能。但姚明做事向来坦坦荡荡，他从来不出入这些带有黑社会色彩的地方。且不说这些地下钱庄、地下银行足以让人陷入没顶之灾的高利息，只要和他们沾上了，迎接你的开始是甜蜜的笑容，结局往往是黑色的灾难。

作为民营企业，要解燃眉之急，姚明自然想到朋友。

姚明为人厚道，朋友也多。但真正有钱的朋友却没有几个，君子之交淡如水，没有什么特殊嗜好专心致志于工作的姚明更是如此。

姚明有两位要好的朋友，可算是颇有资本的，他们皆有实业，生意做得不错，多年来，积累了不菲的资产。他们和姚明交往多年，而且是莆田同乡。情趣、追求、性格都有许多相通的地方。企业界的人们应酬多，酒桌上吃吃喝喝的朋友更多，多数属于人一走茶就凉之辈，但在姚明的心目中，他们不是，据他的观察，这两个朋友是真正肝胆相照可以共同担当的，人生得一知己难矣，姚明居然有两个知己，他因此感到欣慰。

因为美国客商威廉•杜提供的订单断裂，姚明的企业曾经处于低潮和困境之中。为了寻找新的订单，姚明、姚忠曾经外出考察，这两位朋友也跟着他们出去，一路上不离不弃，一起考察市场，一路欣赏山光水色之外，还一起商讨企业如何走出困境等问题，谈得颇是投机。姚明发现涤纶丝带的商机，也毫无保留地告诉他们，他们是最先感受到涤纶丝带无限广阔前景和姚明企业未来希望的人。在姚明的判断中，这两位朋友可以完全信任，而且在资金上可以鼎力相助。由于两位朋友性格的不合，姚明最终选择蔡姓朋友作为合作伙伴。

蔡姓朋友，是做矿泉水生意的，经营多年，他做的矿泉水在行内已经小有名气，每月有二三十万元的纯利润进项，还拥有酒楼等实业。当姚明决定将辰峰丝带公司的丝带制造和染色等工艺全部引进过来，建立具有系统性的织带流程的现代企业，亟须大批资金的时候，他首先就想到这位姓蔡的朋友。

这位朋友当然了解姚明，他欣赏姚明的魄力，更理解他为人的诚实、厚道。在外出考察的日日夜夜里，朝夕和姚明相处，更加深了对姚明的了解和敬重。因此，当姚明向他提出，请他以资金投入作为股东，他欣然答应了。这位并不小气的朋友，当时决定以厦门的一家酒楼作为抵押贷款参与投资。双方约定：蔡先生出资320万元，占股40%，姚明出资80万，雅美公司作价400万，占股60%。

有了朋友的承诺，姚明大喜，他用这笔资金能够做许多事情。

合作谈判是在朋友间友好的氛围中进行的，闽南人爱喝茶，姚明泡上最好的茶，配以精致的茶点，浅斟慢饮，洽谈得很顺利。姚明也充分相信朋友，在朋友贷款没有出来之前，姚明承诺的80万资金陆续到位并花在前期的开厂筹备上。在工厂的筹建过程中，姚明发现，在谈到经营权、财权、控股等要害问题的时候，这位蔡姓朋友，不仅毫不相让，而且提出比较苛刻的条件。最后随着蔡姓朋友贷款出来后，直接提出他出资320万要占50%的股份。

艰难的抉择又一次摆在姚明的面前。

这位善良的书生，低估这位老朋友的精明。久在江湖上行走，他显然比姚明更懂得待价而沽的潜规则。在这位姓蔡朋友的心目中，姚明急需这笔资金，此时，如果轻易松口，做出让步，以后就没有这个机会了。他相信姚明会在丝带行业中取得了不起的成就，然而，他错误地认为，姚明此时不得不做出让步，答应他那些苛刻的条件。

在触及几乎唾手可得的经济利益诱惑面前，面对白花花的银钱，朋友，即使是相交甚深的朋友，往往只认钱不认人。

不要责怪这位蔡姓朋友，他的思绪、情感完全可以理解，人要毫无利己之心，为朋友两肋插刀，难矣！

他错误地判断了姚明。

姚明是有底线的。他从来不亏待朋友，也能够理解朋友的心境和正当要求，他的原则是处事公平，实现双赢。对越线的苛求，他无法接受，即使是老朋友，他也无法做出抛弃原则的妥协。他知道，答应这位蔡姓朋友的条件，将为公司的发展埋下可怕的隐患。他对朋友如此，对自己的亲戚也是如此。在原则问题上不让步，或许是书生型企业家值得可敬并能够取得成功的地方。

谈判终于破裂。在姚明最需要资金支持的时候，这位蔡姓朋友断然选择撤资。对此，姚明一声长叹，他不得不接受严峻的现实。

一股从未感受过的悲凉从心头升起。他情不自禁地打了寒战。世事难测，俗世的事情，有时的确是不以人的良好愿望为转移的。

姚明传奇

47

资金依然短缺，姚明只好另想办法。看来，朋友并不可靠。姚明感到无奈，也因此感到苦涩。

人间的真情还是存在的，在姚明最需要资金的时候，公司的几位组长，主动借了十多万元给姚明，朋友亲戚也借了几十万给姚明，虽然是杯水车薪，但给姚明极大的鼓舞。

姚明一方面筹集所有能够支配的资金，一方面和设备的供应商进行谈判，征得供应商的同意，采取分期付款的办法，解决资金一时短缺的问题。

虽然，暂时困难重重，但自信的姚明坚信，只要咬紧牙跨过这一道坎，待企业全部开张的时候，立即就会财源滚滚，天开云绽，迎来春光明媚的艳阳天。人是应当有自信的，自信是生命旅途中的常青树。

一台台机器设备运到工厂来了，精密的关键性设备还是从遥远的瑞士进口的。虽然资金高度紧张，但姚明对机器设备的选择，毫不敷衍，他选择的是世界第一流的机器设备。织带机是瑞士的，染色机是台湾的。大型的染色机，一台需80多万元，小型的也要20万元左右。50多台全新机器设备组成威严方阵，正等待姚明的一声号令，启动，撼天动地，奏出最为动听的交响乐。

姚明对前来的台湾染色机供应商曾老板一行动情地说道："感谢你们帮助了我，今天，你们的机器设备运到我这里，明天，我生产的丝带同样会出口到台湾。请相信，你们今天帮助了我，其实也帮助了自己。帮助向来是可以双赢的大好事。"曾老板点了点头。他们虽然并不十分了解这位长着一张方正脸庞的中年人，但从他那洋溢着盎然正气的笑容里，感受到力量和鼓舞。

一路凯歌

进入新千年的中国，根据党中央提出的科学发展观的战略思想，迅速纠正盲目发展的误区，在生态环境保护和提高科技能力、水平等关键环节上，有了重要的突破，迅速崛起的中国，以新面貌前进在朝气蓬勃的大道上。

姚明率领的雅美公司，也正处在实行战略转型的关键时期。

大批的机器正在安装、调试，从天津辰峰丝带公司聘请来的两位经验丰富的师傅，发挥了关键作用。他们毫无保留地运用在长期实践中积累下来的精湛技术，为新设备的安装、调试有条不紊地开展工作。有了行家的操刀，姚明放心多了。

此时的姚明，就像一场重大战役的指挥官，全神贯注地沉浸在这场很有希望完全改变雅美公司形象和命运的战役里。姚明和那些事必躬亲什么事情都要管的企业家不同，他善于用人，不仅有擅长实干的姚忠作为强有力的助手，麾下那些中层管理干部乃至基层一线的班组长也个个都是忠于职守善于动脑筋之辈。领军人物最为关键的是，在确定了战略战术和总体方案之后，善于用人，调动每一个人的创造性、主动性，这是极为重要的。姚明能够作为帅才，不同寻常的地方就在此处。

更让姚明欣喜甚至激动的是，全国成千上万家的丝带企业，此时正处在由用尼龙丝带向用涤纶丝带转变的前夜。丝带这一行，因为入门的门槛低，投入的成本小，而使用的范围随着消费者消费观念的转变和需求的提升，正在迅速扩大。涤纶丝带基本上从台湾地区进口，如果能抢占这一生产的先机，雅美就很有可能成为直接影响甚至领导潮流的旗帜。

熟读经济学的姚明，十分清楚这一道理，一项全新技术的出现，往往可以改变一个行业甚至相关行业的历史，引起具有革命性的巨变。人们常说科学技术是生产力，而且是第一生产力，道理就在这里。

姚明
传奇

被希冀照亮的人生是最美的人生，在他们的心目和情感世界里，每天的太阳的确都是新的，因为，看去平平常常的每一天，都有新的创造、新的发现，甚至有让人惊叹的奇迹！这正是姚明当时心境的形象写照。

资金严重短缺的阴影逐渐消失，此时的姚明，最关心丝带生产的结果，他就像等待孩子呱呱坠地，那种急不可待的心态，一般人是很难体味到的。

2003年5月23日，艳阳高照，在闽南，正是春深似海的季节。第一条丝带终于出来了！姚明牢牢地记住这个让他终生难忘的日子。全场欢呼，就像登山队历经艰险，终于登上世界屋脊珠穆朗玛峰。看不尽的风光雄奇、瑰丽。姚明喜不自胜，他那激荡不已的情感，就像莆田市仙游县境内和武夷山齐名的九鲤湖中的九级瀑布。

这真是天下奇景！九鲤湖九级瀑布是驰誉海内外的瀑布群，是九鲤湖自然景观的主体。上游溪水奔腾而来，以雷轰之势入湖，溢瀑布、悬珠帘、挂玉柱、叩石门、回五星、跨飞凤、过棋盘、谒将军，峭壁千仞，古木参天，奇胜不可名状。徐霞客曾到此游历，赞曰："即匡庐三叠，雁荡龙湫，各以一长擅胜，未若此山微体皆具也。"著名的九漈飞瀑从高耸的崖头猛泻入湖，水石相激，轰鸣如雷。正如古人所咏唱的那样："争知不是青天缺，扑下银河一半来。"

梦想成真。昔日丝带生产受制于人的时代一去不复返了。

姚明不仅为公司的丝带生产开拓了新局面，也隆隆地开启了人生的崭新时代。

所有的艰辛、付出，都得到丰厚的回报。

办企业的真正乐趣在哪里？是金灿灿、白花花的金钱吗？不是，是脚踏实地，胸怀理想，多年的苦苦追求，经过持之以恒的努力，终于收获满目金秋的璀璨。对于办实业的人们来说，更是如此。那一台台轰然转动的机器设备，是有灵魂和情感的，对于创业者来说，那是可以感受到体温的时代神话。

世界丝带的姚明时代，就这样在闽南古老的莆田，隆重地揭幕了。姚明迈开大步，精彩亮相。

此后，一路凯歌。

"动人春色不需多"，关键技术和产品的大突破，带来神奇效应。姚明公司生产的丝带，质量上乘，品相更佳。多年来，进口丝带一统天下的局面迅速被打破了。姚明公司生产的丝带，不仅满足自己的需要，而且可以供应其他客户。

事实又一次证明，外国人能够做到的事情，中国人同样可以做到，而且可以做得更好。

大河奔流。市场在迅速扩大，企业规模在迅速扩张。一马当先，万马奔腾，那种喜人的局面，催动姚明，也催动着所有在这个企业打拼的人。

什么叫腾飞？这就是腾飞。纵情翱翔蓝天，你才能感受到宇宙的浩瀚、人生的深邃和幸福！

姚明沉浸在创业成功的喜悦之海，此时，他的头脑是清醒的，抓住最为有利的时机，更上一层楼。历经鏖战而终于获得胜利，更加意气风发，斗志昂扬。

机器在飞转。人们在奋斗。成功激起姚明更为饱满的创业激情，他加快了前进的步伐。

他们紧紧抓住全国丝带行业的材质由尼龙到涤纶转型的大好时机，加速扩大生产的步伐，根据市场的需求，大胆进行技术创新，如今，姚明公司生产的涤纶丝带已经达到3种类型、18种规格、196个颜色，最早就是从这里开始的。

机械化的丝带生产，完全超过全靠手工生产的花饰。打开一扇新产品的大门，就像打开神话中金光闪闪的宝库。

滚雪球式的扩张。姚明在做花饰时由于信誉、品质、服务等积累了很多忠实的客户，而这些客户往往也是丝带的客户。所以雅美很快打开了丝带销售的局面。姚明形容当时的情景说："那时销售很好，利润也好，当时我满脑子想的是如何生产更多的产品，挣更多的钱，买更多的机器，生产更多的产品，挣更多的钱，买更多的机器，生产更多的产品……"姚明就是这样通过自身强大的再造血能力，以滚雪球式的扩张模式，不断地扩大规模。

原来的厂房已经容不下飞速发展、扩容的企业规模，他们租下莆田工厂对面的陶瓷厂，在莆田市区、郊区分别开辟新的厂区。短短的一年多一点时间，姚明公司在莆田的厂区就增至三个。

　　原来传统的花饰市场一片锦绣，新开辟的丝带市场更是春风浩荡，万紫千红。

　　这真是春风得意马蹄疾的好日子哟！全国的许多丝带企业闻讯而来，市场多情地向姚明敞开大门。

　　抓住市场，等于抓住企业的生命线，利用这大好时机，姚明公司的销售队伍披挂整齐，慷慨出征。设立全国各地的20多家办事处，伸开敏锐的触角，编织起全国的销售网。

　　姚忠回忆起这段黄金般的日子，深有感触地说：“哗哗流动的染色机，变成了印钞机，真是叫作过瘾哟！”

　　恪守信誉的姚明，不仅还清购买机器的款项，而且利用赚来的钱，不断增加新的机器设备，提高设备的档次。招收各方面人才的工作，也在有序地进行。有了经济实力，公司不断扩大，兵强马壮，展翅搏击风云的时刻到来了。

　　不尽财源滚滚来。小小的莆田，已经容不下姚明的公司了，他的目光瞄准了厦门。

第三章

进军厦门

21世纪是海洋世纪，蔚蓝色的大海多情而神奇。进军厦门，是具有战略转折意义的重大选择。伫立在这片涌动着激情和奇迹的热土，你才会深深地感受到世界潮流滚滚的伟力。切不可小看地域的优势，那是施展身手的舞台，舞台多大，你的才能发挥的效应就有多大。

YaoMing Legend

姚明传奇

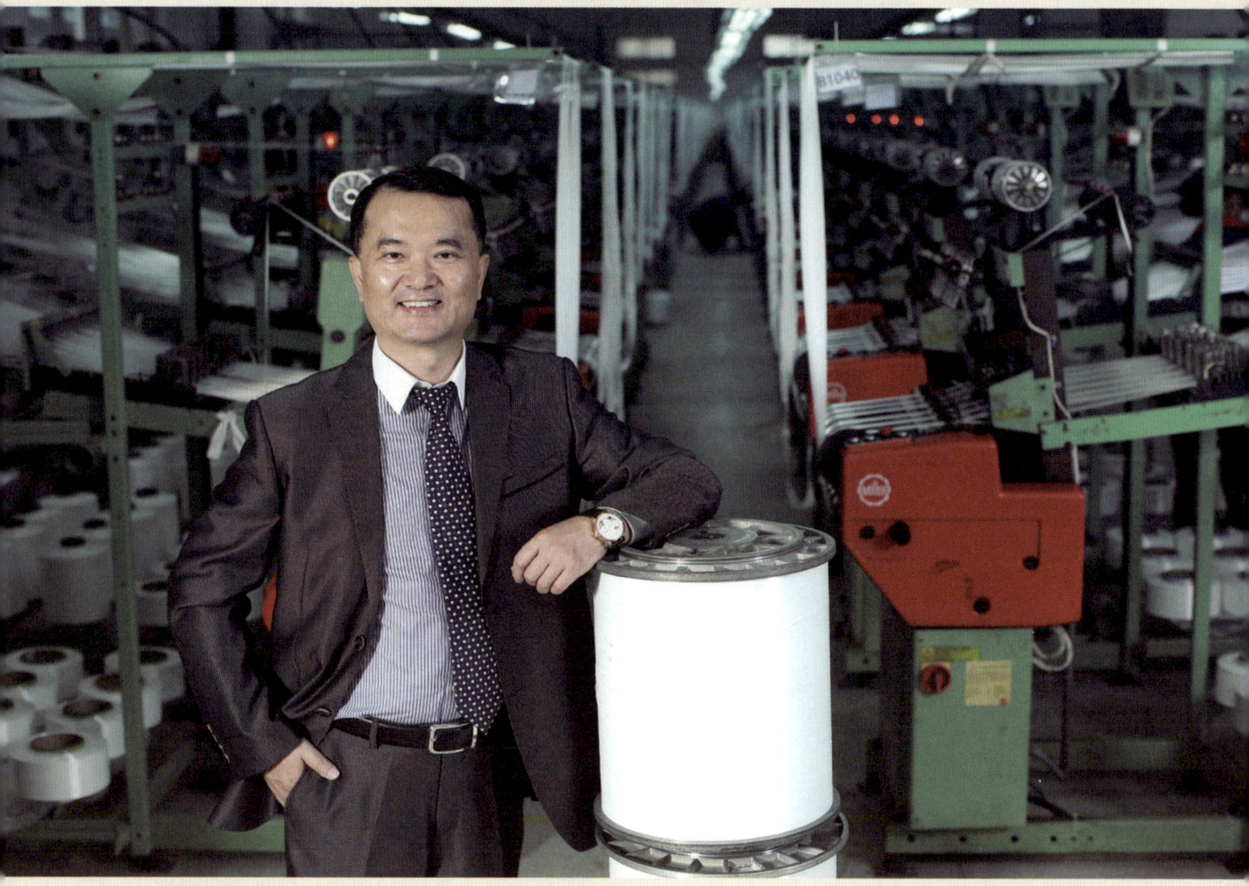
B1040

选择集北

姚明又一次伫立在厦门的大海之滨。

已经不是当年在厦大求学时租书的姚明，也不是当年在台湾老板手下打工的姚明，而是率领一支冲锋陷阵突破重围的队伍，终于取得震撼人心胜利，进军厦门，准备书写辉煌明天的姚明。

移师厦门，姚明果断地抉择。

厦门的大海，敞开胸襟，热情欢迎从这里走出的事业有成的学子。

姚明特别喜欢厦门的海，那里遗落了他太多青春记忆，包括美丽爱情。

人们盛赞厦门是座温馨的城市，细细品味其中的底蕴，那是和海紧紧相连的。说得诗意一些，厦门的海是孕育这座城市文明的摇篮。城在海里，海在城中，是厦门极富魅力的风景。

厦门海湾多，逶迤曲折的海岸，恰似母亲伸出的臂膀，深情地把万顷碧波拥抱在怀里。于是，自有几分娴静和温柔。厦门的海不像慷慨高歌大浪淘沙仗剑走四方的豪侠之士，更不像浪迹天涯颠沛流离的吉卜赛人，它更像偎在母亲怀里的赤子，静静地守望这片涌动的蔚蓝色的土地，守望宁静的沙滩和海边梦一样的木麻黄林，守望身旁让人爱得心疼的都市，然后，默默地耕耘、收获，浪漫而不乏朴实，开朗而又有几分含蓄。这就是厦门的海独具的秉性和特色。哲人云，"环境造就人"，正是如诗如画、如歌如语的厦门的海，才培育了温文儒雅彬彬有礼却又不乏创新精神激流勇进的厦门人。

厦门因海而美，因海而兴。姚明的心和大海是相通的，他的气质、精神、胸怀、追求，都和这片迷人的大海紧紧相连。他不会忘记，当年他匆匆走出校门，后来落脚莆田，不知有多少回，朝思暮想有一天能够重新回到这座美丽的海上花园里大展宏图。

等待多年，这一夙愿终于可以实现了。

2004年的厦门，正处在跨越式大发展的前夕。昔日消费型的海滨小城，自成立经济特区以后，经过20多年的发展，已经成为国际性的港口风景旅游城市，被誉为世界上最适合人居的地方。每年的9月8日，国际性的贸洽会在这里举行，更是万商云集。较之莆田，这里交通便利，且具有海、陆、空呈立体通往全国乃至世界各地的特殊优势。更让许多前来投资办厂的企业家们为之兴奋和眼馋的是，厦门市政府具有当时莆田等地不具有的地方立法权，出台了一系列优惠政策。此时，羽翼丰满的姚明，走出莆田，把厦门作为未来全面腾飞的基地，实在是睿智的选择。

应当选择哪里作为姚明织带的大本营呢？

2002年，时任福建省省长的习近平，到厦门调研，在经过深入调研之后，以敏锐的目光和具有前瞻意识的远见，明确地提出厦门应当实施"跨岛发展"的战略，其战略明确指出，厦门的发展应当坚持"提升本岛与拓展海湾相结合、城市转型与经济转型相结合、农村工业化与城市化相结合、凸显城市特色与保护海湾生态""四个结合"的重大原则和重大举措。这一睿智而富有强烈现代开拓意识的思路，得到地方政府和中央的高度重视和肯定。2003年10月19日，经国务院批准，翔安新区在人们热切的期待中正式宣告设立。

这是实践习近平同志提出的厦门发展战略的重要步骤。

切莫小看翔安。早在晋太康三年（282年），便有了行政建制，距今已经有1700多年的历史，原属同安的翔凤里和民安里。其中心古镇为马巷，是闽南四大古镇之一。翔安人文荟萃，至今，境内依然留有著名理学家朱熹的墨宝和许多美丽的传说。经过"紫阳过化"使翔安素有"海滨邹鲁之乡，声名文物之邦"的美誉。岁月风雨煞是无情，长期以来，翔安基本没有什么工业，主要依靠农业，是厦门的"菜篮子"。

厦门寸土寸金，新成立的翔安区最大的优势和最宝贵的财富是什么呢？土地，依山傍海辽阔的土地。如伟人所言："一张白纸，没有负担，好写最新最美的文字，好画最新最美的画图。"开拓翔安，发展翔安，把翔安建成厦门最大的现代工业基地，厦门市政府下定决心。在这一背景之下，一个整整酝酿了二十年的伟大工程——我国第一条海底隧道——翔安隧道工程，借翔安开发的机遇，隆重揭开序幕。

姚明的目光也曾经落在这片正在崛起的土地上。当时，翔安正处在开发的初期，地价和房价都很便宜，对投资翔安的企业家更是有许多诱人的优惠政策，但是很多配套设施缺失，尤其是人才和普工匮乏。经过反复的掂量，姚明还是放弃了翔安。

他也曾经把搜寻的目光注视在厦门本岛上。

厦门地域偏小，人满为患，多年来，厦门市政府进行战略调整，采用"腾笼换凤"的策略，把大量企业迁往岛外，实行城乡发展一体化的新布局。岛内主要发展第三产业城市服务业，岛外发展制造业，把发展的重点放在昔日以农业经济为主的地域辽阔的同安、翔安。

厦门本岛企业最集中的地方是火炬高新技术开发区。这一开发区正式设立于1990年12月30日，由国家科委与厦门市人民政府共同设立。翻开这一天的《厦门日报》，全套红印制的第四版，有来自全国数百家单位前来登名祝贺，气势不凡。特别值得注意，高新区的宗旨是，实施火炬计划；推动科技体制改革深入发展，促进科技力量与厦门经济特区开放政策相结合，发挥两者的优势，建立与国内和厦门产业体系密切结合，产、供、销一条龙，具有自己特色的外向型高技术产业集团；实现高技术产业的产业化、商品化、国际化，发展我国和厦门高新技术产业。然而，这一开发区实在是太小了，原来只有1.17平方公里，昔日起步的"小东山"，虽然已经从一片荒芜，变成厦门繁华都市的重要组成部分，高楼林立，街道纵横，满园春色。让人惊叹的是，2001年这里就创立每平方公里百亿元产值的奇迹，但进驻企业众多，已经拥挤不堪。

姚明的目光，也曾经落在海沧。

雄伟的海沧大桥，全长5926.5米，如跨越大海的长虹，系起厦门西南一隅——海沧。史载，海沧这一名称，源于宋元，那时候，有条溪流，自北向南流经此地，汇入称为圭海的九龙江口。碧波溶溶的海面上，有座小岛，称圭屿，也就是今天的鸡屿。该溪名为沧江，海沧即以海口和沧江各取一字而成。明朝时称为海沧镇。古人"沧"和"仓"通用，有临海富裕之意。海沧的地理位置十分重要，西南方向和海澄的月港互为犄角；东南方向又和厦门的曾厝垵即古时的曾家澳一衣带水，隔海相望。内陆可直通漳州。水陆交通便捷，呈现出天然的开放优势。因此，1989年，国务院正式批准，在这里规划100平方公里设立当时国内最大的台商投资区，是很有远见的战略措施。2003年，厦门行政区调整，正式设立海沧区，统领这片土地的全面开发。

　　姚明多次到过海沧，他感觉有点惊奇：厦门市区和海沧只是一水之隔，却是完全不同的两个世界。海沧中心为海沧镇，典型的闽南乡镇，创业初期，有10万农民依然在农耕时代里艰难跋涉。过去，人们往往以为仅是交通不便所致，寄希望于海沧大桥的建成，一些商家甚至预测，海沧大桥建

成的时候，这里的房地产业将会猛涨，海沧会出现许多奇迹般的变化。然而，1999年，海沧大桥正式通车以后，人们想象中的这些美好的变化并未出现。当时，海沧的房价只有市区的三分之一。看来，习惯是一种强大得甚至有点可怕的力量。一个地区的发展、成熟、繁荣，有很多要素，交通只是其中之一。它需要涵养，尤其是文化方面的涵养，而涵养是需要充足的时间、条件乃至特殊机遇的。

做事特别讲究的姚明，继续在厦门周围寻觅。此时，和厦门只有一桥之隔的集美，如一幅色彩明丽的油画，款款地飘进姚明的眼帘。

集美，那是一片神奇的土地。

陈嘉庚先生从这里走出，此地是他人生的起点，也是他人生的终点。如果说，人生是一个圆，最让人回味不绝的是集美学村历经百年、中西合璧的嘉庚建筑群，依然巍峨壮丽，溢光流彩，不知留住多少人的目光和脚步。最灿烂之处，是嘉庚先生当年教育救国的"中国梦"终于变成辉煌的现实。

毛泽东盛赞陈嘉庚先生为"华侨旗帜　民族光辉"，嘉庚先生当之无愧。漫步在学村中用石板铺就的街道上，踏着如泼的树荫，总感觉到嘉庚先生并未远去。这位喜欢一手拿着油纸伞，头上却戴着盔式帽的慈祥老人，仿佛就站立在你的身旁，你依稀可以听到他一口浓重的闽南话，听到那从风雨弥漫的昨日走过来的稳健而有点急促的脚步声，甚至可以感受到他那温暖的呼吸。百年风雨飘然逝去，学村还在这里静静地迎朝阳在碧波万顷的海面上冉冉升起，又悄然恭送劳碌了一天的红日默默西沉。这里的一草一木，一砖一瓦，都凝聚着他老人家关注的目光，苍茫的岁月在这里浓缩为不凋的春秋，然后，不断拉长人们对嘉庚先生他老人家的思念，最后，在鳌园铸成耸立云天的丰碑，庄严地诠释着他老人家"中国梦"的辉煌和厚重。

姚明喜欢集美这片以学村闻名海内外的地方，这片洒满嘉庚心血的热土，处处洋溢着令天下学子为之沉醉和景仰的书卷气。其时，集美区除了继续加强集美学村的建设，走教育强区之路，努力把学村办成饮誉国内外的大学城，也不放弃大批制造业迁出厦门本岛往郊区疏散的大好时机。当厦门大踏步地融入建设海峡西岸经济区的大潮，现代化的集美工业城已经平地崛起。重要标志是气势恢宏的金龙汽车工业园、厦门工程机械制造基地的落成投产，人们只要到那里去走一走、看一看，就可以强烈地感受到狂飙突进绘新图的时代气息。一座座"巨无霸"式的银灰色的现代厂房，兀立在云天之下。昔日隐藏在大片翠绿密林中的神秘的厦门航天测控中心，现在已经成为漂浮在连绵厂区上写意的楼阁。苏东坡《八月十五日看潮》一诗中有这样的壮丽诗句"欲识潮头高几许，越山浑在浪花中"。集美人大笔写春秋的气魄、襟怀，就像滚滚而来的钱塘江潮，气壮山河！以弘扬嘉庚的诚毅精神为己任的集美，已经成为厦门最大的机械工业制造的集中区。

最后，姚明把目光定格在颇有规模的集美北部工业开发区。

这里原来是农村小镇，紧靠成熟的集美老城，现在已经成为和老城连成一片的成熟城区。令人钦佩的是，当年规划者和建设者的思想并不保守，此地同样有宽敞的街道、整齐的绿化树、繁荣的商店这些城市生活必备的设施。该地的农民，同样也解放思想，紧紧地抓住时代更迭的难得机遇，参与大规模的开发区建设。他们的战略是建立现代化的厂房，用当时最为通俗的说法来说，就是"筑巢引凤"，于是，姚明这只从莆田飞来的凤凰被吸引到这里来了。

抬头可见绿意荡漾的山，站在高处，万顷海涛滚滚来，浪花晶莹如雪，直扑胸襟。开发区交通方便，就在繁华的小镇一侧。现代化的工业厂房已经建好，可买，也可租，姚明看中这个地方。

租比买好，是姚明从念大学租书时就确立的理念。租房，省去买房的大笔开支，可把大笔资金用来购买设备，扩大生产，增加收入。精明的姚明计算过，同样的资金，用在购买设备、招聘人才等急需的事情上，比买房升值的效益和空间大多了。如果需要，转移起来方便多了。当时，他没有想到，租房办厂还有一个千金难买的好处，因为他没买房买地，因此就没有得到过政府的任何补贴，在以后发生的反对美国人强加到他头上的

"反倾销、反补贴"的斗争中，面对前来调查的美国人，他却有了最有力的证据。

他是明智的，开始的时候，姚明在集北一片紧靠大街的庭院式的厂区里，只租了一栋五层楼的厂房，即现在厂区的A座，莆田的厂区继续生产。正是涤纶丝带生产的黄金时节，飞速旋转的机器，万缕细丝在织带机上缤纷闪耀，编织出绵绵不尽的丝带，经过染色等工序，成为中国丝带市场上最抢手的新产品。

机遇是照亮事业的太阳，谁抓住机遇，谁就赢得现在和未来。

偶有闲暇，姚明喜欢悄悄地站在织带机旁，看手脚敏捷、全神贯注的工人操作，织带机均匀的鸣响，就像人世间最美的乐曲。创业难，尤其是处在社会主义初级阶段的中国，各种思潮在激烈地交锋、碰撞，各种社会势力也在相互较量。有时，大潮奔涌，浩浩荡荡，弄潮儿雄姿英发，驾驭风云，写尽风流！有时，潮水退尽，满目苍凉，迂回曲折，甚至，一地鸡毛。改革开放20多年，政坛、官场，从来没有真正平静过，而在各种平台乃至江湖上行走的企业家们，无论是有幸成功的，还是不幸失败的，哪一个不是如孙猴子西天取经，历经艰难！

任何时候，没有比坚守信念，站稳脚跟更为重要的事情，月有阴晴圆缺，天有不测风云，潮涨潮落，云起云飞，人生如此，办企业更是如此。

选择集北，选择一个不仅可以安身立命，更可以大展身手的阵地。

集美，集美，集天下之大美！姚明激情如涌，踏上更为壮美的征程。

姚明传奇

大跨越的2005年

机遇总是钟情于有准备的创业者的。

2004年，姚明大搬家，莆田只保留一个花饰厂，主力移师厦门。装修新厂，安装机器，完善系统建设，最后进行工艺流程调试，繁忙至极。到了这年的年底，搬家结束，全部工艺流程调试成功。2005年，终于可以放开手脚，大干一场了。

姚明遇到一个绝好的时机，厦门正以前所未有的态势，进入领导人称为"金戈铁马、狂飙突进"的大跨越时代。无论现在人们如何评价这句口号，但大跨越、大发展的2005年，厦门实行战略性重大转变的战绩，已经镌刻在史册上。

这一变化不是无源之水，更不是个别人头脑发热，而有着深刻的时代背景。

这是由台湾海峡局势发生特殊变化引起的。姚明平时并不喜欢看电视，但却深深记住这个给他心灵震撼的镜头——2005年5月13日，宋楚瑜率领台湾亲民党的大陆访问团结束了九天八夜的行程，从北京乘飞机转道香港回台湾。在机场，他发表了发自肺腑的致谢词。感谢中共中央总书记胡锦涛的亲切会见，感谢各地政府和大陆乡亲对他们的热情接待。最后，他含着热泪，说道："我请我们所有访问团一行的同仁向我们大陆同胞鞠个躬。"他的话音一落，访问团的全体人员，对着电视镜头，深深地弯下了腰，虔诚地向祖国的山山水水，向曾经为他们的来访欢呼雀跃的人们，向日夜思念他们的亿万大陆同胞，鞠了一躬。

这是中华民族的庄重大礼，情重如山，意深似海，千言万语，尽在这极不寻常的鞠躬之中了。

在台湾各派政治势力激烈的角逐中，姚明并不特别看重和喜欢宋楚瑜，却对他当年访问大陆返台时真情的流露，印记在心并深受感动。

2005年的春夏之交，海峡两岸的关系中，出现了太多让人感动、感怀的故事。从中国国民党副主席江丙坤访问大陆的"破冰之旅"，到中国国民党主席连战的"和平之旅"，再到亲民党主席宋楚瑜的"搭桥之旅"，新民党主席郁慕明的"民族之旅"，一浪高过一浪。他们所到之处，群情沸腾，掌声雷动，鲜花、笑脸、问候不绝。举国上下，都沉醉在海峡两岸未来发展的美好前景中。

化干戈为玉帛，严峻的时代老人，终于露出美丽的微笑。

"沉舟侧畔千帆过，病树前头万木春"，几乎所有的中华儿女，都可以强烈地感受到台湾海峡万顷波涛的涌动。

时代，又一次地急切地呼唤厦门。

千载难逢的历史机遇，就这样慷慨地落在厦门的面前。

如果说，以稳健发展为特色的厦门，曾经有过和快速发展的良机擦肩而过的遗憾，而这一回，却是紧紧地抓住了。

2005年5月21日，曾任福建省委书记的卢展工在厦门干部大会上发表重要讲话，他这样评价厦门："厦门是海峡西岸经济区的龙头，是促进祖国和平统一大业平台的最前沿。"他代表省委要求把厦门建成海峡西岸经济区的重要中心城市。同年7月，中共厦门市委九届十次全委会召开，新任的市委书记何立峰代表市委做工作报告，向全市人民发出扎实推进"新一轮跨越式发展"的战斗号令。金戈铁马，狂飙突进。一个前所未有的大跨越、大发展时期就这样隆隆揭幕。

这真正结束了厦门偏居一隅的旧格局，在呼应举世瞩目海峡风云变幻的时代大背景上，建成一个足以担当起为祖国和平统一做出历史性巨大贡献的新厦门。厦门在理念、思想、经济、文化、城市经营建设等诸多方面，必须走在全省的前列。这意味着，厦门要在海峡西岸经济区的建设中顶大梁！

大发展、大跨越意味着大变革。长期以来，对于厦门的经济建设的重点应当放在哪里，有两种意见争论不休，一是重点发展第三产业，走世界许多风景旅游城市走过的道路。二是重点发展工业，尤其是制造业，走跨越式发展的道路，把厦门建成工业体系比较齐全且具有雄厚经济基础的城市。持第一种意见的人们当然有一定的道理，厦门实在是太美了，山光海色，美不胜收。城市如人，是有格调的，厦门很像一首精美的诗，一幅写意的画，一首扣人心弦优雅动人的歌，发展大型现代工业往往带来噪音、污染，破坏城市的文静、温馨，破坏楚楚动人的韵致。因此，厦门城市建设的口号是，把厦门建成"现代化港口和风景旅游城市"。当然，不乏明智的历届厦门领导人和决策者，并未忘却和忽视工业建设。设立经济特区以来，厦门不仅完成规模宏大的海陆空立体交通网、邮电、城建等基础设施建设，而且建成以电子、机械、化工、电力、信息五大产业为龙头的工业体系，7000多家企业，巍然撑起厦门的蓝天。正因为有这些工业基础，厦门始终保持持续发展的能力和势头，昂然走向世界，世界也大踏步地走进厦门。

2005年的厦门新一轮跨越式发展，不仅是建设全面提速，更重要的是带来产业布局的根本性变化。强调以新型工业发展为重点的新的产业布局，不是装点门面的"形象工程"，而是做强做大厦门这座城市发展的引擎。

电子、化工、机械三大支柱产业，强劲地撑起厦门蓝天的新格局，已经浮出水面。这是当时国际上最具活力的制造业，也是厦门最有基础的强项。光电、软件、生物制药等新兴产业，也以一发而不可收的态势，为厦门经济的发展不断创造新的增长点，这是国内外极具广阔发展前景的热门产业。更值得我们注意的是，工业发展的效应不是孤立的，它可以强势地带动金融、物流、商贸、房地产、旅游、服务等第三产业，提高现代农业等第一产业。真是一石激起千重浪，它所带来的深刻变化和影响不可低估。

特别值得称道的是，这一轮大发展、大跨越的建设现代工业体系的浪潮，重点是开发厦门郊区同安、翔安。规划用地达12平方公里的同安工业集中区热火朝天，呈三角鼎立之势的翔安三大工业区更是让所有到过这里的人惊叹不已，仅是火炬翔安产业区，100多幢现代化厂房，排成威风凛凛的方阵，让人豪气横溢！

高歌猛进的建设热潮和热烈的时代氛围，对刚刚在厦门扎起营盘的姚明来说当然是巨大的鼓舞和鞭策。他顿时感到对厦门更亲切，与厦门更合拍。他在此后的实践中总结和提出"大生产、大库存、大销售"模式，和2005年的时代精神是息息相通的。一个人的思想和理念的形成，除了个人因素以外，时代的影响、熏陶往往是不可忽视的因素。如果深究，显然，是厦门这片万马奔腾的沃土，滋养和成就了姚明。

厦门的高速发展和现代化工业体系的完善，为姚明以及所有进入厦门的企业创造了更有利的条件。

改革开放以后，不少人对一个奇怪的现象很不理解：当许多厦门人津津有味地沉浸在厦门是最适合人居城市的美誉中悠然自得的时候，人们发现，一批批台商踏浪而来，悄然越过厦门，越过福建，北上苏州、上海，或南下深圳、广州一带投资。很快，那里形成远远超出厦门规模的大型台商投资区。如今，你只要站在苏州市郊的金鸡湖畔，看看由新加坡人设计的苏州工业园区的精美和宏大规模，你就会从心里涌起一种无比复杂的感情——这些台商，为什么舍近求远，不选择在厦门听迷人的鼓浪涛声，而跑到金鸡湖欣赏日出呢？

姚明
传奇

有专家调查，到厦门投资的台商，主要是第一批飘过台湾海峡的台湾企业家，他们办的企业绝大多数是以劳动力密集型为标志的粗放型企业，第二、第三批科技含量高、现代化程度高的台湾双高型企业，许多都北上或者南下了。

是政策因素吗？按道理说，厦门特区的政策并不差。关键是工业基础和体系，在这一根本问题上，厦门远不如长江三角洲和珠江三角洲。从地理上看，正像一个哑铃，它们位于两头，厦门正是比较细小的中间部分。一位富有经验的企业家说过，在工业发达的上海，你如果缺少一个特种的螺丝钉，只需一个电话，有关公司就可以按照你的需要做好给你送来，而在厦门，就没有如此的便利条件。现代化的工业建设是一个精密的系统工程，以追求利益最大化为主要目标的台湾企业家，不迷恋厦门的神姿仙态和似水柔情，在生活环境的优越和创业条件的完备上，他们毅然选择后者。

对这一道理和其中的奥妙之处，姚明感受太深了。把企业的大本营从莆田搬到厦门，短短的时间内，他就深切地体味到，进军厦门，是具有战略转折意义的重大选择。伫立在这片涌动着激情和奇迹的热土，你才会深深地感受到世界潮流滚滚的伟力。切不可小看地域的优势，那是施展身手的舞台，从某种意义上说，舞台多大，你的才能发挥的效应就有多大。

关门办企业的时代早已远去，办好一个现代化企业，需要良好的社会环境甚至所在地各方面的支持。人才、资金、信息、物流、市场等种种必备的条件，厦门的优势远远大于莆田。

更令姚明兴奋不已的，是丝带市场发生的时代性深刻巨变。其时，正值国内外市场正由尼龙质地织带产品向涤纶织带产品转变，姚明织带生产的涤纶织带产品一投入市场，立即引起商家和消费者的热烈欢迎。

雪片般的订单飞来，一个个让姚明喜笑颜开的好消息，如飘飞的音符，编织成动人的歌唱，令人沉醉！

厦门在加速，加速！姚明织带同样也在加速，加速！

这真是"春风得意马蹄疾"的美好日子哟！

2004年，姚明进军厦门的时候，注册资本是2500万港币。

2005年，姚明织带公司的设备组装完毕，开始生产。

2006年，公司的注册资本上升为6000万港币。

这一数字标志着，姚明织带正以每年翻一番的神奇速度向前飞跃。基础打好了，等于翅膀长硬了。

2007年，公司的注册资本跃上一个亿的新台阶。

2008年，公司的注册资本以两个亿的辉煌数字，震惊同行。

进入厦门的前五年，每年的注册资本翻一番，这才是超常规、跨越式的大发展、大飞跃！在看去有点枯燥的数字后面，演绎出多少波澜壮阔的传奇大戏。

2009年，轰动全国的姚明织带公司独立应诉美国商务部"反倾销、反补贴"之战爆发，鏖战的烟尘扑面来，铁骨铮铮的姚明指挥若定，横扫阴霾，终于完美胜出。此战的胜利，不仅大快人心，大长中华儿女的雄心壮志，而且推动姚明织带公司以凯旋之师的雄姿，走向全国，走向世界！

此战之后，天下谁不识姚明；同行之中，谁能不钦佩姚明织带公司顶天立地的昂然正气！

2010年，姚明织带公司的投资总额高达4个亿港币，成为国内外织带行业中威武雄壮的航母了。

朱熹有一句很有名的诗："问渠那得清如许，为有源头活水来。"大跨越的2005—2010年，是姚明展翅飞翔的丰收年、幸福年！

思维模式

姚明走出困境，开辟一片大好局面最主要的原因在哪里？自然让人想起一句耳熟能详的老话——思路决定出路，他独特的思路来自何方呢？

对成功者，人们往往只看到美丽的微笑和醉人的鲜花，鲜有人去深入探究这个需要动脑筋的思路问题。

思路是思维的具体表现形式，人的思维具有定式和模式化，促使这一思维模式形成的最重要的因素是文化，文化是根，文化是心，文化直接影响甚至决定思维模式。

中国有个家喻户晓的一则寓言——愚公移山。愚公门前有两座山，一座是太行山，一座是王屋山，挡住他家的去路。怎么办呢？愚公一声令下：挖山！于是，全家总动员，而且祖祖辈辈挖下去。这则寓言表现了我们祖先敢于面对困难无所畏惧而且持之以恒的精神。但从另一侧面也看出，在中国历经数千年的以专制为特征的传统社会，是家长说了算，老头子一声令下，全家绝对服从，而且毫不怀疑其正确与否。很有意思的是，外国也有则类似的寓言——明罗移山。明罗家门口也像愚公一样，被两座大山挡住去路。明罗并不下决定，更不下达挖山的命令，而是请教专家。专家告诉他，把家搬出去，找一个更好的地方安顿，既节省了劳力、资金，又保护了自然环境，明罗听了专家的意见，高高兴兴地解决了难题。这则寓言告诉我们。在国外的社会认识中，是专家说了算，科学说了算。两者相比较，不仅充分表现中外不同的文化背景，更重要的是，体现两种不同文化背景下形成的截然不同的思维模式。

暂且不论两者的优劣，但从中我们可以深切地感受到，文化背景对人的思维模式的直接影响和决定作用。

姚明的思维模式与众不同，是怎么形成的？

每一个人思维模式的形成，首先和他的家庭影响和教育有深刻的联系。姚明祖辈是农家，父亲年轻时参军入伍，可以随军带家属的时候，姚明一家随父亲在部队的大院中生活，读书。姚明的母亲勤劳持家，待人和蔼而且性格开朗，姚明的父亲朴实、厚道，十分热爱部队，在军队中整整服役27年。他对子女的教育方法特别有个性，用他的话来说，就是两个字——不管！母亲爱孩子，也和姚明的父亲一样，充分相信孩子，让他们自由自在地生长。姚明的父母是那种用自己的言行教育孩子的人，他们爱孩子，更相信孩子。至今，姚明还记得很清楚，参加高考的前夜，他紧张地复习功课，而院子里，父亲正和战友一起打扑克，他们几乎把姚明高考这件事忘了，无所顾忌的吆喝声和欢笑声，阵阵飘进姚明的耳畔。在如此宽松的家庭环境中成长，姚明从小就养成酷爱自由、善于独立思考的良好习惯。他的家庭不像许多家庭那样把高考视为子女日后发展的唯一道路，给孩子层层加码的精神压力，更没有强制孩子听从家长指令的习惯。自由的生长环境，陶冶了姚明，更造就了姚明，使他最没有保守思想，更没有束缚自己的条条框框。

其次，是姚明所受的教育。他就读的厦门大学是具有开放性、在国内外很有声誉的大学，他考取的企业管理系，学者云集，所学的课程，尤其是现代企业管理的最新知识和理论，汇集了国内外企业管理知识和理论的精华。在如此浓郁现代学术氛围里熏陶四年的他，摆脱了传统观念的禁锢，成为掌握了现代企业管理知识和理论的新人。教育是什么？姚明有句简洁而精当的见解——熏陶！现代高等教育的熏陶，给姚明的人生道路奠定了坚实的基础。

人的正确思想源于实践。姚明1985年考入厦门大学，1989年毕业。这四年是全国发生翻天覆地变化的四年，尤其是作为经济特区的厦门，正处在改革开放雄风浩荡的年代。新思潮、新观念，强烈地冲击着这批莘莘学

姚明传奇

子，放眼看厦门，处处春潮涌动，有志于在瞬息万变的商品经济大潮中驾驭风云一试身手的姚明，其思维模式更是贴近时代，以翱翔蓝天搏击风云作为崇高的追求。

他大学毕业后对人生道路的抉择，正是在如此思维模式影响下的结果。他自觉融于经济大潮之中，尽管风波险恶，曾经陷于困境，但他却能审时度势，在困境中看到希望的阳光，从逆境中感奋到崛起的勇气。实践证明，对一位思想和精神的富有者，暂时的困局束缚不住他们飞翔的翅膀。

2004年，姚明想延续莆田雅美织带饰品有限公司的名号在厦门注册，但发现"雅美"这一公司名称已经被别人注册，他灵机一动，干脆以自己的名字命名厦门姚明织带饰品有限公司。公司名称的注册尚顺利，但商标注册却在国家商标局遇到麻烦，因为他的名字和上海篮球巨星的姚明相同。此时的上海姚明，盛名如雷贯耳，利用他的名字，麾下有个商业运作的团队，据说，仅"姚明"这个名字就价值数十亿元。莆田的姚明当然不会认账，他从小就用这个名字，虽说此时他还是一介平民，一个企业家，但用自己的名字，天经地义，有何不可？难道姓名也有霸权吗？若真的论霸权，莆田姚明是1966年出生的，比1980年出生的上海姚明大多了，这个名字的"霸权"也首先是他的。因为此事，他执着地和上海姚明较量了九年，终于赢得胜利。此是后话。

2005年，姚明在厦门集北的工厂正式投产，这正是厦门实行"金戈铁马、狂飙突进"的大跨越时期。

天时、地利、人和，姚明织带饰品有限公司的大发展和厦门的大跨越正好同步。上帝又一次钟情于姚明。

潮流滚滚，奔腾激越，这一巨变最早是从台湾海峡局势的喜人变化引发的。昔日用大炮进行对话的台湾海峡，此时，风平浪静，一片锦绣。

机不可失。

早在2004年，福建省就以前瞻性的宽广视野，轰然推出建立海峡西岸经济区的战略设想，很快得到党中央的高度重视和充分肯定。

2005年5月21日，福建省委的领导人代表中共福建省委在厦门市领导干部会议上发表重要讲话。他扳着指头，说道，闽台之间有"五缘"——地缘、血缘、文缘、商缘、法缘，双方可以求密切贸易关系，求两岸直接"三通"，求农业全面合作，求文化深入交流，求旅游双向对接，求载体平台建设。真是一石激起千重浪哟！面对潮流滚滚涛声急的新形势，他这样评价厦门："厦门是海峡西岸经济区的龙头，是促进祖国和平统一大业平台的最前沿。"

厦门，花园式的海滨都市，终于凸显出在对台关系上特别重要的战略位置的异彩。

然而，厦门这个地方委实太小。2005年，厦门经济总量在全国副省级城市中排行最后一位。即使在全省的范围内，位置也不显著。厦门的经济总量只有泉州的60%，和省城福州相比，也差得很远。要变成海峡西岸经济区的"龙头"和"最前沿"，担当起海峡西岸经济区中心城市的重任，怎么办呢？这位领导满怀激情，用高亢的话语，说出了激荡人心的三个字："冲，冲，冲！"

这无疑是高屋建瓴、势如破竹的动员令。

同年7月，中共厦门市委九届十次全会召开，新任省委常委、厦门市委书记何立峰，代表市委向全市发出号召，用实际行动落实胡锦涛总书记提出的坚持科学的发展观，"金戈铁马，狂飙突进"，掀起新一轮跨越式发展的高潮。

后来，何立峰调到天津担任新的领导职务，如今，又在国家体改委任职，重温他在这次全委会上激情洋溢的讲话，依然让人热血奔涌、豪情满怀。历史已经证明：当时中共厦门市委的决策是正确的。

道理很简单，由台湾海峡局势发生可喜的变化而带来的这一无比珍贵的历史发展机遇中，厦门肩负着神圣的使命。现在，人们看得更清楚了，这就是对接台湾，迎接台湾以高新技术产业为主的经济大转移，为海峡两岸的和平发展，为祖国和平统一大业，做出应有的贡献。对此，何立峰当时就说得很清楚："就是要有一种把厦门的发展放进全省、全国乃至全球格局考量的宽阔视野。"

实行改革开放政策以后，往北看，以上海为龙头的长江三角洲迅速崛起，最引人注目的是苏州，昔日人文荟萃的吴侬软语之地，如今高新产业发展如日照中天满目辉煌。往南看，以深圳为龙头的珠江三角洲，更是雄风浩荡、万紫千红，厦门要成为海峡西岸经济区的龙头和示范城市，只有急起直追，做强做大，并携手台湾，才能在全国乃至世界的经济格局中，鼎足而立，才有一席之地。

走出厦门看厦门，放眼全国甚至全球看厦门，人们焦虑地发现：厦门的发展，虽然创造了不少的奇迹，但和新形势对厦门的急迫要求相比，差距太大、太大！

提速，提速，必须提速！时不我待，必须走跨越式发展之路！

厦门在提速，姚明更是借助这股强劲的春风，同样在提速。2004年，姚明织带公司以2500万元的港资身份注册。到2005年厦门集北工厂开工，短短的一年时间，产值和利润都翻了一番。

姚明没有停步。他的成功，是思想的胜利，是立足现实、面对未来、不断进取、科学发展思维模式的胜利。

事情正在悄然发生变化

姚明是平凡的，然而从他的思维模式和走过的不寻常道路来看，又是非凡的。当走进厦门，事业如日中天，姚明织带像热火朝天狂飙突进的厦门一样，走向大步跨越发展阶段的时候，他很快就感觉到事情正在悄然发生变化。

民营企业，有相当部分带有家族企业色彩。姚明创业，当然也有家族的亲友参与，他们在其中发挥过一定的作用。然而，企业发展到走进厦门飞速发展的全新阶段，有两条道路摆在姚明的面前：一是走许多民营企业办家族企业的老路，将重要岗位交给亲友，使整个企业成为家族的财产；二是根据现代企业的发展规律，打破常规，大胆引进职业经理人，用制度化、规范化进行管理，使企业进入更加充满活力和竞争力的新境界。

职业经理人是专门从事企业中高层管理的中坚人才，他们的优势是综合素质和能力。具体而言就是具备良好的品德和职业素养，能够运用所掌握的企业经营管理知识以及所具备的经营管理企业的综合领导能力和丰富的实践经验，为企业提供经营管理服务并承担企业资产保值增值责任。经营管理业绩突出的职业化的企业中高层经营管理人员，因为工资远远超出一般的员工甚至白领，有"金领"之称。

姚明不选择第一条道路，他见多了家族企业由盛到衰的悲剧。数千年中国传统的封建社会，家庭、家族的观念根深蒂固，这是以个体小生产为特点的农业自然经济的产物，其优点是强化以血缘为纽带的亲情关系，其弊病是囿于狭小的圈子里，深受封建专制宗法观念的影响，严重束缚企业发展的空间。个人利益分配出现分歧的时候，容易产生矛盾甚至遭遇激烈的冲突，结果是分崩离析，因此，酿成不少的悲剧。经过高等教育熏陶接受了现代思想的姚明，明智地选择大胆引进职业经理人的第二条道路。

走第二条道路并非一蹴而就，这里有亲情的纠葛，需要耐心地做好工作，对于不同意这一主张的亲友，还要考虑其承受能力和去向。善于做思想工作和宽容大度的姚明，很好地处理好这些矛盾和问题。

姚明开始招兵买马，他招揽人才的原则是，德才兼备，唯才是用。如今，已经进入公司管理层的人们，他们进入姚明公司的经历，个个都有一段情趣横溢的动人故事。

她叫李秋穗。现在是姚明织带公司采购部的经理。独当一面，已经成为公司重要的骨干。2004年，她看到姚明公司招聘外派人员的广告，上面特别注明，只招男性。她是福州大学国贸专业毕业的，已经在韩国一家企业工作。她觉得姚明这个公司不错，有点好奇——招聘人才怎么会不要女性呢？是传统的性别歧视，还是另有其他原因？她大胆地走进姚明公司，

公司骨干李秋穗　　　　　　　　　　　　　　　　　公司骨干蔡书良

讲述她前来应聘的理由，毫不客气地对招聘中只限男性进行善意的批评。在厦门金榜大厦姚明那间小小的办公室里，她第一次见到姚明。凭一个女性的直觉判断，姚明斯文、和蔼，洋溢着书卷气，并不呆板，是个可以共事的领头人。她流利地回答了姚明的提问，善于识别人才的姚明立即发现，这是一个难得的人才，他马上答应了李秋穗的要求，破例地收下了这位女性。

蔡书良，来自闽北山区浦城乡间南口塘村的年轻人，专业从事信息化工程。原来在泉州海天集团工作，不仅经过高校的专门培养，而且有着丰富的实践经验。2009年12月26日，应聘来到姚明麾下，先是参与信息化工程建设。姚明欣赏他强烈的事业心、高度负责的精神以及精湛的信息化技术，短短的几年，就把咨讯部经理这一重要岗位交给他，由他带领一批年轻人，挑起企业信息化工程维护和继续建设的重担。

任人唯贤，不拘一格用人才，是姚明织带有限公司不断发展壮大的重要原因。一个个学有所长并且富有实际经验的人才，包括职业经理人，意气风发地走进姚明织带公司。有些是厦大的校友，也有其他高校培养出来的俊杰。姚明向来就喜欢五湖四海闯荡，从不搞拉帮结派。小小的丝带，如多情的彩带，牵来一批批朝气蓬勃的年轻人、中年人，一批批人才的加盟，使姚明织带公司展现出无穷的活力和战斗力。

关键是市场。姚明牢记创业初期的教训，以超前意识和前瞻目光，紧紧地抓住公司这一生命线。他组织精明强干的力量，设立内销部和外销部，嘱咐他们，要学会充分运用当地的力量，以互惠互利实行双赢的政策为准则，联络全国辅料基地的代理商，在短短的时间内，建立起一支稳扎稳打而又灵活机动的销售队伍。

产品信息直接和市场相连。高速发展中的姚明织带公司，在开拓新产品培育新市场上，始终走在最前面。昔日在家里被动地等待订单的老办法，已经无法适应新的局势，为此，公司组织起可以锐意创新的开发新产品的研发团队，他们紧贴时代，紧贴市场，在产品定位等方面，始终占有主动地位。

姚明传奇

  市场风云变幻：有时，春和景明，柳绿花红看不尽；有时，也会高天滚滚寒流急，令人不寒而栗。关键是自己要站稳脚跟，掌握一定的话语权。姚明对此高度重视，紧抓不懈。根据实际需要，公司在商品经济最为活跃的义乌、广州、厦门建立了产品仓库，备有现货，随时可以满足客户的需要。

  这是一个往往被许多企业忽视的细节：周末、法定节假日，不少企业也放假，姚明公司的销售部门从来不放假。正因为如此，不少客户认识并信任姚明织带公司。从事企业的人们都熟知细节决定成败这句话，但要真正落实到行动上，就不那么容易了。

  国外市场，尤其是美国市场，是姚明时刻关注的对象。涤纶丝带以前要从美国进口，现在情况变了，姚明织带公司生产的丝带大批出口美国。美国的大客户很有意思，他们大多一年只来中国一次，最关心的是产品的质量。因此，产品的质量问题始终是姚明织带公司关注的重中之重。

市场竞争中，人们往往以价格压制对方，甚嚣尘上的价格战因而永不停息，真有点"春秋无义战"的况味，结果是两败俱伤。姚明对这一问题的做法与众不同，他不参与这场战争，而以最好的质量、服务赢得客户。姚明有句口头禅——姚明只生产性价比最好的产品，他这样诠释性价比："同样的品质，姚明的价格最低；同样的价格，姚明的品质最优。"为此，公司专门成立品管部，专司产品的质量检测和管理。

仿冒产品的出现，是市场竞争中让企业家感到颇为头疼的问题。经过艰苦研发的新产品一旦上市，受到顾客的热捧，不要多久，仿冒产品立即如潮水般涌现，让人真假难辨。对此，姚明公司的对策是：强化对产品品质的高质量追求，以取得客户的认可，做好售后服务，为客户提供方案，让客户深深地认识到，购买姚明织带公司的产品的确最有价值，让顾客相信甚至依赖姚明织带公司的产品。

有一款畅销的女士用手提袋，上面采用的是姚明织带公司提供的花饰，小巧玲珑，美艳动人。这一产品就是听取姚明织带公司研发部员工的建议后设计生产出来的。这种做法，不仅扩大和稳定了相关的市场，而且使客户成为忠实的朋友。

市场在变化，随着企业规模的迅速扩大，几乎所有的事情都在悄悄地发生变化。

从进料、生产、包装、进库，整个生产流程需要不断地细化和科学化，以最小的投入争取最大的效益。

员工队伍也随着生产规模不断扩大而急速膨胀，依靠人管人的传统办法已经无法适应新的形势，必须建立相应的科学严密的管理制度，以制度管人，提高员工的素质。这一工程已经摆上姚明的工作日程。

企业的发展不仅是规模的迅速扩大，更重要的是理念的更新和内涵的丰富、深化、升华。潮流滚滚，姚明深切地感受到，实行内部管理机制以及分配制度等牵涉全局的重大改革，实行企业的全面现代化，时机已经逐渐走向成熟。

传统企业和现代企业的根本区别，并不仅仅是规模的扩张，更重要的

姚明传奇

是生产、管理、销售等以信息技术为核心的现代化。此时，随着企业的高速发展，姚明深切地感受到，以劳动密集型为基础的传统生产和管理方式，已经完全不适应需要，加速企业的信息化进程，迫在眉睫。

企业信息化指企业以业务流程的优化和重构为基础，在一定的深度和广度上利用计算机技术、网络技术和数据库技术，控制和集成化管理企业生产经营活动中的各种信息，实现企业内外部信息的共享和有效利用，以提高企业的经济效益和市场竞争力。这涉及企业管理理念的创新，管理流程的优化，管理团队的重组和管理手段的创新。从动态的角度看，企业信息化就是企业应用信息技术及产品的过程，更确切地说，企业信息化是信息技术由局部到全局，由战术层次到战略层次向企业全面渗透，运用于流程管理、支持企业经营管理的过程。这个过程表明，信息技术在企业的应用中，在空间上是一个由无到有、由点到面的过程；在时间上具有阶段性和渐进性；信息化的核心和本质是企业运用信息技术，进行隐含知识的挖掘和编码化，进行业务流程的管理。

一场艰苦卓绝影响深远完全改变姚明织带形象和命运的攻坚战，徐徐地揭开序幕。

第四章

信息化建设

　　世界已经昂首阔步进入信息时代，现代的信息技术是排山倒海的浪涛，是席卷全球的风暴，是人类从必然世界走向自由世界的重大里程碑，神奇地催生和成就了一个全新时代。它直接影响甚至决定人类的现实和未来前途。中国的老话"牵牛就要牵牛鼻子"，姚明用现代语言这样诠释：信息化是企业最为重要的核心竞争力。没有最好，只有更好。

YaoMing
Legend
姚明传奇

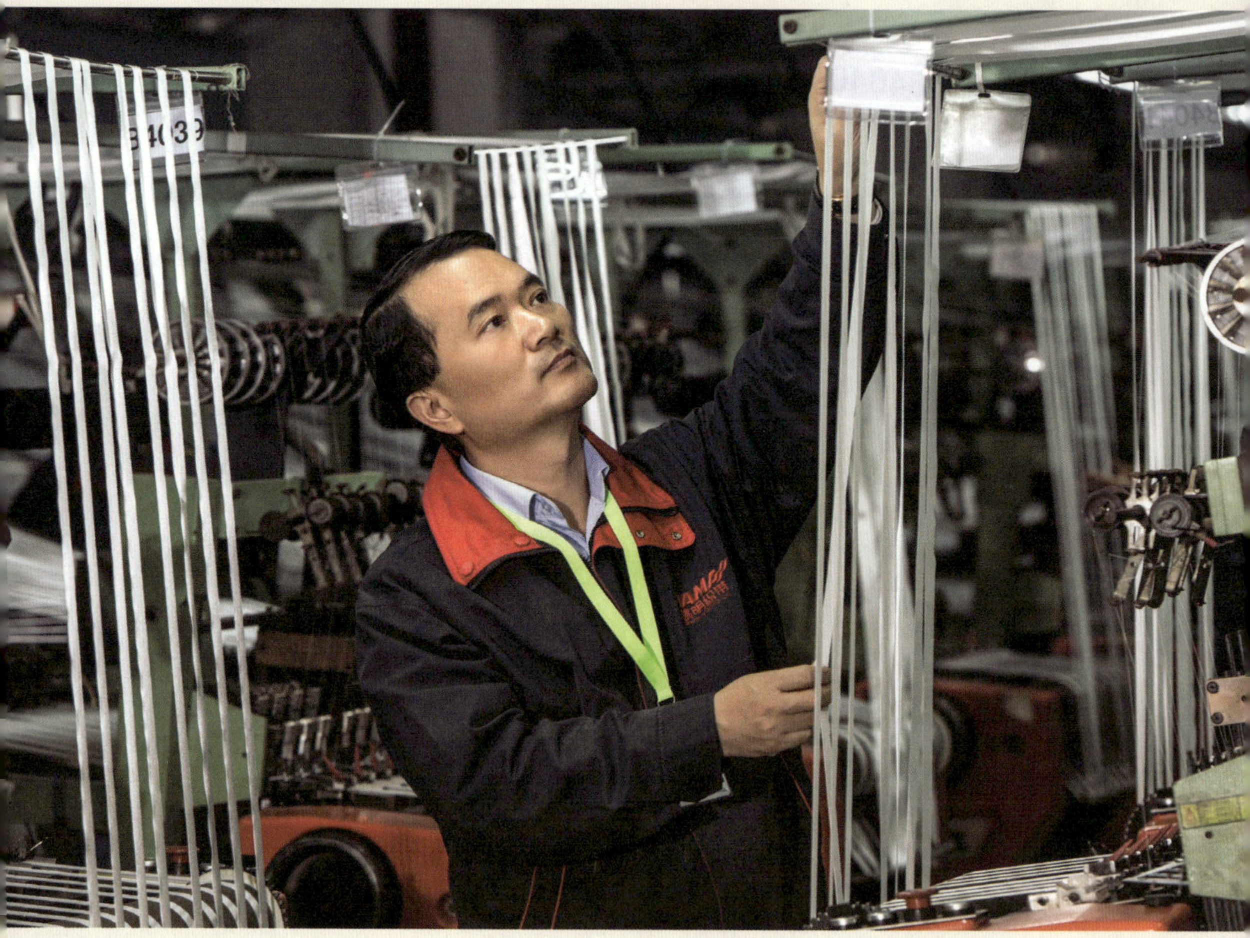
34039

透明的鱼缸

电脑的出现以及以其为载体的信息化浪潮，改变了世界，改变了人们的生活。其不可阻挡之势，让人情不自禁地想起孙中山先生的名言："世界潮流浩浩荡荡，顺之者存，逆之者亡。"

信息化洋溢着强烈的革命色彩，它的伟力和导致的深刻巨变，至今依然无法估计。用文学语言来形容，那是排山倒海的浪涛，那是席卷全球的风暴，那是人类从必然世界走向自由世界的重大里程碑。它直接影响甚至决定人类的现实和未来前途。

信息化不仅是展现新时代进程的标志，更重要的是它导致理念、生存方式、管理方式，乃至人和整个世界的关系，发生时代性变革。信息化使神话变为现实，使现实幻化出神话般的色彩。其无穷的魅力，令全世界为之折腰、倾倒！

信息化的程度，标志着一个国家的真正实力。敏感的军事学家预言，未来的战争将是信息化战争，谁在这方面落伍，谁就有被开除球籍的危险。

企业之间的竞争同样如此，谁如果在这方面落伍，轻者处境艰难，重者会被无情地淘汰出局。对此，始终注视天下风云并保持高度警惕和忧患意识的姚明，当然不敢懈怠。然而，这一高新技术领域中的精灵，可不那么容易被人们掌控。要真正实行信息化，不仅要大把大把地"烧钱"，更关键的是企业内部要有一个能打硬仗的IT团队，有很好的信息化氛围和土壤，选择确有资质和能力的软件公司，完成这项复杂的、立体的、多层次的宏伟工程，必须由第一把手下定决心，由其亲自参与坚持到达理想乃至极致境界，才能卓有成效。因此，信息化建设工程又被誉为"第一把手工程"。

姚明传奇

81

姚明织带公司的信息化建设从2006年隆隆启动。

姚明亲自担任公司信息化建设领导小组组长。此时的姚明织带公司，已经拥有400多台从瑞士引进的世界上最先进的织机，还有其他设备近千台，公司人员也由以前的200多人发展为1200多人，这次信息化建设的主要任务和目标是：

> 充分运用信息化这一高新产业的技术成果，全面提高管理效率，降低成本，进而增强企业的核心竞争力。对于整个信息化建设来说，其核心阶段或者说攻坚阶段是供应链主流程管理信息系统的实施阶段。通过这个阶段的实施，可以将企业的主要流程变成"透明的鱼缸"，让企业的人、财、物、工作流规范、清晰、可视，有利于各级领导的分析与掌握。而这个过程，其本质就对企业供应链上各流程进行整合、优化并使之信息化的过程。

这一"透明的鱼缸"实在是太诱人了！尤其是对姚明，作为一个已经走进世界的企业领导人，就像现代战争中的总指挥，必须要能够指挥各军种、兵种，前方、后方，海、陆、空等立体的领域，仅靠个人拍脑袋，即使你有三头六臂，也无济于事。有了这个"透明的鱼缸"，姚明才有科学而精准的决策权，决策则直接影响和决定企业的生命。

正因为如此，姚明在这一直接影响甚至决定企业生存和命运的关键工程上，从不含糊和动摇。具有前瞻性的他，已经充分地感受和认识到，信息化是企业最关键的核心竞争力。在这一问题上的任何犹豫和动摇，都会带来严重的后果甚至可怕灾难。

预见、胆识，几乎是所有成功企业家必备的素质。征途漫漫，犹如大海行船，没有准确的航向，无论如何也不可能到达理想的彼岸。

姚明做事向来有个特点：做一步看两步，也就是人们常说的前瞻性，他还有不达目的誓不休的韧劲，正是依靠它，姚明一次次越过激流险滩，带领企业走到今天。

　　这是全新的领域和世界，深入其中，犹如攀越群山峻岭，曲曲折折的小径，有时风雨如晦，有时春和景明，系着无数的艰难险阻，也系着无数的好风景！姚明深谙这一工程的博大精深，更预感到实施之不易！

　　企业的供应链指相互关联的部门或业务伙伴之间发生的物流、资金流、工作流和信息流。这个流程覆盖从产品设计、原材料采购、半成品和成品制造到交付给最终消费者的全过程。通过业务流程重组，借助信息系统和电子商务，可以实现供应链上企业内部各部门和外部业务伙伴的业务流程的相互集成和协调，有效地管理供产销的全过程。"透明的鱼缸"的核心和魅力就在这里。

　　供应链管理的改进，对内要建立科学、高效、透明的业务流程，提高效率，降低库存；对外要实现对供应和销售两个市场的快速响应，提高客户满意度，形成忠实的客户群，提高企业的整体盈利能力，实现企业持续的发展。其中的错综复杂的环节，尤其是不可胜数的细节，密密麻麻，相互衔接，用人脑无法计算，只能依靠现代的电脑。

姚明传奇

"透明的鱼缸"示意图

这一"透明的鱼缸"太不容易做了。

姚明不得不潜心研究其中的奥秘，那是处处潜伏着天机的神秘的宫殿，那里有堪称天姿国色倾国倾城的牡丹，也有带露而生的无名小花、小草。流水潺潺，美不胜收。当然，也会有泥潭，甚至有让人不小心就陷入灭顶之灾的沼泽。高新技术给人类带来的并非全是福音。

总揽全局，管理信息系统建设提出的整体解决方案总体上可分为四大部分，这四大部分环环相扣。莫道信息化的虚拟世界难以触摸，每一个数据都是智慧的结晶，成功的希冀！

信息化工程，同样有一个从初级走向高级，由简单走向复杂的过程，向来追求极致的姚明，在这一工程的建设上，更是精益求精。

姚明亲自主持，在专家和有关技术人员的共同努力下，结合实际的情况，制定信息化即IT战略规划。

该系统建成后，姚明织带公司将产生脱胎换骨的巨变，将由传统企业变成现代的数字化企业、智慧型企业。

高度重视数据分析和数据挖掘，凭科学而准确的数据确定企业运行的全过程。

由七个主干管理系统和一个信息平台组成的厚重如金字塔般的信息工程，相互紧密联系在一起，实现物流、信息流、工作流和资金流的全面协调。

面对这一巍然如山的信息化即IT战略规划，姚明感到震撼，更受到强烈的鼓舞。他心里明白，完美地实施这一工程非一日之功，探索着前进的道路上，曲折甚至暂时的失败皆有可能，对此，他做好了充分的物质准备和思想准备。

艰难跋涉

姚明是清醒的。

在信息化和工业化深度融合的新课题面前，他敏锐地发现，有"三大问题"正在提出严峻挑战。

首先，是成本控制问题。姚明织带的资产结构、企业组织结构、人员结构以及产供销等中间环节较多，导致生产成本高，经济效益低，影响着姚明织带的发展。

其次，是管理手段落后，管理模式陈旧，使得信息不能及时传递与集成，造成管理效率不高。姚明织带公司，人们使用电脑虽然已经多年，但并无统一、完美、高速运行的信息网络。"孤岛"式的电脑操作或单体使用，并不能解决全局性的问题。

最后，管理信息化不深入，管理与电子化相结合的程度较低，使姚明织带不能适应国际化市场上越来越激烈的竞争要求。

时不我待，必须急起直追。

如何建立、健全适应社会主义市场经济的企业经营机制和管理体制，降低成本，提高市场竞争能力，适应国际化的发展需求，成为姚明织带深化改革的重要任务。结合现代企业管理与信息技术，引入现代企业管理理念，加快生产流程再造，用管理信息化全面改造姚明织带，这是姚明织带求得生存和发展的最佳途径。

这是一次艰难而伟大的进军。

姚明亲自动员，进行充分的前期教育。建立并实施一个大型的管理信息系统，企业上下必须充分理解其意义、作用及目的。所以，在项目规划阶段，应对企业上下进行充分的宣传、培训。公司的人们了解他，凡是他下定决心要做的事情，向来有一股不达目的誓不罢休的精神。

执着、专注、坚持到极致，是姚明最为鲜明的性格特征。

慎重选择供应商，是这一工程的关键性环节。

供应商的资质不够或者不稳定而给项目实施造成的风险，已经屡见不鲜。所以，在选择供应商时，姚明特别慎重。他知道，选择供应商不应只看其名声，而应看其在中国的具体规模和曾经有过的成功案例。有时供应商在国际上很知名，但在中国的投入不大，这种供应商可能不太稳定，会给项目实施成功带来隐患。

考察供应商，要与该公司开发的软件水平紧紧相连，好的软件应该具有以下五个方面的特点。

完整性：一套好的系统应该能够覆盖企业管理各方面的需求，具体地说，就是要设计一个从销售、生产、计划、入库、采购、设备维护、质量管理、项目管理、客户关系管理、人力资源管理、财务管理到企业决策支持等各环节密切配合的企业管理全方面解决方案。有些部分尽管目前可能不用，但系统中也应包括。这样，一旦将来需要使用时，可以使用同一个管理信息平台。采用不同管理信息平台，然后将其集成的做法是不可取的。

集成性：一套好的系统应该是全面集成的。也就是说，各模块之间不再需要人为传递信息。这是非常关键的一点。实施了一套不集成的系统，不能彻底解决信息传递流程复杂、效率低的问题；也不能解决信息共享的问题；更不用说支持及时对物流、信息流、资金流的管理。

行业性：一套好的系统应该对行业的特点有很好的响应。比如纺织行业比较特殊的产品描述、计划排产、质量管理等都需要有特别的解决方案。

本地化：一些国际上知名的软件，在中国实施过程中表现不佳。很多情况下与这些软件不适合中国的具体情况有关。需要指出的是，这里所说的中国的具体情况，主要指政府法律法规所规定的内容。

灵活性：由于企业处于不断变革之中，所以，使用的管理软件也应该是有一定的灵活性。通过参数的配置，可以改变系统的流程以适应企业流程的改变。

先进性：采用的管理信息系统，无论从技术上还是从管理理念上，都应该是先进的。技术的先进确保了姚明织带可以在信息化上达到国际先进水平。管理理念的先进，也是引入管理信息系统的目的之一。

软件的开发是信息化建设的灵魂。

在这一问题上，姚明和不少成功的企业家一样，经历了一个不断摸索、不断升级的过程。

2006年导入新中大A3系统；这是全国一家著名的信息软件公司，该企业管理软件A3系统秉承传统ERP软件功能强大、专业务实的特点，更吸收了数以万计国内外制造业客户的应用体验，可结合中国企业的管理特性打造新一代企业综合管理系统。据介绍，新A3采用更易操作的框架结构，科学、美观、易学易用。新A3更注重统一的信息管理平台，旨在实现规模化快速成长的单体制造业的物流、计划流、资金流、信息流的高效协同。新中大企业管理软件A3系统为企业普遍关心的供应链管理、财务管理、生产管理、成本管理、办公事务、人力资源管理、项目进度管理、文档管理等需求，提供完善的软件应用。

正因为新中大A3系统具有这些优点和长处，姚明考虑到，SAP等大型信息化系统投入巨大，不是正在成长中的公司的最佳选择，通过众多的筛选，最终确定了新中大A3作为第一个信息化系统。

在姚明和信息化小组成员、各个部门共同协作以及新中大公司技术人员夜以继日的共同努力下，A3系统终于上线，成为姚明织带实行信息化建设的第一块里程碑。

在短短的几年时间里，这一系统的运用，让人们感受到信息化技术带来的方便和好处。然而，由于信息化系统的集成化不够，且标准不统一，各个平台之间不能互通互联，容易造成"信息孤岛"，导致效率低下、资源浪费、重复建设现象严重，这些问题成为企业信息化进一步发展中的瓶颈。

另一方面，随着公司的迅速发展，各地子公司相应成立，集团化模式已经形成，单体公司模式的A3系统，已经无法适应信息化的要求。为了适应新的形势和要求，建立集团化的信息系统已经势在必行。

　　潮流滚滚，不进则退。此刻的姚明当然清醒地认识到这一严峻情况，尤其是遇到电脑卡壳，就像高速公路上遇到令人焦急万分却又无可奈何的堵车一样，他向来要求极致，要求高速，那才是企业应有的品位和境界。

　　不能维持现状，必须激流勇进，才能摆脱困境，开辟一片新天地。

　　为了建立统一、集团化且可以畅通无阻的信息化平台，经请教有关专家，姚明决定，和新中大公司深化合作，使用新中大的I6系统并投入上百万元巨资进行机房扩建；新中大URP软件i6系统是全面基于URP（union resource planning，联盟体资源计划）先进理论研制而成的。其整体架构由企业的组织结构模型、业务过程模型、业务功能模型、企业数据模型等组成，资金流、物流、信息流、计划流等方面更加清晰明确，建成以价值链为驱动的联盟体内外各种资源配置优化和价值最大化的电子商务系统，建成涉及盟主企业分销、生产、供应、客户关系、财务、人力资源、工作流、知识管理、商务智能、企业门户等各个领域的应用系统。这新一代面向以品牌企业为核心的经济资源联盟体的先进商业模式，满足了盟主企业电子商务先锋姚明对此深抱的厚望。

然而，进程并不顺利。

2009年7月，开始进行I6系统的需求调研整理；这年的9月开始进行系统测试等工作，其中经历了不少困难。首先是硬件问题，由于选型不当，花费巨资购买的硬件服务器无法满足系统的使用要求，导致系统测试切换无法完成。当时，正是公司应诉美国商务部的"双反"调查时期，各个部门的任务都非常繁重。世界上有些事情就是这样蹊跷，火烧眉毛时，往往容易发生意外。

姚明并不惊慌，他知道，此时此刻，全公司员工的目光都注视着他。他沉着地亲自领导I6系统的切换工作。那真是让人彻夜难眠的日子，经过"三起三落"，克服了无数的困难。要破解信息化工程中无数拦路的密码，实在是太不容易了！2010年8月，I6系统终于成功替换原来的A3系统。2011年上半年，继续进行生产精细化管理实践上实施上线工作，于7月完成。2011年3月，进行仓库条码系统的规划和应用工作。2012年1月，全面完成仓库条码系统与I6系统各个模块的衔接工作。

大功告成。姚明终于可以喘一口气了。

I6系统的切换成功，使姚明织带的信息化建设从单体公司提升到集团化的境界，这是一次了不起的飞跃。它给公司带来深刻的变化，出现诸多重大的改善。

首先是集团管控。建立了以集团决策为目标的集团管理体系，实行集团以资金管理为核心的集团财务管理，以集团报表为基础的集团决策平台，以集团事务协同为重点的办公管理平台的建设。I6系统集团财务管控主要在集团现金中心针对集团底下各子公司往来现金管控以及结算；集团报表可以合并各个子公司的报表形成集团的财务报表。这一成果标志着姚明织带的管理和决策登上一个可以进行科学监督和决策的新台阶。

I6系统中实现车间MES、生产计划排程。它改变了昔日车间主要以手工操作为主，智能化不高，无自动采集进行数字化管理的条件。这填补了车间信息化的空白，提高了车间管理规范和工作效率。它标志着车间管理从传统的方式改用以信息化为核心的现代方式。

姚明传奇

物料启用事物特性。对于I6系统的物料编码，由于姚明织带的产品属性多样，在A3系统的基础上引进事物的特性值，使精准化的物料管理成为现实。

实现了仓库系统管理的条码化，通过引入PDM移动出入库操作，实现与I6系统的融合。姚明织带仓库管理的信息化水平，向来让人惊叹的原因就在这里。

实践出真知，出智慧，出思想，经历了I6系统的实施过程，姚明以及公司的有关人员，对信息化有了全新的认识，对以后信息化的升级有了更为明确的目标。它包括五个方面。

系统的先进性：努力构造分散与集中管理结合的管理模式。融合先进管理思想和方法设计，适合企业渐进式提高管理系统水平。能够紧随企业管理的变化与发展要求，进行有序的产品升级，保证以更好的系统管理方式，满足企业管理的需要。

系统的可靠性：集成系统采用大型关系型数据库，有严格的安全控制和数据备份机制，可以确保数据安全可靠；在运行环境方面，支持服务器的高可靠性集群设置，可以不间断地进行。

系统的易用性：人性化的专业设计，使操作便捷，易学易用。各种应用达到个性化目标。系统菜单以及路径、报表等界面元素符合公司企业管理人员的操作习惯。

应用的集成性：系统的各个子系统既可独立应用，也可以整合应用，各子系统之间可以实行无缝连接，以满足企业管理信息集成的要求。

可扩充性：系统采用组建化设计，易于扩充，可动态设置业务流和数据流，适应企业今后企业管理制度、机构设置、业务流程和管理要求而导致的业务重组，满足企业的未来发展。

巨额的投资，有了物质和精神方面的双重回报。姚明感到欣慰。从I6系统的建立和不断完善过程，他更加强烈地感受到，信息化工程精深似海，没有止境。山外有山，天外有天。企业飞速发展，信息化建设更是无法止步。

更上一层楼

姚明雄心勃勃。

自进军厦门以后，他就立下志向，朝着打造"全球最大的织带制造商"、树立行业领袖企业风范的目标前进。在实践中，尤其是进行信息化建设不断升级的历程里，逐步将企业升级成"全球最大的织带应用解决方案提供商"，通过信息化的途径，整合整个织带产业链，为客户创造更大的价值。他深知，企业的竞争，文化起着决定性的作用，因此，他最后的目标是把公司打造成"全球丝带文化的传播者"，从而对改善产业链经营环境具有话语权，对社会经济具有企业公民的责任感，对公共事业充满热心，对创新美好生活方式具有崇高的追求，实现行业"中国制造"到"中国创造"的全景式的深刻涅槃。

要实现这一宏伟目标，不仅需要经过艰苦的持之以恒的奋战，还要承担巨大的风险。主要的风险来自强劲的竞争对手。

此刻，业界三大竞争对手，就虎视眈眈站在姚明面前。

三鼎。浙江三鼎织造有限公司是三鼎控股集团旗下的大型织带合资企业，公司位于世界最大的小商品集散地——义乌市经济开发区，占地面积100多亩，建筑面积8万多平方米。公司有员工2000多人，各类织机3000多台，染色生产线40多条，公司已经拥有尼龙缎带、涤纶带、丝绒带、帽带、格子带等十几大系列500多个品种，是全球最大的丝带生产基地之一。

正兴。福建荣树实业有限公司是一家台资企业，由姚明的老东家许荣树创建于2000年，投资总额2500万美金，注册资本1600万美金。占地5万平方米，建筑面积7万平方米，公司原先在厦门市区，由于厦门城市规划调整，2000年搬迁至漳州长泰经济开发区。该企业实力雄厚，设有独立的

整经车间、包纱车间、织机车间、染房车间、印刷车间、卷带车间、包装车间。目前主要产品有丝绒带、特多龙带、尼龙织带、格子带、圣诞织带、中国结、金葱带、雪纱带、印刷带、针织带、拷克边带，各类绳子及加工花饰，种类齐全，样式繁多，产品主要应用于圣诞礼品、国外节日装饰、工艺品配套、花材配料、礼品包装及服装辅料。荣树实业是台湾最大的织带生产商。

永亨。东莞永亨织带有限公司，品牌名为带之尊，是一家港资企业，主营提花带、织带、缎带、商标、橡根、吊牌、发卷带、织唛、粘扣带、魔术贴、装饰带、丝绒带、包装带、单丝等新型产品，凭借卓越的品质及一流的服务，饮誉国内外市场。该公司隶属香港永达集团。永达集团创办于1986年，先后于香港设立永达行衣着配料有限公司、永达国际发展有限公司、永达商标厂及国内设立东莞永亨织带有限公司等，亦设立多间相关企业及销售网点，在织带行业拥有相当大的影响力。

要在激烈的竞争中立于不败之地，姚明的优势在哪里？不断升级的信息化能力和水平。完成此项工程，不仅需要巨额的投资，更需要及时而坚定的决策。

姚明织带随着事业的高速发展，已经进入集团化、多工厂组织模式的新阶段，新中大的I6系统显得力不从心了，同时，I6系统的扩展性、开放性也制约着公司信息化前进的脚步，对企业信息化进行深入应用阶段缺乏及时的响应。信息化建设是一个动态的发展系统，其应用也是一个从量变到质变的过程。具有高度忧患意识的姚明，面对如此的情况，高瞻远瞩地提出，必须建立能够适应新形势、新局面，可以及时响应的统一的信息化管理平台。

并非盲目崇尚"高大上"，而是根据实际需要，精益求精，掌握最前沿最先进并且适用的现代信息技术。

2011年7月，国内最大的企业管理平台厂商——金蝶软件国际进入姚明的视野。金蝶国际软件集团有限公司是香港联交所主板上市公司（股票代码：0268），中国软件产业领导厂商，亚太地区管理软件龙头企业，全球领先的中间件软件、在线管理及全程电子商务服务商。金蝶以帮助顾客成功，让中国管理模式在全球崛起为使命，为世界范围内超过80万家企业和政府组织成功提供管理咨询和信息化服务。金蝶连续六年被IDC评为中国中小企业ERP市场占有率第一名，连续四年被《福布斯亚洲》评为亚洲最佳中小企业，2007年被Gartner评为在全世界范围内有能力提供下一代SOA服务的十九家主要厂商之一。2008年，金蝶荣获深圳质量领域最高荣誉——深圳市市长质量奖。2007年，IBM等入股金蝶国际，成为集团战略性股东，金蝶与IBM组成全球战略联盟，共同在SOA、市场销售、咨询与应用服务、SaaS、云计算、电子商务多个方面进行合作。经过认真谨慎的调研，该公司的EAS系统和BOS平台成为姚明织带的最终选择。

2011年11月，姚明织带在金蝶的BOS平台上自主开发的具有行业特性的询报价管理系统成功上线，标志着金蝶EAS可直接服务姚明织带公司的业务用户，姚明织带公司逐渐接受EAS系统。更为可贵的收获是，经过实践的锻炼，姚明织带公司的资讯部也积累了BOS平台的自主开发与二次开发的经验，为后续系统的全面切换上线奠定了良好的基础。

这是信息化进军道路上又一次关键性的战役，姚明亲自挂帅，立即成立EAS系统领导小组，立志打造专属于姚明公司的信息一体化工程。姚明指示公司高管及业务部门全面参与，由一批朝气蓬勃的年轻人组成的资讯部负责具体组织和项目管理。

抓实效、抓速度，力求快速达到落地效果，适当引入外部资源，信息的整体规划成为重要的切口。姚明决定，2011年启动信息化建设高级业务蓝图项目，综合公司管理现状与管理诉求，重点梳理业务流程与信息化系统问题诊断。正是基于这个蓝图规划指导，2012年年初，开始进行EAS标准产品匹配模拟测试。在这一过程中，充分汲取A3系统、I6系统的成功经验，结合EAS标准产品和公司实际业务需求，梳理形成二次开发方案，包括销售模块、采购模块、库存管理模块、核心生产模块、财务模块、电商模块、协同管理模块、移动办公模块。

这是重大的具有突破性的攻坚目标，姚明对全体参战人员提出：2012年8月1号EAS系统在I6系统现有模块上必须全部切换上线。半年的时间能做到别人需要三年做到的事情吗？有人质疑，也有人担心。姚明坚定地鼓励人们，开弓没有回头箭了，各个部门和各个负责单位，根据目标，倒排任务，协调各个模块内外部资源，包括各职能部门、金蝶分公司、金蝶总部、第三方伙伴公司等，形成合力，务必按时保质全线切换上线。姚明说：成功算大家的，失败我一人扛起责任。

事情的进展并不顺利，在临近上线的前三个月，遇到一个十分棘手的大难题：EAS703版本处于beta阶段，存在诸多不稳定因素，且新版本对原先二次开发升级合并带来的工作量也十分巨大，对上线目标进度更是严峻的考验。遇到如此的拦路虎，姚明此时才深深地感受到古人所说的好事多磨的确是真理之言。

在版本选择方面陷入困境的时候，姚明果断拍板，使用EAS75新版本。姚明织带成为全国第一家真正使用EAS75新版本的客户，得到金蝶公司总部的全力支持，金蝶承诺不稳定的因素也会得到及时的处理。后来的实践证明，姚明的决定是正确的且富有眼光。

据介绍，金蝶EAS系全球第一款融合TOGAF标准SOA架构的企业管理软件，金蝶EAS面向亟待跨越成长鸿沟的大中型企业，以"创造无边界信息流"为产品设计理念，支持云计算、SOA和动态流程管理的整合技术平台，全面覆盖企业战略管理、风险管理、集团财务管理、战略人力资源管理、跨组织供应链、多工厂制造和外部产业链等管理领域，突破流程制造、项目制造、供应商协作、客户协作等复杂制造和产业链协同应用，实现业务的全面管理，支持管理创新与发展，帮助企业敏捷应对日益复杂的商业环境变化，提高整体运作效率，实现效益最大化。

2012年7月31日晚上，姚明织带公司灯火通明，姚明和所有高层领导亲自坐镇，各个职能部门参与EAS项目的系统切换，进行各个模块数据的初始化与I6系统数据迁移。8月1日，历经鏖战，姚明织带终于成功地踏上EAS系统之路！在各个业务部门的通力配合下，资讯部及时组织处理EAS系统出现的各种问题，EAS系统终于度过扎根生命的关键一周。

春光烂漫扑面来，姚明在兴奋之余，精心地策划继续进军的蓝图。

2013年是移动互联网红遍中华大地的一年，移动互联已经成为IT行业的趋势，企业的信息化同样必须紧跟潮流与时俱进。姚明决定，从2013年开始，公司正式上线移动工作流、移动客户、移动订单。移动库存这些移动互联应用项目，这也是基于金蝶EAS系统的移动互联应用。这一突破，标志着姚明织带及时响应的统一信息化管理平台的信息化战略，已经走在移动互联潮流趋势的前头。

信息化道路越走越宽广，制造企业广泛使用MES系统，即企业制造执行系统，该系统能有效地和ERP结合，十分适合解决车间、机台、生产线、工艺、班组、人员管控的细化难题。2012年年底，姚明提出建设MES系统的主张，经过调研，于2013年成立MES专项信息化小组，组成资讯部、生管部以及各车间主干人员组成的专项小组。这同样是一项带有强烈攻坚色彩的硬任务。

姚明传奇

在最为关键而紧张的2013年3月，在向MES系统冲刺的动员大会上，激情洋溢的姚明，带领全体参加会议的人员，用庄严宣誓的形式发布动员令："保证2013年5月1日MES系统上线。"最后，在金蝶总部的全力协助下，在姚明公司上下一心众志成城的努力下，终于如愿以偿，如期保质地完成MES系统的上线工作。至此，MES系统整合织带、染整、印刷、精品、花饰这几个大工序的排程、派工、报工，结合无线采集设备即PDA的开发应用，把人工计划系统化，与EAS系统中的订单、生产订单、生产入库进行集成对接，为了解各车间生产状况、设备运行状况，进行产量工时工资管理提供了良好平台，各车间进一步的精细化管理终于实现。姚明织带成为金蝶EAS系统全国第一家全方位实现MES系统上线的企业。

2013年，姚明织带的MES系统又有很多行模块上线，包括成本管理模块、费用报销模块、麦金斗商城接口模块、淘宝商城接口模块。在如此短的时间完成如此高层次的信息化，姚明织带是全国第一家。正因为如此，2013年8月8日，姚明成为2013年中国管理模式杰出领导力获奖者。

不寻常的庆功宴

陈小维，姚明织带饰品有限公司生管部经理，曾经用诗一样的语言这样写道：

> 我有一个梦想，早上走进办公室后，文员递过来的不是一叠报表，而是充满香气的茶水。而我坐电脑前点一点系统，就可以知道各部门的指标完成情况。
>
> 我有一个梦想，我不需要匆忙地拨打电话，甚至急着跑去现场，就可以确认今天的机台稼动，可以知道重要订单的机台投放分布。
>
> 我有一个梦想，我和部门、家人们的沟通不是去发现问题，而是带着问题的答案一起交流。

姚明非常欣赏这位洋溢着书卷气的年轻人的话，更值得欣喜的是，如今，这个美好的梦想，已经成为伸手可触的现实。

这是很值得回味的过程，如数家珍，姚明清晰地记得，从引进新中大的A3到I6，尤其是与金蝶公司合作进行信息化建设以后，公司加速进行信息化建设和升级的重要事件有许多：

> 2011年7月，姚明织带引进金蝶BOS开发平台，正式结缘；利用BOS平台开发的报价系统11月份顺利上线；
>
> 2011年12月，姚明织带与金蝶启动高级业务蓝图项目，从企业管理流程优化与ERP信息系统建设两个方面展开全面的合作；
>
> 2012年8月，姚明织带以EAS为核心（供应链+核心生产+财务）的信息化管理平台成功上线；

2013年1月，姚明织带各项移动应用正式上线，包括移动工作流、移动客户、移动订单、移动库存；

2013年3月，姚明织带成本管理正式上线；

2013年5月，姚明织带生产MES、费用报销系统正式上线；

2013年11月，引进CLOUD平台，启动电商&移动商城项目；

2014年4月，BI智能决策系统开始上线；

2014年8月，电子商城正式上线，实现销售上下游初步整合并与EAS无缝对接；

2015年4月，HR系统开始上线；

2015年10月，CRM系统动员大会胜利召开；

至此，姚明实现以"集团管控、供应链整合、优化内部运营"为目标的信息一体化工程，真正把信息化管理融入企业的每一个人每一个角落。

凯歌阵阵，势如破竹，凝视着信息化建设中不断传来的捷报，向来沉着冷静的姚明也情不自禁地想引吭高歌，倾吐胸中的喜悦和快意。诗情、画意，不断涌上心头。此时，他才真正感觉到杜甫《闻官军收河南河北》一诗中那种"漫卷诗书喜欲狂"的心情，"白日放歌须纵酒，青春做伴好还乡"，这种感觉真好！

昔日工作量大、重复劳动多；各渠道跟单不方便，公司跟单每天疲于应付；公司无法及时掌握各渠道销售情况、库存更新情况，市场反应灵敏度低，甚至有些脱节；作为决策者，无法有效管控整个销售渠道这些弊病，如强劲的东风扫荡阴霾，被消除了。

人们盛赞现代信息技术是头脑风暴，偌大世界因此变得很小，小得可以浓缩到一个只有指甲盖万分之一的芯片里。是幸事，还是隐藏着某种危机？姚明不是资深的电脑专家，他一时无法回答这个世界性的难题，但他能够清晰地感觉到，面对已经悄然进入人们生活各个层面乃至无孔不入的信息化浪潮，谁也无法回避，只能顺应潮流，运用它，驾驭它。

　　企业最为复杂的生产系统，通过信息平台，实现生产全流程、全方位的管控。从一条条生产的流水线到每一个机台，根据订单投入的每一个产品的制造过程，全部清晰地展现在"透明的鱼缸"里。真正实现了企业的经营计划—生产计划—生产部门运作的良好协调。每一道工序的精细管理，又为实现高效的生产管控，及时完成计划与执行提供了科学的保障。管理者只要轻轻点击鼠标，就可以及时而清晰地了解车间设备运转情况，了解各个车间乃至全厂甚至国内外各个分厂的产能以及生产情况。

　　信息化使遥远的世界变得很近，很近，仿佛一伸手，就可以触摸到珠穆朗玛峰守望万年的皑皑冰雪。或许，因为在佛国印度也有分厂的缘故吧，姚明只要在手机小小的屏幕上轻轻一点，就可以听到东方古国印度恒河上浪花的低吟和歌唱。

　　以前让姚明头疼的财务系统，经过信息化明媚阳光的洗礼，也完全改变了模样。公司真正实施统一的集团化财务政策，人们可以共享丰富而鲜活的财务信息，集团财务垂直管理的力度和水平得到根本性的改变。借财务这一最为敏感的窗口，对公司经营情况的全局性监控和科学分析，也成

姚明
传奇

为举手之劳，它为公司根据不断变化的情况，及时进行相应的管理决策，提供了支持和保障。资金，企业运转中如生命泉一样重要的元素，也可以发挥最好甚至最为理想的利用率，及时防止资金风险的发生。过去堆积成山的各种报表以及动态管理的报表，因为实行信息化无纸办公，几近绝迹。办公自动化带来的方便，使复杂的问题和事情恢复了其朴素而简单的本来面目。

通往风云变幻的市场，紧紧系着公司生存、发展、未来的销售一条线，借信息化建设的高速列车，更是一路春风，满目锦绣：

原有的传统发货流程：打印发货单—分单—按单配货—点货—装箱—填写装箱明细，整个流程以纸质单据交接流转并在上面记录信息，容易出现单据丢失、信息交接不清、漏发等问题。

现在的情况大变，通过条码发货流程：PC端短信通知—PDA下载发货单信息→配货，节省员工往返取单时间，配货过程采用PDA定位准确，条码扫描识别物料，自动核对发货信息，异常报警，杜绝少发、多发、错发现象，扫描装箱即时生成装箱清单，有效防止因人为因素造成装箱清单信息与装箱实物不一引发的种种问题。

划时代的巨变，让人感到不可思议。展开信息化的双翅，你就可以翱翔蓝天，鸟瞰整个世界！

以前销售过程中经常遇到的折扣计算也可以自动化，系统自动计算产品折扣，对于与客户议价的部分，业务所进行特殊折扣申请，销售业绩的计算，销售毛利润分析等问题，通过相关模块的二次开发，也可以迎刃而解。

信息化通道同样向供应商、代理商以及所有的客户开放。他们可以直接使用ERP集成，进行各种商务活动。昔日的信息孤岛被毫无阻隔的信息通道取代了，活跃的电子商务活动，可以将淘宝天猫店、自营商城连为一体，主客之间还可以运用微信、微博等现代通讯手段，进行沟通、对话和商务活动。万条江河奔大海，融入大海的每一滴水，因而有幸领略到大海的浩瀚、博大、精深，气象万千的风景得以人人分享。这就是信息时代的自豪和骄傲。

信息化同样如一把金钥匙，开启了企业管理中细化的新阶段。通过2013年开始的企业门户建设，把新闻通知、新人介绍、企业文化，包括企业内刊、员工生日、每日分享、培训动态、ISO分享、建言建策以及日常应用链接等放在统一平台上集中展现。只要鼠标轻轻一点，即可一目了然。

企业的研发、生产、营销等过程中，随着信息化技术应用的融入与深入，产生海量的数据，包括结构化和非结构化的数据，为了对这些数据进行分析并加以利用，为企业决策提供可靠的数据支撑，公司引入BI系统，自上而下推行使用，公司层面和各中心层面的数据通过BI系统进行分析呈现。从2014年上半年开始，生产周汇报主题、营销周汇报主题、库龄账龄等财务主题分析，也可以从容地进行模型设计推演。此时的姚明和公司高层的管理人员，颇有集团军司令部指挥各兵种、军种进行"沙场秋点兵"大规模演习的况味，千军万马、细枝末节，尽在掌控之中。

电子商务系统的大规模建设和日臻完善，完全改变传统的经营模式，尤其是姚明织带公司英文版的电子商城上线，通过升级改版，选型时着力于扩张性、集成性，及时引入国内第三方电商平台，通过自主开发扩展无缝的与内部的EAS系统集成，终于成功上线。浩渺的世界，就这样实现和姚明织带零距离的无缝对接。如今，国内外的客商和消费者，只要轻轻一点小小的鼠标，生意就做成了。

现代高层次的信息化建设，就像如今风驰电掣的动车和高铁列车，它代表了一个时代，改变了一个时代，也改变了姚明织带饰品有限公司。小小的丝带，就这样编织出迷人的现代神话。

姚明怎能不为之欣喜、沉醉！

2014年12月13日，一个周六的夜晚，集美临家餐厅，在庆祝姚明织带饰品有限公司完成信息化建设这一决定性战役的庆功宴上，高朋满座，全是在建设信息化鏖战中披荆斩棘的战友。姚明深深地感激他们，也从心里了解和熟悉他们。满桌珍馐，欢歌笑语不绝。昔日的拼搏，终于结出丰硕的成果。姚明兴高采烈地抱来他从美国考察时带回来的芝华士洋酒，这瓶酒真大哟！居然有九斤重。他亲自为在这场战役中付出艰辛、心血的人们敬酒，感谢他们的劳作。他正值中年，颇有酒力，酒不醉人人自醉，他和大家一样，开怀畅饮。他发现，今夜的酒美，人更美！

这是最难以忘怀的一天。

第五章

创意就是震撼

艺术创作的创意，就是"人人心中皆有，个个笔下所无"的新颖构思；就是深深植根于生活却又超越生活并能引发人们深思、联想甚至神思飞越的创新；它源于创作者对生活的独特感受、理解、发现。办企业同样如此。我们的时代是个创新时代。发现是创新的前提。要做到有所发现、有所创新、有所前进，除了灵气以外，关键是改变思维模式，从平凡中创造非凡。

YaoMing
Legend

姚明传奇

大库存模式

世界上不会只有一条路，关键是能够发现一条最适合你走的道路。

我国饮誉中外的著名数学家陈景润，曾经在数论领域里，摘取"哥德巴赫猜想"皇冠上的明珠（1+2），被人们誉为敢于在喜马拉雅山山巅上行走的人。姚明同样是毕业于厦大的学子，他之所以能够取得如此显赫的成就，有一条重要的经验，就是从不盲目地沿着别人走过的老路走，他的工作，很像是攀登一座风光旖旎却处处悬崖绝壁的高山，他至少要选十条路径，对每一条路径的具体情况都要进行认真的比较、研究，然后再做出选择。

陈景润在"数学上是巨人，其他方面都是孩子"，姚明的性格和他截然不同，但对于选择攀登之路，却有惊人的相似。在"订单式生产"称王称霸的时代，不少企业已经实行零库存，昔日如云的仓库早已烟消云散了。姚明却选择了一条与之相悖的道路，实行大库存模式，使之与大生产、大销售匹配形成完整的运行系统，在商界和学术界引起热议和轰动。

大库存模式是怎样产生的，所有走进姚明织带饰品有限公司的人都会好奇地询问这位丝带巨人。他总是从容地告诉人们其中的缘由。

并非姚明突发奇想，更丝毫没有故作"反潮流勇士"之嫌，深深植根于现实土壤的姚明，最为突出的特点，就是一切从实际出发，而不是从时髦的理论、理念甚至条条框框出发，更不随大流跟在别人后面慢慢爬行。

脚踏实地，开动脑筋，勇于创新，另辟蹊径，这是成功企业家的必经之路。

姚明织带饰品有限公司主要生产涤纶色丁丝带、涤纶罗纹丝带、涤纶印标丝带、涤纶印花丝带等产品，这些产品主要用于服饰辅料、玩具辅料、礼品包装、家纺装饰，以功能性为主兼具时尚性。就产品的种类来说，和那些高新技术产品不大一样，并不罕见。织带生产技术与传统纺织产品相近，进入门槛较低。产品用途和技术门槛决定了涤纶织带生产行业竞争激烈，单个企业无法确立起相对上游原料供应商和下游各类客户的主导地位，更不存在借大库存高压逼迫经销商的强势条件。

在群雄并起旌旗如云的激烈竞争中，依靠什么呢？客户是上帝，就看你这个企业能否以优势地位赢得客户的青睐，其中最关键的地方，就是更好地满足客户需求。涤纶织带的客户，如服饰、鞋材、玩具、礼品等行业的商家，需求有着多重偏好。以出口为主要销售渠道的姚明织带饰品有限公司，经验有三：首先，考虑各国政府和消费者对产品品质和环保越来越严格的技术标准要求，尽管多数情况下是作为辅料或辅材，但商家采购时对织带的品质依然高度重视；其次，服饰、鞋材、玩具和礼品等行业的进入门槛较低，为了控制成本，绝大多数商家对于辅料采购价格大多敏感，合理价格是他们选择产品的重要条件；最后，受消费者追求新奇和个性潮流的影响，服饰、鞋材、玩具以及礼品等产品的流行期越来越短，企业纷纷设法缩短产品上市周期，一旦确定设计样式，就要求在尽可能短的时间

内配齐主辅材料投入生产，织带厂家最好做到即时交货。因此，织带企业的竞争方向便是更高的品质、更低的成本和更短的交期。

快速交货，即有现货交易，已经成为企业竞争中极为重要的砝码。

如今颇时髦的零库存管理的订单式生产模式，虽然可以显著节约库存成本，生产线也可以随时根据客户的订单要求进行切换，但无法满足那些即刻就要现货的客户的零交期要求。因此，这一类企业通常只能适应那些对交货期要求不那么高的客户。这一值得十分注意的情况，为姚明提供了思考和施展身手的空间。

如果用安全库存模式呢？对此，姚明也曾经考虑过。

这种库存模式，在尽量进行提前预测的基础上，根据市场的需求和可能发生的变化，设置一个相对恰当的订货点，当库存水平到达这个预测点的时候，立即启动生产进行补货，在满足客户的交货期与库存成本之间尽量取得平衡。这类企业一般也不追求绝对满足客户对现货交易的要求，更不会超出根据预测制定的库存量进行生产。市场变幻无常，经常会遇到意外出现的大宗现货需求，此时，因为缺货，错失良机。

大库存模式，是和以上两种库存方式完全不同的超乎寻常的选项，它在包括销售淡季在内的全年时间里，尽可能多地用大生产的形式，来保证客户随时可取得现货。大库存模式优于安全库存模式，能够吸引客户眼球，它常年对外承诺备有现货，客户不仅取货方便，而且可以应对时常出现的因突遇市场机遇而急需现货的问题；尤其是在遇到补充库存与客户订单排产发生冲突时，可以迅速实行以补充库存优先的原则；此外，在库容允许的条件下，可开足马力生产而不考虑超出安全库存的程度。

这种库存方式有风险吗？会不会造成大批产品积压而使企业运转资金断裂，发生意外呢？不少睿智的企业家都想到这个问题。

风险评估，是有经验的企业家必须思考的严峻问题。在利润和风险之间，如何进行科学的平衡和抉择呢？

如果将"大库存"作为企业的重要竞争策略，甚至作为竞争利刃之一，这是十分值得深思的课题。

姚明传奇

这里面大有学问。姚明就是从这里切入的。

织带生产的个性差别，主要体现在染色和印刷上，这是两个十分关键的工序。姚明织带公司选择了最常用的196种颜色，因为，公司有2/3以上的客户都是这196种库存颜色织带的买家。大库存并非大而无限，而是要按照设定好的库存上限组织生产。大库存生产一个最明显的优势在平衡产能，旺季时生产订单，消耗库存，淡季时生产及补充库存，这样可以保持生产产能一年四季均衡。按照生产的成本进行计算，大库存模式是理想的降低成本的节约型的模式。

当然，也会遇到客色订单与库色补货发生冲突的情况，公司坚持补充库存优先的原则。安全库存量设有上下限，一般上限是下限的五倍，当安全量低于下限时即开始补充库存至上限。安全库存量根据流行趋势及季节进行适度调整。

大库存的天然优势在于保证满足客户的现货需求。对于那些致力于缩短产品上市周期以应对消费流行期日益缩短趋势的厂家来说，辅材的零交期现货供应可谓雪中送炭。在零库存之风席卷整个行业的大背景下，具有这一优势和实力的织带公司凤毛麟角。

既降低了成本，又方便了客户，大库存模式，在姚明织带有限公司展现蓬勃的活力。

显然，大库存模式需要付出高额的库存成本，这是否会削弱其价格竞争力？为了回答这个问题，姚明组织有关部门进行很有说服力的带有检测性的多次试验。

经过试验的诸多数据检测，姚明织带大库存模式的成本优势，为定价提供了充足依据，以致美国商务部几番调查下来也无可奈何。

十分值得注意的是，大库存模式特别讲究管理策略，大库存模式并不意味着库存越多越好，而是有其独特的运营策略。

面对两个可能存在的陷阱，姚明织带采取了针对性的措施。

其一是产品线宽度。织带产品品种规格繁多。如果所有品种规格都提供现货供应，库存占用的资金量无法承受。为此，只能选择有限的品种规格，特别是聚焦于客户对交期最为敏感的那些品种上。姚明织带从最初锁定63种颜色逐步扩大到147种颜色，再到目前的196种颜色，均按大库存模式生产。

其二是库存量。每种锁定的颜色，市场需求都比较大。不能很好地计划库存，要么库存偏低以致不能满足即时要货需求，要么偏高无法支持产品线的扩展。对此，姚明织带采取了两条针对性的措施。一是产能与产品线滚动式递进扩张的策略。据统计，在2008年初至2010年6月的一年半时间内，月末结存织带码数一直在2.7亿码左右浮动。自2010年7月起公司预测"双反"调查胜诉这一激荡人心的胜利将促动对美出口市场急剧扩大，库存随之提高到接近3.5亿码。二是季节性调整策略。由于认为所聚焦市场虽有较强波动性，但仍存在巨大增长空间，姚明织带在销售淡季仍开足机台马力生产，所形成的库存为接下来的销售旺季提供了充足供应的现货。姚明织带逐月周转率变化情况显示，每年春节前后周转率最低，之后会有一个大幅的反弹，然后下降，10—11月时周转率又达到高点。库存周转率最低时为12%，最高时达到54%，但这是春节前后客户在两个相邻月份的休假补货造成的，所以，36% ～ 40%的线性趋势线，即每两个半月库存周转一次，更能反映平均库存周转情况。

市场看上去变化无常，让人眼花缭乱，但深入探究，同样有规律可循。掌握了市场内在的规律，使用大库存的模式就如虎添翼，气象万千！

姚明织带2010年销售额相比2005年增长了18倍。有别于安全库存和压迫式销售的高压库存，大库存模式的核心驱动力是为客户提供品质上乘、价格实惠、交货即时等三大核心价值，由此强化客户服务能力，获得更高的客户忠诚度。

值得指出的是，大库存模式有着相当苛刻的适用条件，应当根据环境的变化权变地加以选择。支持姚明织带大库存模式成功的关键因素，直接的是非定制客户对交期和性价比的高标准要求以及原料价格走高趋势，间接的则是其不断改进的工艺技术和规模化生产等保障了产品的高品质和低价格。因此，即使是在姚明织带，面对客户获得更具个性产品的期待而计划扩大产品线时也需要冷静思考，避免以适用于通用产品的库存控制模式来加工个性化订单，处理好混合运用大库存模式与订单模式时可能产生的冲突。

大库存模式给客户带来的直接好处就是随时提取现货，除此之外，大库存还带来稳定的产品品质和较低的成本，可以让利给客户。客户满意度调查结果表明，客户对姚明织带产品的整体满意度平均在87%以上。从产品品质角度看，这显然与该公司着力克服着色牢固度不够和色差等技术革新的努力分不开。

多年来，姚明织带的大库存量保持在1.5亿～2亿元。据调查，70%的客户采购时会考虑价格及交期。姚明织带通过大库存模式不仅消化了原料和人工成本上涨带来的不利，还成为织带产品的市场价格领导者，在"大库存模式"基础上建立起公司的核心竞争力，以势不可挡的强劲之势，问鼎丝带市场。时至今日，姚明的"大库存"模式已经成为行业进入的门槛，有同行和外来者要想进入这个行业，必须用大资金去建立大库存。姚明用大库存阻击了许多蠢蠢欲动的业者进入这个行业。

姚明如骑上骏马，策马扬鞭，率领他的团队，开辟更为灿烂辉煌的前程。

焕然一新：从6S开始

一位中年画家突发奇想，创作了一幅这样的画：

此幅画很大，高三米，宽五米，从远处看，令人吃了一惊，只见画布上白茫茫一片，什么也看不到，走近细瞧，啊！故宫、天安门、前门大街、高楼、立交桥、人群、车流等等，在朦朦胧胧的雾霾中依稀可见，雾霾中的北京城！观者脱口而出。此画后来以120万元人民币的高价，被澳大利亚国家博物馆购买珍藏。

雾霾、北京，构成此画的诸多元素，谁不熟悉呢！然而，伫立在这幅油画面前，却让人强烈地感受到冲击灵魂的巨大力量，它不由令人想起西方一句名言——创意就是震撼。

艺术创作的创意，就是"人人心中皆有，个个笔下俱无"的新颖构思；就是深深植根于生活却又超越生活并能引发人们深思、联想甚至神思飞越的创造。如此的创意，不仅源于创作者对生活的独特感受、理解、发现，更重要的是改变思维模式，从平凡中创造非凡。

办企业何尝不是如此呢！姚明其实也是在创作，他用一根小小的丝带，不断编织出我们这个时代全新的画幅。艺术家和企业家，在创新这一命题上，有太多相通之处。

创新难，要创造杜甫老人所言的"语不惊人死不休"的新意，更难！

症结在哪里？

几年前，企业家出身的楚渔先生曾经写过一本很有意思的书——《中国人的思维批判》。此书中，他不仅发现了中国人传统思维的模糊性，以及中国人抽象思维能力薄弱、思维方法混乱而僵化等弱点，更为重要的是，他发现思维模式是由环境和文化造成的，一旦思维模式形成思维定式和习

姚明传奇

惯，就和原来的文化失去有机的联系，文化对思维模式的影响越来越小，思维模式对文化的影响越来越大，思维模式开始主宰文化。

人们常说，习惯成自然。中国人的思维定式和习惯可谓多矣！最为常见的是从俗：公务员吃香，千军万马都去挤这座独木桥；读硕士、博士时髦，人们便一窝蜂地拜倒在导师们的脚下；出国新潮，如今，已经从大学生延及中学生甚至小学生了。从俗如滚滚的潮流，不知把多少人裹挟其中。这一普遍的现象告诉人们：改变人们的思维定式和习惯，其意大焉！

创意的前提是发现。作为儒商的姚明，不仅善于在变幻莫测的市场风云中，高屋建瓴，发现潮流的走向，因而可以进行牵一发而动全身的决策，而且能够脚踏实地，引进世界企业界先进的管理理念和方法。将企业的发展带引入新境界。

引进，改变旧的思维定式和习惯，同样是势如破竹的创新！

马克思主义传入中国，改变了中国的时代。关键是联系实际、立足本土，走马克思主义中国化的道路。

2014年6月6日，姚明亲自主持，召开6S启动动员大会。这是企业实行"精益生产"战略的重要组成部分。

所谓6S，指对生产过程现场各生产要素（主要是物的要素）所处状态不断进行整理、整顿、清洁、清扫、提高素养及安全的活动。由于整理、整顿、清扫、清洁、素养和安全这六个词在罗马拼音或英语中的第一个字母是"S"，所以简称6S。

这一管理方式，源于特别强调精益生产的日本，而后风靡世界。它的主要内容是：

整理（Seiri）——将工作场所的任何物品区分为有必要和没有必要的，有必要的留下来，其他的都消除掉。以腾出空间，空间活用，防止误用，塑造清爽的工作场所。

整顿（Seiton）——把留下来的必要用的物品依规定位置摆放，并放置整齐加以标识。工作场所一目了然，消除寻找物品的时间，整整齐齐的工作环境，消除过多的积压物品。

清扫（Seiso）——将工作场所内看得见与看不见的地方清扫干净，保持工作场所干净、亮丽的环境。以稳定品质，减少工业伤害。

清洁（Seiketsu）——将整理、整顿、清扫进行到底，并且制度化，经常保持环境处在美观的状态。以创造明朗现场，维持上面3S成果。

素养（Shitsuke）——每位成员养成良好的习惯，并遵守规则做事，培养积极主动的精神（也称习惯性）。以培养良好习惯、遵守规则的员工，营造团队精神。

安全（Security）——重视成员安全教育，每时每刻都有安全第一观念，防患于未然。建立起安全生产的环境，所有的工作应建立在安全的前提下。

用以下的简短语句来描述6S：

整理：要与不要，一留一弃；

整顿：科学布局，取用快捷；

清扫：清除垃圾，美化环境；

清洁：清洁环境，贯彻到底；

素养：形成制度，养成习惯；

安全：安全操作，以人为本。

6S管理有什么好处呢？

不仅能优化、美化企业的生产环境，更能使全体员工养成良好的习惯。姚明非常欣赏日本管理大师安刚正笃的一段名言："心变则态度变，态度变则行为变，行为变则习惯变，习惯变则人格变，人格变则人生变。"他到过日本，不仅赞叹日本樱花的惊艳之美，富士山的超凡脱俗之美，更由衷地赞叹日木人精于管理一丝不苟的企业精神。

科学没有国界，真理没有国界，先进的管理理念和方法同样没有国界！

"十年树木，百年树人"，企业员工来自五湖四海，文化素养、性格追求更是迥然不同，要改变这些人的想法、行为、习惯并进而改变其素养，绝非一朝一夕之事。员工整体素养的提高需要大的社会环境与小的企业

113

环境的良性互动才能实现，企业创造良好的环境对员工素养的提升至关重要。

姚明颇为欣赏这句富有哲理的名言："人造环境，环境育人"。他明白，环境分为自然环境和人文环境两大类。因此，6S这一管理理念和方法，已经发展成完整、科学、不断从初级走向高级的系统，它从明确的管理规范性入手，通过执行严格的制度，全面提高管理的水平和境界。

姚明有相当长的一段时间随服役的父亲在军营中生活，他发现军营生活有一个很有趣的现象，部队的营房里，干部战士的被子每天都要叠成豆腐块，整齐、划一、美观且给人清爽干练的感觉。部队的踢正步训练，更是让人振奋。父亲曾经告诉他，踢正步时，所有士兵的脚面要踢到一样的高度。此外，还要进行队列训练，无论酷暑严寒，这些穿上军装的人，只需一声令下，就可以站成一座威严的雕像！打仗时并不需要踢正步，也不必机械地站队列，平常之所以严格训练，就是为了在真正战斗时刻到来时，能够使部队成为无坚不摧的铁流，完成神圣的使命。在执行森严的纪律基础上建立规范性和一致性，是将团队的战斗力发挥到最大的极为重要的途径。企业当然不同于军令如山倒的军队，但和军队一样，同样依靠发挥团队力量来夺取胜利。姚明虽然没有当过兵，但熟悉军营生活的他深谙这一道理。

6S的丰富内涵就在于此。

军人的素质培养需要通过平时严格的训练来完成，企业员工的素质培养则可以通过6S来进行。这是一种规范，当员工将规范做事当成一种习惯，一种本能的自然反应，就会产生伟大的力量，只有这样才能打赢真正的攻坚战。习武者少不了温习基本步法，不温习，功夫就会减退；唱歌的人要练嗓子，不练，声音就会干涩；企业员工同样需要不厌其烦，踏踏实实地进行基本管理的修炼。

显然，这是意义深远并且能够很快见效的企业基础建设工程。

借助6S的管理理念和方法，全面提高企业的整体素质，打造一支真正可以攻坚克难的队伍，是姚明多年来的愿望。他做事向来雷厉风行，从不含糊。公司组织了强有力的6S推广委员会，采取的办法和程序是：先进行全厂的总动员，让全体员工充分认识6S的丰富内容和推行的意义，然后树立样板，取得经验，全面推开，根据6S的规范，进行一一落实、检查、评比，最后公布名次。优秀者进行表扬、奖励，执行不力或落后者进行必要的批评和处罚。姚明精通这一中国式的传统方法，且不要小看这一套已经程式化的流程，实践证明，它是经验的总结。尤其是发动群众进行检查评比，最容易调动大家主动积极参与的高昂热情，在荣誉和物质奖励面前，谁也不愿意做孬种。

这是一股席卷每一个人心灵和行为的旋风。6S之所以有如此大的魅力，根本的原因是人人参与，它要求每一个人都从自身做起，集思广益创造良好的工作环境。制度管理的力量使人人成为具有荣誉感和责任感的主人。这一身份的转变，激发出人们内心的潜力，使团队获得强大的活力。个人的荣誉与利益和团队紧紧结合在一起的时候，就如一滴滴水汇成江河，形成可以奔腾咆哮滚滚向前的力量。

人的认识是不断提高和深化的，开始，居然有人认为6S和大扫除差不多，不就是把环境搞得清爽一些吗？后来，才发现，6S竟然需要分期进行，一期比一期更丰富，更生动，也更见成效。

姚明首先确定生产第一线作为开展6S活动的重点。

这真是了不起的变化哟！

变化最大的是织带车间，数百台织带机在这里轰隆隆地运行，原来，窗户小，排风扇也小，人在里面操作，如果是暑天，操作工全身都被汗水浸透了。实行6S活动以后，窗户大了，而且装上了大功率的排风扇和除尘设备。如今，人走进去，空气清新，再也没有挥汗如雨令人窒息的感觉。

本来杂乱的车间、办公室，几乎是一夜之间改变面貌。一切都变得井然有序、一目了然。人需要好心情，好心情来自何处——生存环境。环境如人，同样可以沟通、互动。几乎所有的人都发现，优美的环境给自己带来美好的感受乃至享受，是何等的惬意！

当然，也有焦躁甚至不快的时候。

精品包装部原来在交建七楼，那里空间大，各班组区域分明，开展6S活动得心应手，所以，第一次评比的时候，得到第一名的佳绩，人人笑逐颜开。后来搬到厂区的D楼，空间面积小了，加上订单时间长、物料杂、存放标示都存在着客观困难。结果，第二次评比时，居然从第一名跌落到倒数第一名。

从峰巅忽地跌到谷底，这也让姚明大吃一惊。该部门的员工更是难以接受这一严峻的现实。

6S如逆水行舟，不进则退。这是教训，更是警示！

值得称赞的是，该部门的员工并不为挫折和失败找理由，而是为成功找方法。他们主动地召开会议，统一思想，坚定信念，从零开始。

首先，他们针对D区空间小的问题，先做整理。认真区分必要和没有必要的物品，把没有必要的物品清理掉以腾出宝贵的空间。各个区域重新进行划分、定位、标示，所有的物品都放得整齐、规范。

其次，建立作业区域定时清扫制度，加强对卫生死角的清扫，提高清扫频率，所有物品的摆放实行规范化。减少并逐步消除产品的污损率，昔日混料乱放的情况得到彻底的改变。

最后，通过培训和不断的实践，全体员工更加深入了解6S活动的意义和严格要求，养成良好的习惯。大家明白了做好6S与全厂的产能和人员的品质、素质息息相通。对建立完美团队的意识有了质的飞跃。

久违的"第一名"终于又回到精品包装部。姚明凝视着该部门人员热泪盈眶的面孔，他感到欣慰，更感到一种激情在胸中涌动：创业艰辛，创业同样是幸福和快乐的。

姚明
传奇

牛鼻子：绩效工资改革

　　办企业的人都知道，没有比工资问题更能牵动员工的神经乃至灵魂的事情了。显然，工资是牵涉全局的牛鼻子。

　　书卷味很浓的姚明是个理想主义者，他在工资问题上的理想是："四个人干八个人的活，领六个人的工资。"这并非低估现代企业员工的思想觉悟，按照姚明的理想设计，人们可以相信，在如此大幅度提高工资的诱惑面前，虽然工作量增加了，但大家都会拍手欢迎的。

　　姚明的理想可以实现吗？

　　按照实行绩效工资改革之前的情况是不可能的，当时，姚明织带有限公司实行的是传统的个人计件工资制。

　　这一风行世界的工资制度是弗雷德里克•泰罗于1895年提出的，他是美国的工程师、发明家、科学管理理论的代表人物，科学管理理论的主要倡导者，被誉为"科学管理之父"。他首创的科学管理制度对管理思想的发展有重大的影响。

　　泰罗认为，科学管理的中心问题是提高劳动生产率。为了提高劳动生产率，必须挑选"第一流的工人"。要使工人掌握标准化的操作方法，应使用标准化的工具、机器和材料，使作业环境标准化。为了鼓励工人努力工作，应实行计件工资制。工人和雇主必须认识到提高劳动生产率对双方都有利，应该加强协作。为了提高劳动生产率，应把计划职能同执行职能分开，改变原来的那种经验工作法，代之以科学的方法。为了提高工效，应实行职能管理。泰罗的这些观点成为科学管理理论的基础和核心内容。

　　计件工资有合理性和先进性，它充分体现了社会主义"按劳分配，多劳多得"的基本原则，正因为如此，成为中国解放后绝大多数企业实施的工资制度。改革开放以后，民营企业如大潮奔涌，数亿农民进城打工成为打工者，他们从朴素的传统观念出发，对这一工资制也很少有异议。

身处第一线的姚明却深深地感受到这一在世界上已经沿用100多年的制度的弊病。

他是务实的，思考问题不会从本本出发，接受过现代思潮洗礼的他，更没有什么保守思想。计件工资看似简单，按照产品的数量和质量，根据规定计算劳动者的薪酬，但落实到具体的岗位、产品的种类等实际情况，就遇见难题了。例如该公司生产的丝带产品，多达数百种甚至上千种，有的容易做，有的不容易做，只按照计件计酬，一是难以实施，无法保证公平性和公正性；二是头脑活络又缺乏责任感的员工，往往抢着做容易做的产品，把难度较高的产品丢给其他人。此外，个别利己主义思想比较严重的人，为了得到更高的报酬，不惜牺牲别人的利益。计件工资是建立在强调个人利益基础上的，最大弊病是催生只顾自己不顾他人的个人主义，往往削弱团队的力量。

通过实行6S等现代管理体系，姚明织带走上团队绩效管理模式的新阶段，传统的计件工资显然已经无法适应新的形势了，实行绩效工资改革势在必行。

一个全新的概念出现在姚明的面前——团队绩效。

什么是团队绩效？

从广义来说，团队绩效指团队实现预定目标的实际结果，主要包括三个方面：团队对组织既定目标的达成情况，即团队生产的产量（数量、质量、速度、顾客满意度等）；团队成员对所在团队的满意感；成员继续协作的能力。因此，团队绩效是基于每个不同角色的人及其能力组合而产生的乘数效应。

一般的绩效管理强调责任的具体化和清晰化。强调个人对工作的关注，提高运行效率，根据个人任务的完成情况进行价值分配。实际情况是，在团队中，每个人是无法独立存在的，其个体的工作和其他成员密切相关，个体的成果也以他人的成果为基础，尤其是现代化作业分工越来越细的情

姚明传奇

119

况下，更是如此。实行团队绩效，在充分调动个体成员的积极性的基础上，组织、协同全体成员共同努力，创造佳绩，这是一个完整的流程。团队工作相互依赖，要求每个成员必须关注其他人员的工作情况，必要时给予建议和帮助。价值分配也根据团队的成果来确定，而不完全根据个人完成任务目标的情况进行分配。

因此，实行团体绩效工资模式，既可以充分发扬个人积极性，又弘扬了集体主义精神，克服了计件工资只强调个人的弊病，使整个团队形成团结一致奋勇向前的力量。拳头的力量当然超过指头的力量。

以"团体绩效工资模式"取代"个人计件工资模式"，是具有划时代意义的重大改革，这是牵涉每个员工个人利益和企业发展前景的大事，姚明积极而慎重，他知道，改革开放30多年，每一次改革都不会一帆风顺，都会遇到意想不到的难题。

2012年年初，姚明亲自主持，对以往绩效考核的利和弊进行了认真的分析，决定结合实际情况，独辟蹊径，提出2012年绩效考核的总体思路和规划——在公司内部推行"团体绩效工资模式"，取代以前的"个人计件工资模式"。用员工通俗的话语表述，就是由"个人包"改为"团体包"。

"个人计件工资模式"是以个人生产合格产品的数量乘以预先规定的计件单价，以此作为计量和支付个人报酬的工资模式。"团体绩效工资模式"则以部门为计量单位，工资总额取决于部门的劳动成果，以部门生产合格产品的数量，乘以计件单价，计算出应得的计件工资总额，然后再根据工艺复杂程度、劳动繁重程度、责任大小以及个人技术的熟练程度和贡献大小等情况进行合理分配。两者相比较，显然，"团体绩效工资模式"比"个人计件工资模式"更符合现代企业运行的实际，更科学和准确。

学过企业管理学的姚明心里清楚，实行"团体绩效工资模式"，从本质上看，就是把分配的权力下放到部门。它的优势，是把原来潜藏着的团体的力量和潜力充分挖掘和发挥出来，这是新能量的释放，具有广阔的发展空间。当然，也要严防小团体主义的滋生和蔓延，此处的关键，一是全局性的平衡和管控，二是建立必要的制度。

　　"团体绩效工资模式"比"个人计件工资模式"复杂多了，它已经突破个人的局限，整体上牵涉方方面面。从哲学层面上看，它不是简单的、线性的，而是网状的，呈现出现代的立体色彩。因此，姚明先在公司的生产系统中推行，取得经验以后，再推行到生产中心的支持部门和服务部门。

　　牵涉每个员工切身利益和神经的举措，必须慎之又慎。或许，这也是我们国家虽然改革开放多年，但在工资制度改革问题上，始终处于相对保守状态的原因吧！理想主义者的姚明，同时又是清醒的现实主义者，这就是他的高明之处。

　　2012年3月，"生产系统绩效考核四步走"方案终于隆重登台，姚明郑重签发文件时，情不自禁地深深吸了一口气。此项全新改革措施的出台，标志着与沿用百年的计件工资制度告别。它不由让人想起一句时髦的台词：太阳每天都在升起，但每天的太阳都是新的。

　　"团体绩效工资模式"率先在生产中心各一线的生产部门——织带部、印刷部、染整部、精品包装部等部门启动，四步走的程序是：从计时工资到半计件到全计件，最终实现"将成本管控模式转变为利润中心的管控模式"。真是一石激起千重浪哟！改革催生隐藏在人们心灵深处的炽热的创业热情，自实行"团体绩效工资模式"以来，各生产部门作业人员的人工效率、部门人均小时产量工资、交成达成率逐月提升，曾经让人头疼的废带率、异常以及客户投诉、生产补数、能耗都在逐月下降。让姚明更为欣慰的是，各个生产部门充分发扬民主，发动群众，完善了各项有关的制度和规定，为"团体绩效工资模式"的深化提供了有力的保障。

　　取得成功经验以后，"团体绩效工资模式"推广到生产中心的支持和服务部门——生管部、品管部、机电设备部、仓储部。根据这些部门的特点和工作性质，对原来的团体绩效方案进行必要的改良。因为生产部门有明确的产品计量，作为支持和服务部门，在具体的计量上，就不那么具象化。这并未难住人们，他们通过部门工作量分析，岗位编制梳理和工作价值评估，确定各部门团体薪资包的总额；根据各部门工作绩效特征，提炼出最能代表该部门的关键指标——部门KPI，以KPI为基础按月进行目标式

姚明传奇

的量化管理；每月团体薪资包总额随部门的KPI的达成情况进行调整。关键业绩指标的KPI主要包括各部门的工作数量、质量、效率、响应时间、反馈时间、解决时间、服务质量。

方法总比困难多，在实施"团体绩效工资模式"的过程中，姚明带领公司员工不断探索，不断总结，逐步完善。古话说，"涉浅水者得鱼虾，涉深水者得蛟龙"，此话很有深意。

"团体绩效工资模式"是全新复杂的管理工程，当目标确定以后，各部门团体业绩的确定就成为关键。它要求具有严格、规范的制度特点并能够进行具体的实施即可操作性。因此，在实施新模式之前，就制定了团体绩效方案和实施细则，根据历史数据进行多次的套算和评估，方案和细则兼顾部门和个人，明确了部门团体层面各个体层面的绩效测试维度。既设立团队的指标，促动成员形成协作；又设立个人指标，让团队成员之间形成竞争的态势。

以人为本是实施"团体绩效工资模式"的重要保证。因此，充分的宣传和正确的引导，以得到团队成员的理解、支持乃至高度认同就显得尤为

重要。每次推行绩效考核之前，公司都会对部门管理人员、员工进行多层次的宣传、引导和教育，使方案真正深入人心，得到大家的支持。

此外，在倡导公平竞争的同时，也明确地告诉大家，任何制度都不可能绝对标准、绝对公平，考核结果也是相对的，关键是让每一个成员都能认识和感受到考核的公平性、公正性。所以，对团队和成员的考核结果，必须采用各种方式反馈给每个成员，让大家明白做什么可以得到奖励，做什么应当受到处罚。以明确和弘扬团队的价值导向，制定持续的改善计划，不断提高团队和成员的素质和水平。

员工是团队最活跃的元素，激发他们的创造精神和竞争意识，可以提高团队的总体战斗力。因此，公司以"星级员工"评比为载体，以业绩量化考核为手段，从"考核""交流""教育训练"等不同角度，全面营造员工比技术、比学习、比安全的健康竞赛氛围。在"星级员工"的评定中，各部门把"量化考核、绩效挂钩、张榜公布"三者结合起来，取得显著的成效。

"团体绩效工资模式"的推广和精益生产的进行，效果如何？

姚明在接受《世界经理人》记者名家访谈时，笑吟吟地宣布：经过实践，公司员工从2000人精简到1000人，整体生产总值反而增加了10%。而且，姚明织带有限公司员工的薪酬在厦门位于前列，超过大多数台企、日企、韩企和美国在厦门办的企业。

姚明传奇

123

当机立断

天有不测风云。

这是令姚明难以忘怀的意外事件。

2012年6月，杏林分厂突然传来一个惊人的消息：该厂的工人罢工了。机器全部停止转动。

该厂是2008年新建的。当时，公司正以每年资本翻一番的奇速飞快发展，产能不断增加，市场不断扩大，姚明下定决心，投下一亿元巨资，在杏林建立分厂，主要用于丝带的染色、印刷、精品包装等工序。杏林是厦门的老工业区，著名的杏林纺织厂曾经饮誉全国，后来悄然退出市场，但基础设施好，尤其是企业必需的能源供应，可以得到保证。该厂很快建成并投入生产，为姚明织带有限公司的迅猛发展插上腾飞的翅膀。

2012年1月，姚明派他手下得力的干部徐潮波到该厂任厂长。这个分厂有970多人，徐潮波一到任，有两个重要的发现。一是车间的现场环境比较差。印染需要气和水，车间里蒸汽弥漫，几步之外就看不清楚人和物，地上都是水，人要踏在铺在上面的砖头才可以行走。在这样的环境中工作的人，可以想象，除了辛苦之外，心情、情绪都不大好。二是这个新厂的管理水平比较低，员工很难管。来自全国各地的员工，往往分地方组成帮派，稍微触及利益，或者牵涉个人，就群起而攻之。这次罢工由很小的事情引发，系少数人所为，多数员工并不想参与，但罢工的员工采用威胁、恐吓等手段威逼所有员工停止生产。此种现象，在新办的企业中并不罕见。

徐潮波一到任，就积极采取措施，改造车间的生产环境。他不仅擅长管理，而且是科技型的人才。他完成整合生产流程、"超生产革新"等项目，仅蒸汽一项，一年就可以为厂里节约300多万元。为了充分调动员工劳动的积极性，从2012年年初开始，分厂在原来个体绩效的基础上实行团体绩效考核制度，以机台为单位进行核算。按照常规，有一个这样的内行的领导人来管理，应当是员工们的幸运。反常的是，这次罢工的头头，指名要求撤换徐潮波。

姚明闻讯，立即赶到分厂处理此次风波。

一脚踏进车间，满目凄凉。见到他的到来，不同的目光全部投注到他身上，怀疑、冷漠、愤懑，也有关切、同情。姚明清楚，此次罢工，并非小事。970多人突然停止工作，给企业造成的损失和影响难以计算。在别有用心的人的煽动下，还很有可能发生非常事件。因此，在来分厂前，他已经分别向有关部门报告，请教厂里聘请的法律顾问，如何在法律的层面上正确处理此事。

他主动召集罢工的代表开座谈会，听取意见。很遗憾，座谈会上，这些人气势汹汹，把他当作"假想敌"，所提的复工条件，是他无论如何也无法接受的。他知道，在不讲道理的人面前，所有的道理都是苍白的。座谈会没有任何结果，他匆匆地离开分厂。

姚明感到很惊讶，这次罢工，并非由于欠薪或无理扣罚薪资引起的，恰恰相反，是在实行团体绩效考核制度，所有员工的工资都得到较大幅度的提高以后发生的。加工资后罢工，真是咄咄怪事！

他也曾检讨过自己，在对待员工的问题上，是否有不当之处？他虽然是老板，但企业里有坚强的党组织，在全市非公企业的党组织中，姚明织带多次因善待员工，模范执行党的政策而受到上级党组织表彰。作为民营企业家，姚明虽然拥有巨额的资产，但从来没有奢侈过，也没有不良嗜好，他不抽烟，不喝酒，不上歌厅，他最大的乐趣是工作，是看着企业健康地成长。他崇尚的不是一个人致富、享福，而是给更多的人带来快乐、幸福。他努力让全体员工都过上有尊严的幸福生活，这始终是他不懈的追求。

在生活上，姚明对自己要求不高。他喜欢简朴的生活，喜欢和员工们分享创业的成果。在如此规模的企业中，很少有老板像他那样，每天都到食堂和员工一起排队买饭，不是摆摆样子，而是长年累月如此。他的心和员工是相通的，在和员工的共事和相处中，他能够从他们的真诚的目光中读出信任和鼓励。其实，办企业的人都能够感受到，企业办大以后，成千上万的员工的命运实际是和老板连在一起的，企业办垮了，大家都要失业。企业如舟，同舟共济，风雨兼程，办好了，事业兴旺发达，对大家都好。

每年春节，公司员工都放假，一般到正月初十才上班，姚明在正月初五就提前来到公司。他有幸福的家庭，他同样珍惜全家相聚共叙亲情的温馨日子，但他更关心工厂这个大家，他必须做好迎接新年开工的诸多工作。

企业不是老板一个人的，系着所有人的生存、命运。一荣俱荣，一损皆损，道理就是如此。

为什么要用罢工这样的极端方式处理矛盾呢？他不赞同，更不理解。经过深入调查，他发现这次罢工并不代表多数员工的意见，而是极少数人为了达到不可告人的目的，采用非法手段，威逼多数人的结果。杏林厂原来实行计时绩效，后来实行团体绩效。实行计时绩效，大家的工资相差不大；实行团体绩效，根据产量、效率、品质、废带率拿绩效工资，有的人多拿一百多元，有的人多拿三四百元，高的可以多拿六七百元。原先的心

理平衡被打破了，不满者于是蓄谋发难，出现涨工资而罢工这样的咄咄怪事。这是让人无法容忍的绑架行为。

明媚的阳光下，怎能容忍阴谋诡计绑架光明正大，怎能允许极少数人为了一己的私利，把绝大多数人绑在肮脏的战车上，肆行无忌！

杏林分厂的各级干部耐心地做群众工作，讲清道理。近千人的大厂，是非曲直，终于逐渐浮出水面，乌云遮蔽不住真理和事实的太阳。

少数蛊惑罢工的头头，被孤立了。其实，他们是心虚的，他们没有想到，进入法治社会的中国，尤其是在文明的厦门，有理才能走遍天下，无理寸步难行。悬崖勒马，主动承认错误，及时回头，还是来得及的。然而，那些头脑容易发昏者很难做到这点。

越来越多的人站在真理的一边，他们用不同的方式和渠道，表达对罢工的不满和要求迅速复工的愿望。

有关部门高度重视这一罢工事件，及时进行了认真的调查，听取员工的意见，了解事实的真相。在各个层面做好了应付突发事件的准备。

人心的天平向真理倾斜。姚明果断地下定决心，用快刀斩乱麻的办法处理此事。公司决定，在当日夜晚12点钟之前，必须复工。否则，以自动辞职处理。

对执意罢工者，这无疑是最后的通牒。

这是扣人心弦的场面——

在厦门市有关部门的全力支持下，公司组织人员，按照机台进行登记，同意开工者，立即启动设备，开始工作；不同意开工者，立即在有关人员送来的辞职书上签名。

喑哑两天的机器开始轰鸣，一台、二台、三台……不一会，全厂的机器就像压抑太久的歌喉，终于尽情发出动人的歌声。

一台台印染机上，窄窄的丝带，如奔腾不息的山泉，在激情地流动。色彩缤纷，系着人们的目光，系着广袤的世界。

姚明亲临现场。

他发现，机台上操作的员工，今天特别认真，个个全神贯注。夜已深了，窗外，美丽的厦门依然灯火璀璨，这个不夜城，日日夜夜都在谱写最美的诗稿。

满天星斗的夜空，居然有一架夜航的飞机在飞行，是来自大洋彼岸的国际航班吗？姚明突然想起丝带在海外的市场，美国、英国、法国……这些国人向往的西方国家，都有姚明丝带在那里编织着美好的生活。小小的丝带，连着大大的世界，这是姚明的自豪和骄傲。

我们赖以生存的这个世界太有趣了，巍巍高山和卑微的小草，同样装点着人们的生活，装点着人们的审美情趣。绵绵的思绪如扯不断的丝带，拉长了这个不寻常的夜晚，拉长了现实的生活和想象的空间。世界很大，世界有时又很小。神奇的宇宙，能够牵动人的情感的事情实在太多了。

罢工风波平息。

今天的一页已经翻过去了。已经到来的明天会更好、更美。

深夜的姚明，毫无睡意。

第六章

惊心动魄的"双反"之战

此战看似偶然却是必然，古人云"木秀于林，风必摧之"，激烈竞争的国际市场何尝不是如此！具有霸主地位之称的美国商务部，借"双反"调查之名，突然袭击姚明织带，其势犹如泰山压顶、寒流滚滚。是消极避战、忍辱退让，还是义无反顾、亮剑应战？当姚明不得不孤军奋战，一场震撼人心的大战就成为万众瞩目的焦点、亮点。

YaoMing
Legend

姚明传奇

晴天霹雳

　　商场如战场，姚明并未想到，他的战场居然和万里之遥的美国连在一起。大洋彼岸的山姆大叔，怎么如此青睐姚明？

　　中国是出口大国。在对外贸易问题上，美国、西欧为了保护本国商业集团的利益，往往对本国企业采取保护主义政策，曾经发起数十起直接针对中国企业的"反倾销、反补贴"调查（"双反"调查）。尤其是支持霸权主义思想的美国，动不动就挥动"反倾销、反补贴"大棒，对中国有关出口企业进行毁灭性的打击。

　　什么是"反倾销、反补贴"？此事牵涉到国际贸易中的一个常识问题。反倾销，指对外国商品在本国市场上的倾销所采取的抵制措施。一般是对倾销的外国商品征收一般进口税，此外，再增收附加税，使其不能廉价出售，此种附加税称为"反倾销税"。如美国政府规定，外国商品到岸价低于出厂价格时被认为倾销，立即采取反倾销措施。反补贴，指一国反倾销调查机关实施与执行反补贴法规的行为与过程。其中的补贴指一国政府或者任何公共机构向本国的生产者或者出口经营者提供的资金或财政上的优惠措施，包括现金补贴或者其他政策优惠待遇，使其产品在国际市场上比未享受补贴的同类产品处于有利的竞争地位，危害到该国的企业。因此，限制出口商出口数量，通过征收高的关税，是贸易保护主义常用的做法。

　　美国对华反补贴争端，始于2006年10月俄亥俄州新页（NewPage）纸业公司，该公司要求美国政府对中国纸业企业进行反补贴调查，对从中国进口的铜版纸课征近100%的反倾销税，挑起争端。此后，烽烟不息，由美国商务部出面，先后对中国出口美国的钢铁、轮胎、纺织品等发起"反倾销、反补贴"调查。由于种种原因，敢于挺身应诉的企业极少，即使应诉，中国企业也从来没有获胜过。在直接牵涉本国利益的激烈竞争舞台上，欧美一些国家，以强势地位，欺负发展中国家，已经屡见不鲜。

正在迅速崛起的中国，太需要以敢于维护自身权益和尊严的形象亮相于世界舞台了。姚明自己也没有想到，这一承担时代重任的庄严角色，会落在他的头上。

2009年是姚明织带有限公司展开双翅激情翱翔的一年，公司40%以上的产品出口美国，高质量、设计精美而且价格不贵的姚明织带产品，赢得美国客户和消费者的热烈欢迎，姚明织带几乎席卷美国市场。小小的丝带，在异域演绎出许多动人的风景。这对美国的丝带产业无疑是巨大的挑战和威胁，于是，向来认为是自己势力范围的美国企业家坐不住了，正应了中国的古话"卧榻之侧，岂容他人安睡"。

2009年的7月9日，拥有100多年历史的美国最大的织带生产厂家比威客·奥弗瑞公司，向美国商务部和国际贸易委员会提出指控，根据这一指控，美国商务部和国际贸易委员会对中国输美窄幅织带产品发起"双反"调查，中国大陆有100多家企业涉案。厦门企业中，首当其冲的就是姚明织带饰品有限公司。如果指控罪名成立或者放弃应诉，姚明织带出口美国的丝带将要交纳高昂的惩罚性关税。如果胜诉，姚明织带出口美国的织带产品可以享受特殊优惠政策。

姚明织带以莫须有的罪名，被强行拖进这场没有硝烟的战争。

是理直气壮地应诉，还是临阵退却？选择后者，意味着永远失去美国市场，已经形成的大好局面，将如大楼崩塌一样，顷刻化为乌有。选择前者，谁都明白，和大鼻子的山姆大叔打国际官司，绝非容易的事情。需要有雄厚的经济实力，且企业生产、经营管理、产品销售等方面都要能经得起国际法律条款的严格检验。且不说打官司之难，从以往的实践来看，中国企业打这种官司，很少有取得胜利的纪录。

根据"游戏规则"，美国官方将涉案企业分为三类——强制应诉企业、普通应诉企业、未应诉企业。强制应诉企业将根据美方调查情况，享有单独税率；普通应诉企业，享有两家强制应诉企业的平均税率；未应诉企业，将被征收惩罚性关税。2009年8月6日，美国商务部根据2008年出口量前两名确定反补贴强制应诉代表，根据2009年1—5月出口量前两名确定反倾销强制应诉代表。作为全球最大的织带制造商及2008年全年和2009上半年输美织带出口额最大的公司，姚明织带和宁波金田贸易有限公司被列为反倾销强制应诉企业，姚明织带和福建长泰荣树实业有限公司一起被美方列为反补贴强制应诉企业。

"在商务部门以及纺织品协会的指导下，我们逐渐弄清了'双反'的概念和相关程序。国内企业自2005年以来接到类似反倾销反补贴的官司很多，胜诉的比例很低，反倾销或反补贴两个官司同时打赢更是微乎其微。"姚明分析说，打这类官司困难重重，不但需要高昂的费用，若平时经营管理不太规范，应诉会更加烦琐，而大陆的织带企业的规模一般都不大，容易被吓倒。很多涉案企业是贸易商而非制造商，"惹不起，我们还躲不起吗"，贸易商大多数放弃织带业务，转做其他行业。事实上，织带业的关税一旦超过30%，美国客户就基本不能接受。美国是姚明织带第一大出口市场，销售额1300万美元左右，占公司海外市场总销售额60%以上，一旦失守，公司无疑将遭受重创。

To be or not to be，that is the question

面对诉讼费用高昂、胜诉希望渺茫的国际官司，宁波金田贸易有限公司和福建长泰荣树实业有限公司同时选择放弃应诉。

是应诉还是放弃，姚明面前是个两难的抉择。放弃，意味着之前辛苦打下的美国市场拱手相让；应诉，这是一条充满艰辛的不归之路。最终姚明选择应诉，代表中国企业孤军应战。从某种意义上说，姚明织带此次应战，不仅是为自己，更是为了中国的纺织行业。

杀开一条血路！姚明心中，突然想起改革开放总设计师邓小平在深圳特区说过的一句气壮山河的话语。当时的姚明，的确是没有退路了。他知道，不战则死，战则有可能杀出一个艳阳天！

姚明可以独立寒秋、昂首云天，为中国人、中国的企业家争一口气，打破中国企业在国际竞争中总是挨打的被动甚至狼狈不堪的局面吗？

姚明
传奇

面对美国人的突然袭击和无理指控，姚明先是惊愕，接着是义愤填膺，就像无端被人泼了一桶脏水。

冷静之后，他细细地检点自己办企业的过程。

他没有拿过政府的任何补贴——他的厂房是租的，没有土地，也没有向银行贷过款，他走的是与众不同的轻资产、重品质的道路。

他的产品出口美国，按商业成本制定的价格进行销售，恪守美国商界的游戏规则，并无倾销之嫌。

中国有句老话，"身正不怕影子斜"。堂堂正正的姚明，在气势汹汹惯于以霸权主义压人的美国山姆大叔面前，并不胆怯。

然而，毕竟是和美国打"双反"国际官司，而且是国人从未取得胜利记录的官司，说实话，姚明虽然没有绝对的把握，但性格坚韧甚至有点执拗的他，被美国人的无理、蛮横和强加到他头上的罪名激怒了，他横下一条心，决定将这场官司打到底，并且一定要打赢。

睿智的姚明心里明白，和美国人打官司，光勇气是不够的，必须请国内富有经验的律师事务所和律师。通过各种渠道，他聘请上海黄山律师事务所的汤伟洋担任顾问。汤伟洋四十不到，年富力强，曾经打过"反倾销反补贴"等国际官司，在这方面有实践经验，也有深厚的理论功底，由他在法律上担纲，此外，他还通过黄山律师事务所聘请来美国律师，美国律师经验丰富而且谙熟美国法律，中外律师联手，姚明更有胆量了。

给姚明准备的时间太短了，按照规定，美国商务部反补贴调查立案，在原告提出诉讼后20天，也就是2009年8月6日正式立案。

没有退路。

首先是极为详尽的问卷调查。

姚明织带公司从2009年7月20日开始，在律师的指导下，对"反补贴"一案所需提交的资料进行准备，于2009年8月接受美国商务部提出的问卷，在同年的12月递交所有关于"反补贴"的问卷。

在美国商务部的反补贴调查中，"中国政府"是另一个应诉主体。具体而言，由应诉企业所在地的商务主管部门牵头，涉及企业相关政府补贴的所有部门都是调查对象。在姚明织带打官司的同时，厦门市贸发局也吹响战斗的集结号，市财政局、科技局、经发局、集美区政府等十个涉及调查的部门，冲锋而上……

2009年，厦门市涉及的反补贴案件就有三起，其中美国对我国窄幅织带"双反"调查，成为厦门首次应对的"双反"案件。林珍雅是厦门市贸发局世贸事务处处长。一方面，她为姚明织带应诉感到高兴和欣慰，"中国的企业终于长志气了"；另一方面，姚明织带应诉，直接将贸发局推向"双反"调查的风口浪尖，"接下来的时间够忙活了"！

在这场"比赛"中，厦门市贸发局既当"教练"又当"球员"。

当"教练"，必须鼓励企业积极应诉，对其进行应对经验的介绍；当"球员"，因为中国政府也是美国反补贴调查的应诉主体之一，国家商务部负责案件的中国政府答卷工作，厦门市贸发局具体负责该案厦门市补贴项目的政府答卷组织工作。

"虽然中国政府也是应诉主体，但美国商务部的终裁结果对政府没什么直接影响，企业才是'双反'调查结果唯一的承担主体"，林珍雅说，"企业应诉要花相当大的代价，政府部门应对得好不好，又直接影响企业的应诉效果。我们必须承担起这份责任"。

贸易救济案件的应对，需要企业耗费大量人力物力。当姚明织带的员工们身心俱疲之时，来自政府的支持可谓"雪中送炭"。"两反两保"是贸易保护措施，但在了解和妥善运用"游戏规则"后，能够在其中找到生存机会，甚至可能从最大的"被告"变成最大的"赢家"！"正是林珍雅和同事们的鼓励，让姚明吃下了一颗"定心丸"。

在姚明织带应对美方调查的同时，厦门市贸发局自身也要上场"比赛"，而且充当的还是"场上队长"的角色。

历时四个月的政府问卷调查，厦门包括贸发局、财政局、经发局、科技局、国土局、发改委、物价局、供电局、集美区政府等十个部门接受调查，调查内容涉及多项经济扶持措施。在这些部门中，贸发局就是牵头单位。

然而，"大敌"当前，队伍内部却出现不和谐的音符。

由于是第一次应诉，加上反补贴调查涉及部门多、协作难度大，缺乏工作机制的保障，各相关涉及部门在参与和配合上存在欠缺，影响了应对效率。一些政府部门认知不足，积极性不高。

　　心聚不到一块，力就使不到一处。2009年9月，厦门市政府及时召开了一场协调会。

　　"美国政府凭什么要我们提供证据！出台什么政策，是我们的事，还要美国人来管！"在协调会上，某部门的一位领导义愤填膺，拍案而起。而他的观点，代表不少人的心声，美方要求提供大量的资料，而由于时间跨度长，涉及面广，加之单位内部人员变更及保管问题，要查某些工作资料非常麻烦，不少工作人员懒得去动。

　　"不想提供证据，是可以理解的"，林珍雅话锋一转，"但是，在反补贴案中，被调查国的政府与企业同样是应诉主体，如果政府不予配合，则将使企业陷于被征收惩罚性关税的不利境地，这对积极应诉的企业尤其不公平。"

　　慢慢弄清"游戏规则"，渐渐明白消极应诉的弊端，相关部门的态度有了180度的大转变。"我们能为企业做点什么？"多数部门开始主动思索。

　　反补贴应对中，商务部聘请了国内外专业律师指导应对工作，省外经贸厅积极给予指导，厦门市政府也高度重视，由分管副市长和副秘书长亲自部署相关应对工作，厦门市贸发局牵头组织协调，各相关部门密切配合，终于顺利完成政府问卷答复。

　　美国商务部的一行官员于2010年1月18日飞临厦门，对姚明织带和厦门相关部门实行"反补贴"实地核查。美国官员在姚明织带公司核查两天，在政府部门核查一天。核查的主要内容包括以下几个方面：公司历史、架构、联系关系与合作组织等；销售与出口信息；政府对姚明公司的补贴，包括中小企业国际市场开拓资金补贴以及所得税税收优惠政策等。

　　因为姚明织带和政府部门提供了丰富而充足的材料，"反补贴"实地核查进行得很顺利，美国官方的结论是："公司官方表示公司生产的窄幅织带与政府没有联系，公司官方也提供了原始的与其客户的关于价格协商到运输细节的E-mail。"

这个带有浓重官腔的结论，透露出一个令姚明他们欣喜的信息——调查组在"反补贴"问题上，没有发现什么问题。

初战告捷。于是美国商务部在2010年2月6日对这次反补贴做出初裁，姚明织带初裁税率是0.29%。

相比较而言，"反倾销"的问卷调查，更为复杂，公司必须在规定时间内，交完数量金额问卷和独立地位申请问卷。美国商务部在2009年8月26日对反倾销进行抽样，确认独立地位企业名单。在2009年9月2日发出反倾销的三大问卷——公司情况问卷、销售问卷、成本问卷。三大问卷的交卷时间是2009年10月5日。

姚明在详细了解问卷的情况之后，不得不赞叹美国人的精明和老道。可以说，别看卷帙如山，其中的每一个题目都经过精心的设计，它们组合起来，就像天罗地网，在其面前，你休想能够侥幸地逃避几乎是密不透风的网眼。具有国际一流水平的现代调查技术，已经可以将任何隐瞒、虚假，还有不少人擅长的造假，全部暴露在光天化日之下了。

对姚明，对公司，这都是极为严格的考验和检验，犹如淬火，所有的杂质都会在烈焰中焚烧殆尽。姚明终于明白了，为什么有那么多的企业不敢挺身应诉，除了经济上的原因，更因为平时管理缺乏规范，经不起如此严格的调查。

打铁还得本身硬，真金不怕火炼，姚明的长处就在这里，姚明敢于和山姆大叔过招，其深层次的原因也就在这里。

这是一场和美国人动真格的"搏斗"，同样是对姚明和公司的拷问。问卷上的一道道题目，牵起尚未远去的历史烟云，丝丝缕缕，毫不含糊；也牵起现实的风风雨雨，日月如梭，编织着喜悦、幸福，同样有忧愁、困惑乃至惊涛骇浪。负责材料工作的人们，实在是太辛苦了呀！他们日日夜夜沉浸在数字的海洋里，为了一个准确的数据，或沙里淘金或大海捞针，姚明凝视着他们憔悴的面容、疲倦却坚毅的眼神，心里深深地感谢他们，也心疼他们。

姚明
传奇

全公司总动员，全员投入这场决定企业生死存亡，展现和维护中国人尊严的大战。姚明亲自作动员报告。他不爱说大话，只是如实地把面临的严峻局势和公司经过深思熟虑后做出的庄严决定告诉大家。所有的员工都从姚明的语气和凝重的表情中感受到此战的分量。

站在风口浪尖上的姚明并不孤立，得知姚明织带公司全力准备应诉的消息，中国商务部、中国纺织品进出口商会、厦门市政府等有关部门全力支持姚明织带公司，在各个方面予以积极的配合。姚明感受到，有无数的眼睛正注视着他、关爱着他。从2009年10月到2010年1月，姚明织带接受并递交美国商务部对反倾销提出的补充问卷。

问卷调查之后，美国人派来的"反倾销"调查组，不远万里，从大洋彼岸飞到厦门，到现场对姚明公司进行实地核查。

一场硬仗揭开序幕。

毫不含糊

面对面进行较量的时刻到了。

2010年1月18日,美国商务部派出的"反倾销"核查官员进驻姚明公司。这个核查组由三人组成。姚明早已严阵以待。他组织了一个精干的工作班子,亲自任组长,行政副总任副组长。从财务部抽调了五人,总经办抽调三人,生产管理部抽调一人,仓储部抽调一人。这些人都是姚明亲自点将的,他们不仅通晓公司的情况,而且都是业务精湛十分敬业的公司骨干。

如今已经任公司审计部经理的洪嫣玲,当时被选入这个班子工作,回忆起这段惊心动魄的日子,依然感受颇深。她说,自2009年7月准备材料开始,到2010年3月,他们这个班子就从来没有休息过一天。他们不休息,姚明更是不休息,那段时间,作为总指挥的姚明经常熬夜。她明白,姚明是豁出去了。她从姚明的目光中,感受到他的焦虑,更能感受到他的必胜信心。姚明不止一次地给他们鼓劲,坚定地说:胜利一定是我们的,因为我们从来都是老老实实办事,从来没有做过亏心事。

"反倾销"核查规定的时间只有五天。它核查的内容很多、很细,主要是公司概况,包括人员、关联企业、供应商、客户、生产流程工艺;公司销售情况,包括出口、内销以及运费等;公司的销售成本,包括原材料、人工费用、包材、水、电。

材料、材料,打国际官司,讲究的是真凭实据。所有的材料堆积起来,足足可以装满20平方米之大的一个房间。

刚开始,姚明织带和美国官员的核查默契度不够,共计五天的核查时间,前三天时间过去了,核查的任务还未完成三分之一,因为提供的材料满足不了核查组的要求,所以第三天晚上,姚明织带聘请的美国律师再也

姚明传奇

憋不住了。他对姚明说，老外做事很严谨，按以往的案例看，既定的项目没有核查完，对终裁结果非常不利。姚明的心情一下子沉重起来："为了这场官司，我们投入大量的人力、物力，实际付出的成本超过300万元。不能前功尽弃，大伙儿要咬紧牙关挺过去。"姚明也跟美方核查组沟通，恳请他们周末加班把核查大纲的内容全部核查完毕，得到的答复是"NO"，因为没有这样的先例。姚明急了，所有参战的人员都急，姚明注视着面前一双双已经熬红了眼睛，不得不下令：拼了！

两军相遇，已经到了白刃肉搏血战的时刻。

没有人有睡意，也没有人敢睡觉。一天二十四小时，全部处在极为紧张的激战状态。人是有潜能的，被严重危机和神圣使命激发出来的潜能，一般人很难想象，更不容易做到。当年红军强渡大渡河，在狂风暴雨中，一天一夜强行军240华里，十八勇士冒着枪林弹雨，爬过铁索桥，终于获得胜利的奇迹，就是这样创造的。

"反倾销"核查一些什么呢？

这是一份极为珍贵的资料，虽然长了一些，却是真实的记录。事情虽然已经过去多年，每次看到它，姚明心里总是情不自禁地涌起满腔豪情。

篇首是这样写，细读，如人们常见的官方文件，没有太大的区别，客观，一目了然，细细品去，却给人冷冷的感觉。

专题：针对中华人民共和国姚明织带饰品有限公司的织边窄幅织带的反倾销调查。

针对姚明织带饰品有限公司的核查工作从2010年3月8日开始到2010年3月12日在中华人民共和国福建省厦门市进行。审查报告下面大纲的附件描述了我们的发现点。我们已经在审核报告中附加了单独的展示清单。我们也附加了审核参与者的清单。

此次审核的目的是给当事人提供一份基于方法，程序，结果以及商务部审核应用的实际情况收集报告。参看19 C.F.R 351.307(c). 基于核查的信息被成功地报告但这并不代表我们得出结论。这些信息不代表发现点结论，但最终商务部如何判决是基于这些审查的事实。

　　公司经营中极为敏感的销售话题，成为核查中极为瞩目的焦点之一。在这份报告中是这样描述的：

对姚明公司销售回复的审查

　　在下面的大纲中所列出的审查步骤已经于2010年2月26日以信件的方式由商务部递交给了姚明公司，在以下的每个步骤，我们对审查程序的执行与引用的审查展示以及与姚明公司提供的与程序相关的问卷调查回复做了描述。并且我们也对由于考虑姚明公司财务与销售账目系统的实际而改动的程序计划做了描述。

　　1.发行概况

　　以下部分是调查发行的清单以及在实际的审查阶段的观察，这些可能作为商务部取证的证据。商务部提供这份列表出于对开庭前当事人调查内容准备的方便。然而，这份列表并不代表在这份报告中所有的调查项目。

　　每一笔交易都在对美销售额的资料库中。

　　2.在审查之前次级纠正措施陈述

　　姚明公司递交了为审查准备而做的问卷回复的纠正措施。这是份对销售次级纠正措施的详细列表，参看展示1。每一个纠正措施都登记在报告相关的部分。我们让姚明公司手工输入当事人需要了解的纠正措施，在随后的2010年3月11日我们审查了这些纠正措施。

　　3.姚明公司次级纠正措施

　　姚明公司表示他们并没有对一个客户做2份销售项目货物的报告，也没有向2个客户提供3份项目货物的报告，参看第7页到第11页的展示1-A。

　　姚明公司认为在21条中的15.1（附加的航空控告）与15.2（附加的过程支出控告）是不正确的报告，参看第12页到第39页展示

1-A。姚明公司也提供了新货品数量与价值信息的次级纠正措施以及新调价。参看第40页到第75页的展示1-A。

姚明公司表示由于疏忽错误地制定了产品代码的CONNUM。参看第76页到第86页的展示1-A。

在2010年3月1日，姚明公司表示他们错误地报告了产品的净重，是由于错误地计算了织带时的消耗信息，已经做出了改正。然后，姚明公司表示发现的货物总重充当基础分配时候计算的结果不一致是由于在织带生产过程中直接工人、间接工人、电力以及生产与消耗所造成的。姚明公司表示所有货品的总重充当基础分配应当增加0.088%。

这一情况说明，在极为关键和复杂的销售问题上，姚明公司原先提供的问卷材料，和实际核查的情况，虽然有些微的出入，但经过采取"次级纠正"措施，是可信的。

关于组织构架的核查并不复杂，文件是这样描述的：

A.检查姚明公司的组织架构以及与产品生产相关的部门，在所有递交报告中包括所有市场的织边窄幅织带的销售，物流分发。

结果：参看展示1-B，我们查看了姚明公司内部的组织并且对它的每个部门进行了参观。我们注意到没有与姚明公司提交的报告不一致的情况。

B.使用政府的财政收益表覆盖所有的POI，并检查所有姚明公司短期，长期的投资账目和子账目的细节，以及其子公司与窄幅织带产品有关的销售情况。若涵盖所有POI的政府财政收益表不可以用，则提供涵盖大部分POI的平衡表，若在账目细节中看不出姚明公司持有的股份与投资比例，则单独的计算这些比例。

参看展示1-B我们检查了姚明公司涵盖调查期（POI）的收支表。详细的注明了姚明公司短期，长期的投资以及合并的收支表。

我们发现的无短期，长期投资的信息与姚明公司的递交材料一致。

关于公司对外关系，核查的结果是：

检查与姚明公司及其子公司有关的国际公司，包括但不限于，在姚明公司递交的报告中所有的供应商与客户

结果：参看展示1-B。我们获得并检查了姚明公司、姚明国际、莆田瑞蓓丝、姚明贸易公司的商业证书。公司官方表示姚明国际在POI期间没有制造窄幅织带。我们要求姚明公司提供姚明国际、莆田瑞蓓丝、姚明贸易公司在生产销售窄幅织带的文件与证明。我们检查了姚明公司及其子公司的财务状况，没有发现与姚明公司提交的报告不一致。

又一关通过了。做老实人，干老实事，国内如此，在国外同样如此。这是对一笔销售收入的认真核查，核查组这样描述：

公司官方表示公司第一笔销售收入是在POI外收到的。我们要求姚明公司提供年终收支表和月收支表。我们发现无短期、长期投资，这与姚明公司提交的报告是一致的。我们计算了总的月销售收益再对比年销售收益，发现是一致的。

考虑到姚明贸易公司，官方澄清说公司从2007年以来只有很少的活动(2009年11月25日提交的报告第7页)。更深入的了解得知，有股东投资的国内贸易公司并没有在POI期间参与生产与销售货物。公司官方表示2009年只有一笔交易，在账户上没有收到任何款项。参看92页的展示1-B。我们查看了整年的收支以及月份的收支状态表，发现无短期、长期的投资，这点与姚明公司提交的报告是一致的。

我们要求姚明公司提供支持他们2009年1月6日所做陈述表示2006年以来没有活动的证据。公司官方表示公司自从2006年没有参与莆田AIC's年检并引用了2010年6月递交的2010年1月4日的展示SSA-3报告，公司官方表示莆田公司在2004年已停止生产然后将生产设备卖给了姚明公司。公司官方提供了财务收据以表明设备的转移，参看114页到124页的展示1-B。

对姚明公司内部关系的核查，核查组的描述简洁而明朗：

　　辨别姚明公司的股东与管理层，以及所有姚明织带产品的子公司。

　　结果：我们未发现与报告上不符合的地方。姚明公司提供了一份详细记录其股东与他们单独的拥有股份百分比的表格，参看18页到66页的展示1-B。在姚明公司原始资本确认报告中我们对股东股本识别与各自所占百分比进行了对比。

　　对雇佣历史上每个管理层员工，包括他们先前的公司以及在姚明公司的工作时间，都进行了论述，以证明所论述的文件。

　　结果：我们发现没有与报告信息不符合的地方。公司官方表示董事层由两个股东组成。并且每个经理人任命时候都会在董事会上说明。姚明公司表示每个经理的指定是由股东大会决定的。我们检查了原始复印件中现在的经理层每个人的雇佣记录，参看132页到145页中展示1-B。

　　回顾姚明公司的历史，为论述所有设施和设备的购买与结构，姚明及其子公司有以下可以检查的文件：公司商业证书，资本投资检查报告，投资者意见，合作文件，股东名字列表，企业名字允许使用的通知

　　结果：我们注意到没有与报告不符合的地方。由于提供了姚明公司合作的历史，我们检查了商业证书的原始版本，资本确认

报告，审批证书，允许使用企业名字通告，参看147页到163页的展示1-B。公司官方提供了所有在姚明公司成立之初的商业证书复印件。特别检查了在2009年10月5日姚明公司递交的2009年6月的商业证书，这份证书也是在递交报告期间最新的。姚明公司提供了其所有商业证书发出时间，登记号码，登记资本，更新原因的清单列表。参看147页的展示1-B。

更进一步，姚明公司表示在原始的合并报告中并不会要求项目工业与商业管理处（"AIC"）的盖章。举个例子来说，当一个公司需要此文件的复印件时AIC的盖章才会出现，也只有这份可以获得复印件上含有AIC的盖章。姚明公司表示在2009年10月5日递交的姚明公司合并报告是原始复印件，所以并没有AIC的盖章。然而，姚明公司提供了一整套从AIC处获得的商业文件，包括姚明公司合并条款的复印件。我们检查了这份文件，发现是姚明公司2009年10月5日提供的复印件，参看展示IV-2d。我们检查了姚明公司整套的商业文件，包括姚明公司商业证书与合作条款以及具有AIC盖章的每页文件，我们复印的姚明公司合并条款，参看125页的展示1-B。

每一项调查都毫不含糊，每一个结论都在证明，姚明是清白的，姚明织带更是清白的。

经过整整五天的核查，未发现姚明公司交卷的材料与实际核查的情况有不符的地方。"反倾销"调查终于水落石出，完美收官。

得到如此理想的结果，太不容易了！

美国人并不可怕

姚明织带有限公司在美国设立分公司，姚明多次到过美国，对这一号称世界头号强国的国度并不陌生，但在法律层面上，面对面和美国人打交道，还是第一次，也是给他印象最为深刻的一次。

美国人的思维方式与中国人截然不同，虽然，姚明这一回是作为被告接受美国商务部的调查，但和核查组的相处中，他真实地感受到，美国人是以先做无罪论定再进行核查的，这种思维模式，和中国人恰好相反。中国人对被接受的调查对象，往往是先做有罪论定，然后去找证据。或许，正因为这种先入为主的思维模式，成为昔日冤、假、错案屡屡发生的重要原因。当然，这还涉及东西方文化和有关制度等深层次问题。不得不承认，美国商务部这次派来核查的人员，并不先入为主，他们是负责的。这些从民主和法制相对成熟的美国走来的人们，并不可怕。

人往往是被吓跑，吓倒的。久在商界的姚明深知，不少企业家喜欢和美国人做生意，因为他们知道，那里是真正的国际市场，在人们的心目中，美国是富得流油的国家，那里的钱好赚。但他们对美国人并不真正了解，尤其是发生诸如"反倾销 反补贴"这类事情的时候，更是感到胆怯，缺乏应有的底气和精神，采取消极的逃避态度，这实在让人感到十分遗憾。儒家思想熏陶下的中国传统文化，往往以忍作为面对强手挑战时退却的借口，多一事不如少一事的俗世观念，更是使不少人失去据理力争的勇气和锐气。尤其是和平年代，平庸盛行，信仰丧失，道德滑坡，社会整体思想、文化素质下降的危机，已经成为严峻的社会问题。人是应当有点精神的，面对美国人的挑战，更应当如此。否则，尊严何在？人格何在？

企业家的真正本事是什么？不光是利用如今市场经济大潮席卷全球的有利条件，发财、赚钱，更重要的是积累文化底蕴，文化不仅是人们热捧的硕士、博士等海归文凭，更重要的是经过中外文化陶冶之后的素养，是在实践经历中经过不断的修炼，形成的人格、品德、担当、思维方式等精神层面上的结晶。金钱的富有和文化的短板，是中国许多企业家的致命之处。姚明是个善于学习之人，这次事件中，他零距离接触了来自美国商务部的专家型人员，时间虽短，但感受颇深。

美国人并不可怕。

不得不佩服美国人的敬业精神。在美国商务部核查组到来之前，姚明聘请的美国律师Jay Kenkel 就提前到达姚明织带有限公司，这是个幽默风趣却不乏稳健的美国人，十分熟悉美国的法律。他和上海黄山律师事务所的汤伟洋等律师一起，根据核查大纲，进行了充分的准备，交代公司有关人员，面对核查组，不要紧张，沉着应对，只要认真回答核查中的问题，就可以了。

第一次美国"反补贴"实地核查组，首先是核查姚明公司和政府的关系。面对如潮水涌来的物美价廉的中国产品，美国本土同类企业无法应对，越干越亏。这对美国的制造业造成严重的冲击，造成美国同类产业的停工、失业、技术流失，这是美国政府不能容忍的，因此就借此不断对中国进行反倾销反补贴调查了。

姚明了解美国人，也理解了美国人。走向世界的中国企业家，应当有这样的情怀和胸襟。

或许，正因为如此，美国核查组一开始就把核查姚明公司和政府的关系作为首要目的。根据核查组的要求，姚明公司提供了公司通信资料、商业记录等详细的材料，用以证明公司是独立运营的。同时，还提供与公司相关的制造商与出口商的有关材料。

材料如山，而且绝大多数是表格。姚明发现，不管是第一次的"反补贴"核查官员，还是第二次的"反倾销"核查官员，这些内行的美国核查组官员都非常敬业，他们用不同颜色的小纸条夹在有关的表格上，做简单的批注。敬业的美国人没有午睡的习惯，有时，甚至连中饭也不吃，饿了，就啃点面包，喝点牛奶，再配点水果。

美国人严谨的工作态度和精神，也让参与此项工作的中方人员受到感动。"反倾销"实地核查的时候，刚开始的三天，进展有点慢，美国人着急，姚明同样着急。坐镇指挥的姚明，嘱咐工作人员，准备了一些小题板，把核查组提出的问题，一一标出，及时回答或者寻找有关材料。核查速度逐渐加快了。

核查非常细致，几乎无一遗漏。美国人要求提供每年的商业计划中计划、发展、回顾、批准、分发的每个步骤，提供在以上过程中产生的所有文件，包括会议记录。与程序相关的当事人需要随时接受调查。财政年度中完成的最近所有的商业计划与相关文件也需要调查。这样的核查，用中国的一句俗话来说，犹如篦子梳虱子，个个无一遗漏。

核查组要求公司提供近期管理层与公司官方对管理人员进行任命的会议记录，美国人想看看，是否有政府的人员参加了会议，姚明公司有没有任何来自政府指派的管理人员。结果是，没有证据表明中国政府干预姚明公司管理层的任命。

经过核查，美国核查组确认，未发现与报告信息不一致的地方，公司生产的窄幅织带与政府没有联系。短短的一行字，还姚明和公司的清白，姚明长长地松了一口气。

美国人也讲究实事求是，重证据，这也是世界法律通行的准则。

销售，美国人核查的另一个重点项目。

销售的关键是价格。姚明丝带在美国风行，除了品质好深受消费者的欢迎以外，就是在价格上具有优势，那些联名控告姚明织带的美国企业家，几乎一致认为，姚明的产品在价格上有"猫腻"，有倾销之嫌。

姚明产品的价格是政府定的吗？对中国不了解且天真幼稚得有点可笑的美国人，往往片面甚至错误地以为，中国政府主管一切，姚明产品的价格也在政府的管控之列。

结论当然应在经过充分核查之后做出。

核查组详细地调阅了姚明产品销售和价格设定的有关文件，发现的确没有政府对该公司产品介绍、定价的有关文件。政府要管的事情太多，怎么可能管到小小的丝带呢？为了慎重起见，核查组还对销售授权人员的身份、定价以及其他商品销售人员的身份进行了识别。最后的结论是：

> 我们没有发现与报告中不一致的信息。公司官方表示定价是根据市场条件与需求来确定的。公司通过电话会议或邮件与客户协商价格。然后，公司表示没有保存电话协商价格的记录或资料。公司官方表示当销售员与客户沟通时，指定销售期，销售价格以及提供窄幅织带的供应量的主要责任由公司的外销经理与总经理授权承担。公司表示政府没有控制其销售期，销售价格和供应量。

能够得到核查组这样的结论太不容易了！它表明，姚明公司向来遵纪守法，在国内市场如此，在国际市场同样如此。他们从来不因为谋取私利甚至暴利，和政府有关部门以及官员沆瀣一气。干干净净做人，老老实实经商，向来是姚明的准则。它从另一方面也证明，这些美国人并不因为有其国内的企业家控告姚明公司而偏袒美国企业利益，他们同样站在公正的立场上，高度重视事实的真实情况，高度重视姚明公司提供的证据，从而做出正确的结论。

中国、美国皆是世界大国。两国的文化、社会制度截然不同。中国是有着5000多年文明史的东方古国，近3000年以农村经济为基础的封建专制社会，创造了无比灿烂的文化，因种种原因，也形成长期闭关锁国的陋习。实行改革开放政策以后，中国急起直追，迅速崛起，成为举世瞩目的发展中国家的佼佼者。美国的历史虽然只有200多年，但它是西方发达的资本主义国家，无愧是世界强国，经济上的雄厚实力和处理国际关系中的霸权主义，令世人对这个国家不得不予以高度重视。正因为如此，中美之间，既有鲜明的分歧，有时甚至是尖锐的对立，但也有共同利益所在。人是可

149

以沟通的，国家之间同样如此。中国人要到美国做生意，不得不研究美国、尊重美国、理解美国，在某些方面，还要相信美国。

中美人民之间，中美的企业家之间，并不存在不可调和的利益和矛盾，求同存异，共同发展，相互共赢，这种和谐的局面，通过共同的努力，完全是可以实现的。中国有句老话"不打不相识"，经过这次"反倾销、反补贴"调查，姚明豁然开朗了。

美国人并不可怕，最大的敌人是自己。须知，人，往往是被自己打倒的。

最后一张发票

美国商务部核查组对"反倾销"的核查，整整进行了五天。现在，只剩下最后一张发票了。

这是一张水电费的发票，牵涉的钱款并不多，但因为和这张发票有关的人员不在厦门，要在短短的时间内，找到这个人员和发票很困难。然而，执拗的美国人依然在等待，他们礼貌地向公司的工作班子和姚明提出，尽量争取找到这张发票，使这次核查有个圆满的结果。

这真是一次翻箱倒柜的大查账呀！核查组对公司账目核查的认真和细致程度，公司的财务人员没有见过，姚明也从来没有见过。好在公司实行了信息化管理，否则，任你有天大的本事，都无法应付如此的核查阵势。企业管理的国际化，势在必行。

极为重视发票，是美国商务部核查组的内行之处，他们知道，发票是真凭实据，是无法更改的记录，尤其是销售货品的发票。核查中，他们要求提供销售货品的全部清单，要求列明型号、描述、数量、价值。姚明织带有限公司销售的货品，价值以亿来计算，种类之多，更是让人眼花缭乱，这些货品销往的国家、地区、商家难以计数。不得不钦佩姚明平时的严格要求和信息化的系统管理的无穷力量，这些材料居然全部在公司的信息化系统找到踪迹。此时，姚明明白了，美国人的"反倾销、反补贴"，为什么有那么多企业不敢应战，即使勉强应战，也败下阵了，原因是这些企业的管理存在漏洞，经不起调查，只要进行稍微严格一点的调查，就露馅了。商场如战场，战场上的胜利，是平时严格训练严格要求的结果。当中国加入世贸组织，中国企业已经大踏步走向世界的时候，在企业发展理念上，尤其是在管理上，不和世界接轨，不学习并虚心汲取世界上最先进的管理经验和方式，就要吃大亏。

企业的现代化、国际化，首先是企业家的理念、思想的现代化和国际化。

运输，企业运行中的中心环节，核查组要求提供公司全部的运输记录。此事并未难倒姚明。因为公司的运输记录是由内部的ERP系统生成的，用来记录所有从仓库取出用于销售的货物。姚明花巨资建立的ERP系统，能够自动记录反映在生产报告中的货物的运动情况以及客户运输货物记录中的销售分类账情况，包括运输记录号，客户名字、地址、联系方式，船运时间，产品代码，数量，单价，总额，额外航运程序……对此，美国人也感到钦佩。他们没有想到，姚明织带有限公司的信息化水平，居然能够达到如此高的境界。

核查组最关心的，当然是运输到美国客户的情况。

公司应核查组的要求，提供了运输到美国客户的全部文件。公司向核查组解释，全部是按照正常商业程序进行操作的。因时间关系，核查组不可能核查所有的运往美国货品清单，他们任意抽查了2个销售订单，在被抽查到的2个打包清单里，每个清单提供了相关的采购单号、美国客户名称、在船运单上的货物描述，应核查组的要求，公司还提供了正常商业程序中到港的账单，航空账单或者是旅行账单以及这些文件的复印件。此外，公司还提供了每个销售单据的记录。特别的那些包含几个销售物料的记录提供了每个付款记录。提供了从客户那拿回的分类销售单、财务发票、财务分类账、总分类账、收入证明、收支平衡表，还有从银行拿出的这些款项的存放证据。

一切都是那么井井有条、纹丝不乱。

对运往美国货品的调查实在是太仔细了，认真的核查组特别对销售日期进行了核查，论证船运的时间与外销美国市场的时间，得到的结果是：

我们就美国销售与外销部经理单经理交谈。单经理提供了在价格与数量与先前的客户订单有区别时候的例子，在这些例子中，运输时间已经统一到最后的修改时间。我们检查了一份在POI期

152

间到美国的订购清单与运输记录数量不同的记录。发现使用的时间与运输的日期是一致的。

依然秋毫无误。

对运往美国货品的型号也在调查的范围之列。

姚明织带有限公司提供了在POI期间所有产品销售的完整清单，所有内部财务代码对应于这些销售的记录清单。若产品的代码系统是用于识别产品项目，就可以用来描述如何产生系统，定义与应用来准备回复。提供所有电脑程序中的程序复印件。在调查产品的范围内提供所有主要产品的清单。在调查产品的范围中在主产品清单中识别出不考虑作为货品的相似产品类型。不得不佩服精明的美国人，连一个小小的细节也不放过。

他们认为，经过认真验证完整的产品代码，证明与2010年1月6日姚明公司提供的问卷答复中是一致的。

一个个项目的连续核查，自然让人想起宋代诗人杨万里《过松源晨炊漆公店》中的诗句"正入万山圈子里，一山放过一山拦"，杨万里写的是下山，此时的姚明感觉在上山。

无限风光在险峰，一道道坎跨过去了，一座座山翻过去了，连续奋战的姚明和公司的工作人员，在美国商务部核查组到来之前的几个月，就日夜苦战，回答问卷。美国人来之后，他们更是如在战场上鏖战的将士，丝毫不敢懈怠。

姚明没有睡意，生物钟完全被打乱了，其他人同样没有睡意，他们真的是豁出去了。

和美国人打国际官司，的确是场硬碰硬的拼搏，来不得半点的含糊！

对生产成本的核查，是美国人的重点项目之一。他们主要是从生产的全过程的账目进行追踪，用数据化的手段，借开支这一窗口，了解真实的情况。

这同样是一个复杂的工程。富有经验的他们，首先检查公司产品记录与财务报表上面反映出的数据是否一致。结果发现，两者是完全吻合的。

接着，核查总分账表，子分账表等详细记录，用于生成2009年1—6月原始问卷调查中所描述的需检查的商品清单，以及2009年1—6月生成的内部损耗计算工作表，还有在2009年1—6月的市场终端，收据详细清单，货物购买发票，用工记录等等。

这些核查组的人员不愧是精通业务的专家，稍有造假，瞒不过他们的眼睛。他们往往用抽单的办法，核查公司原来在问卷中提供情况的真实性和准确性。

他们从材料输入入手，核查了一份详细的物料活动记录，包括开始的详细清单，购买，消耗，结束的详细目录，其中包括在2009年1—6月的经纱、纬纱、尼龙纱、绒带、染色、印刷等全过程。与2008年整年的财务审计报告上材料费用进行了对比分析，未发现与问卷材料不一致的地方。

材料的消耗是成本的重要组成部分，是可以进行科学而准确的计算的。核查组检查公司从NME供应商处购买原材料的程序，提供程序说明与工作表来体现如何在财务报告中记录这些购买信息。还检查了所有发票、航运文件以及其他支持在2009年5月工厂购买与船运购买的记录。

姚明随时关注着美国商务部核查组核查的进展信息，他深深地感受到，此次"双反"调查，对他和公司来说，都是极为严峻的检验，惊心动魄之余，他同样感到欣慰，因为，在这些明察秋毫的美国人面前，他和公司不仅经得起调查，而且展现出不同寻常的异彩。平时，商界的人们经常讲企业的现代化、国际化，他和公司并不虚于应付，而是脚踏实地，一步一个脚印老老实实地走过来了。老实人不出亏，他更加深刻地认会和理解了这一朴素真理的丰富内涵。

能源输入的情况，系成本核查的项目之一，核查组不厌其烦地对公司的水电、蒸汽、液化气用于生产产品的消耗的方法和情况，进行核查，未发现和上交的问卷有不一致的地方。

人工输入是生产成本的大项，核查组对姚明公司在单位时间的人工劳作，含包装人工的计算方法和情况，检查每天的出勤表、车间轮班记录、车间生产记录等，也没有疑问。

航运因数的核查，核查组用一份地图来标出输入材料，能源，包括材料供应商的地址。提供说明来证实这些信息。

产品的包装，是生产过程中不可缺少的重要程序，尤其是出口美国的产品，在包装上既要美观大方，又要讲究经济效益。核查组特别检查了包装程序，包括在项目货品上所有材料和人工输入。

细节，传神的眼睛。不得不佩服老美在细节上的专注和用心。西方的产品，特别是制造业产品，在细节上精益求精，之所以能够得到全世界消费者的青睐，一个重要的原因就在这里。

核查是极为全面的，最后，美国人关注的目光居然集中在生产过程中产生的废品上。他们饶有兴致地调查了公司在废品补偿方面的情况，检查公司副产品分类以及对生产各因素的影响，要求提供每个副产品的包装信息，包括副产品总数、在POI期间项目货品生成的副产品。

所有的核查都未发现原则性的问题，核查组认为的大小项目都未发现与问卷不一致的地方，现在，只剩下一张水电费的发票了。

工作人员打电话详细询问这张发票的情况，向核查组进行了认真的汇报和解释。

这是"双反"核查的最后一夜。也是姚明和工作人员无法入眠之夜。办公室里，灯火通明；窗外，夜景如画。

世界上的事情，要做到十全十美太难了！如此严格的核查，最后只剩下一张钱款不多的水电费发票一时找不到下落，已经可以说是奇迹了。然而，美国人还在办公室不肯离去，这些不乏浪漫的美国人，或许，希望最后一分钟里能够出现奇迹。

午夜12点。奇迹未出现。

美国商务部核查组的成员，终于决定，宣布这次核查圆满结束，发票可以延后交付，和其他资料一起寄给他们。美国人和姚明以及所有配合他们工作的公司人员热情握手告别的时候，细心的姚明发现，这些蓝眼睛的山姆大叔，眼睛里同样布满血丝——他们也非常辛苦。

核查结束，姚明送走美国商务部核查组以后回到办公室，发现财务部经理、审计部经理等同事皆情不自禁地哭了，他们满眼是泪，是激动、高兴、欣慰，还是感慨万千？姚明也想哭，但这位刚强的汉子强忍着涌到眼眶的眼泪，他深情地说道："大家辛苦了，我感谢你们，公司感谢你们！"说完，连忙转过身子，因为，此刻，他也同样热泪长流。

　　夜已深，姚明嘱咐食堂工作人员送来可口的夜宵，人们吃着、吃着，有几个人头一歪，竟然伏在桌子上呼呼睡去——他们太累了！

　　杀开一条血路的五天五夜虽然已经过去，但那分分秒秒的紧张搏斗依然就在眼前。此刻，姚明和他的同事们，恰似从激战的战场上凯旋的将士，是最惬意、最幸福的时分。

第七章
姚明旋风

　　他最大的乐趣是工作，把事业做强、做大，给自己也给更多的人们带来喜悦和幸福。他的思想很朴素，朴素得犹如土地；他的愿望和追求很简单，简单得犹如最常见的水。然而，正因为如此，朴素的思想和简单的追求让他的身影高大起来，让他的人生幻化出传奇甚至神话。他无意成为名人，现在却成为名人；他更无意成为英雄，现在却真正成为英雄。

YaoMing
姚明传奇
Legend

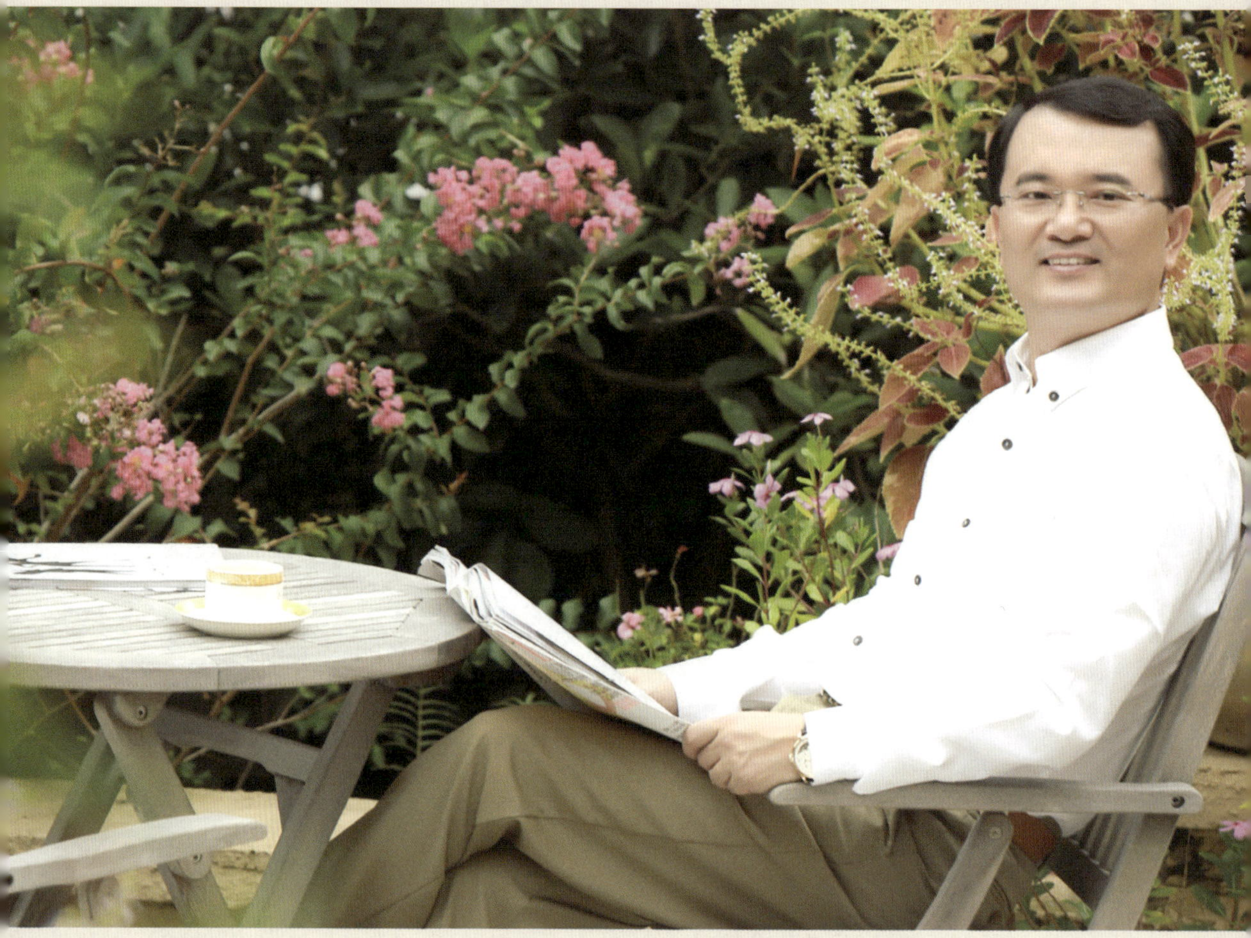

走进央视

特大喜讯终于从大洋彼岸传来。

2009年12月13日，美国商务部在派人进行现场核查之后，确认姚明织带饰品有限公司并未享受政府的任何补贴，姚明织带以"零关税"完胜"反补贴"的调查起诉。

2010年2月6日，在经过半年的应诉之后，美国商务部正式通知姚明织带公司"反倾销"案调查的初裁结果，在十五家中国大陆和台湾应诉企业的名单中，姚明织带并没有任何的倾销行为，根据美国的有关法律规定，以"零关税"的优异成绩获得完胜。放弃应诉的另一家企业被课以231.4%的惩罚性关税，其余的十三家企业均被裁定课以115.7%的倾销税率。

是非曲直，终于昭然天下。

和美国人打"双反"官司，使产品出口美国独享"零关税"，这一辉煌战绩在中国还是第一次。

对于初裁如此完美的胜出，对于姚明来说，已经很难用"有惊无险、大喜过望"八个字来形容了。因为，只有他，才最能理解这一堪称扬眉吐气的辉煌胜利是怎么样得来的。他深深地感谢半年多来，几乎没日没夜投入应诉"双反"调查的工作班子，深深地感谢由中外律师组成的为他们伸张正义的律师团，深深地感谢公司所有员工的艰辛劳作和奉献，也深深感谢给予他鼎力支持的有关部门和上级领导。并非套话，这一胜利的确是集体奋战的硕果。

2015年国庆前后，央视曾经就"最美的时光"为话题，对全国不同职业不同年龄的观众进行调查采访，如果问到姚明，姚明肯定会回答，他的最美时光，是在和美国人打"双反"官司而取得完胜的时候。人生的道路虽然漫长，但难得有机会取得让你回味一辈子的胜利。是命运的青睐，但更多的是倾心的付出。有道是，一分耕耘一分收获。这场国际官司，可不是一般的耕耘，而是杀开一条血路的拼死激战，没有硝烟，没有炮声，但处处是刀光剑影，只有敢于赴汤蹈火的英雄汉，才有幸享受这一甜似琼浆的胜利美酒。

做事低调朴实的姚明，平时只专注于他的事业，并无成为被无数光环笼罩着万人倾慕的名人、英雄的奢望，他最大的乐趣就是把事业做强、做大，给自己也同时给更多的人们带来喜悦和幸福。他的思想很朴素，朴素得犹如土地；他的愿望和追求很简单，简单得犹如最常见的水。然而，正因为如此，朴素的思想和简单的追求让他的身影高大起来，让他的人生幻化出传奇甚至神话。他无意成为名人，现在却成为名人；他更无意成为英雄，现在却真正成为英雄。

姚明织带"双反"官司初裁的完美结果，震撼、振奋了业界，也震撼、振奋了全国各大新闻媒体。

2010年3月25日，央视财经栏目记者王克生慕名来到厦门采访姚明织带董事长姚明。2010年3月31日，星期三，央视新闻频道以"'双反'调查——关注后配额时代美对我纺织品发起的首期'双反调查'"为题，报道姚明织带在这场官司中，大胆应诉，取得胜利，从而独享"零关税"的动人事迹。这是国内外亿万观众十分喜欢并且高度关注的焦点节目。

姚明第一次走进央视，走进新闻直播间。或许，是平时不乏接受过地方电视台专访的经历，面对镜头，他并不紧张，显得从容不迫。他的普通话带着轻微的莆田乡音，莆田人很会做生意，在国内外发大财的大款不少，能够走进这里的，却屈指可数。

央视是中央媒体，其发出的信息具有权威性、代表性，在这个高度重视主流媒体的国家里，从这里发出的每一个信息，往往是时代的晴雨表，有时，它像春风，可以催绿江南江北一望无际的沃野；有时，也可以像惊雷闪电，撼动高山、大海。走进这里的人们，虽然身份、年龄、职业不同，但人人都可以感受到其中不寻常的分量。是荣誉、鞭策、警示，还是命运的青睐？姚明当然想不到这么多，他能够走进这里，最多的还是激动、感动。

此刻，姚明家乡的亲人、乡亲，公司的所有员工，所有认识姚明的朋友，关心此案的业界同行，都锁定这个频道。央视的覆盖面太大、太广，姚明相信，全世界还有许多他不认识的人，都在收看央视的这个节目。他看不到这些熟悉或陌生的观众，但人们都用关注的目光注视着他。想到这里，一种难得体味到的崇高的荣誉感，像写意的明媚阳光，照亮心头。他不仅代表他个人和自己的公司，也代表已经站起来并融入世界的中华民族。今晚，他要和无数的观众分享胜利的喜悦，分享他获得胜利之后的幸福和感悟。一个埋头做丝带的人，平时接触最多的是产品、产量、质量等物质层面的东西，姚明没有想到，当物质变为精神，平日里烦琐的劳作和应诉"双反"调查时的惊心动魄，终于化为今日的万里锦绣。他发现，精神世界比物质世界更为浩瀚、博大、雄奇、壮美！亿万富翁固然让人眼热，但思想和精神的真正富有者才是最可贵、最幸福的。

央视直播间，和平时电视里看到的并没有什么区别，置身其中，却给人一种神圣的感觉。央视播音员是个女同志，正当中年，落落大方，她的问题也不复杂，经历"双反"调查全过程的姚明，熟悉其中的每一个细节，他的思路，随着央视记者的提问，徐徐展开。

当他得知被美国人指控有享受政府补贴和低于成本的倾销行为的嫌疑的时候，第一感觉是无比诧异，第二感觉就是愤怒。他办的是民营企业，书生型的他，向来不善于和政府官员打交道，忙碌的政府官员也从不会来找只做小小丝带的他。怎么会突然冒出这样的罪名呢？美国人或许连他的企业是什么性质也没弄清楚，就挥着如此的大棒朝他打过来，实在是极不公正又不公平的事情。至于倾销之罪，更是无中生有，他办的企业是要依靠利润生存和发展的，怎么可能低于成本价格到美国去倾销呢？如果这样，他不是成为天下的大傻瓜了吗？因此，当央视主持人问及他，为什么要打这场国际官司的时候，他的回答很简单，他觉得美国人的指控严重歪曲和无视事实，这是国际贸易中极不公平的事情。他受到不公正的待遇，于是，奋起应诉。

央视新闻频道新闻直播的时间以秒为单位，一条新闻播出十分钟是非常罕见的。在十分钟的新闻报道中，姚明无法讲述打这场国际官司的全部过程，因为有太多的感受和意外的收获。给他印象和启发最为深刻的是，改革开放的中国，已经和世界接轨，中国加入世贸组织，标志着一个全新时代的开始。外国产品进入中国，中国产品出口国外，已经成为很正常的事情，互通有无，取长补短，共享双赢，是主流。但国际贸易本身直接牵涉各国企业家的利益，由于获得的利益的不平衡等复杂的原因，美国乃至西方不少国家采取贸易保护主义甚至贸易壁垒政策，这是无法避免的。有作为的企业家，不仅要汲取世界最为先进的科学技术和管理经验，实现企业、产业的现代化，更重要的是在理念、思想上实现现代化，赶上世界的潮流并勇于站在世界的前列。既要把生意做强、做大，做到全世界的每个角落，更要磨砺自己的思想、情怀，以在风云变幻的世界潮流面前，能够应付随时出现各种意外的情况，按照国际法则办事，立于不败之地。

姚明说的都是心里话。务实的他，讲话从来不会夸夸其谈，漫无涯际，而是紧贴现实。他珍惜在这里的分分秒秒，这是最好的平台，也是最难得的讲坛，他倾吐的是中国民营企业家的心声，毫无剑拔弩张之势，他用确凿的数据和铁一样的事实，诠释着朴素的真理。

姚明告诉人们，他和公司之所以能够取得这次"双反"调查的胜利，一个很重要的原因，是平时老老实实地严格依法办事，通过高度信息化，全面提高公司管理现代化、科学化的水平。中国的不少民营企业，往往是家族性企业，走的是旧式的带有封建专制色彩的道路，个人说了算，人治大于法治，用人来管人，而不是通过制度管人，因此，总是走不远。姚明不走这条道路。当企业界流行官商勾结，利用党内、政府内一度蔓延的腐败之风，非法牟取暴利的时候，姚明并不随波逐流。作为民营企业家，他无法改变潮流和世俗，但他接受过高等教育，可以选择自己的道路，至少可以做到如古人所说的独善其身。他是老实人，老实人做事，在如今这个世界里，的确比较难，有时还免不了要碰壁，但终究不吃亏。人虽然很难免俗，但为人处世，必须有底线和原则，做老实人，说老实话，办老实事，这就是底线。

2010年7月13日，美国商务部公布了此次对华窄幅织带输美的"双反"调查终裁结果：姚明织带倾销税率为零，补贴税率仅为1.56%，7月15日，央视新闻频道再次用十分钟的时间报道了姚明织带取得"双反"胜诉的消息。不得不惊叹央视几乎可以排山倒海的伟力，央视在当年3月31日和7月15日各用十分钟的时段大幅报道姚明织带打赢美国"双反"官司的新闻节目播出以后，厦门轰动，福建轰动，全国轰动。一夜之间，姚明和美国人打"双反"官司并取得完全胜利的消息，传遍全国。这是迄今为止中国跟国外打"双反"官司取得的最好成绩。

姚明开创了应诉美国"反倾销、反补贴"案完胜的先例，成为中国企业的典范，更是新时代站起来的中国人敢于鼎立世界的榜样！

姚明红了！

姚明织带饰品有限公司红了！

央视的这个节目，恰似令人心醉的喜庆鞭炮，点燃的不仅是甜美的欢笑、嘹亮的歌声，而且是席卷全国而且延至境外的姚明旋风！

强劲的姚明旋风刮起来了，催生了太多迷人的风景。

姚明传奇

做客香港凤凰网

香港凤凰网，一扇风情万种的窗口，《领袖访谈》节目更是拥有全球观众的权威栏目。姚明应邀走进香港凤凰网的《领袖访谈》节目。

姚明也是领袖吗？

在人们的感觉中，一提起领袖，往往会想到把世界比喻为"小小寰球"的毛泽东以及周恩来等人，他们创造的伟业，彪炳千秋，称之为领袖，当之无愧。其实，领袖也是多层面的，姚明创办的丝带饰品有限公司，产品销售到全世界100多个国家和地区，已经成为产量最高、质量最好、品牌最为靓丽的领头企业。姚明是全国唯一和美国人打赢"双反"官司的企业家，凭此成就和影响，他成为世界丝带行业的领袖。这样的企业家走进《领袖访谈》节目，同样理所当然。

姚明走进央视的新闻直播间节目播出以后，全国的各大新闻媒体闻风向他涌来，从中央媒体到地方媒体，从经济类的媒体到他家乡办的小报，电视台、报社、杂志社，都纷纷来采访他。关于他的报道，可谓铺天盖地，尤其是他和美国人打"双反"官司的报道，不计其数。

这些媒体以整版的篇幅，向读者介绍姚明和他办的企业，介绍姚明和美国人打官司的故事。"姚明故事"成为媒体的热门话题。即使在香港，拥有大量读者的香港《大公报》《香港商报》，也都以整版的篇幅报道姚明。

姚明旋风刮到香港，走进香港凤凰网的《领袖访谈》节目就成为很自然的事情。

姚明的企业，最早是以港资的身份注册，他熟悉香港，也热爱香港这片被誉为英国女王皇冠上明珠的宝地。

他最欣赏香港的夜景。

伫立在西环山顶的观景台，放眼望去，沉沉暮色，悄然消融了维多利亚海湾的茫茫波涛；万家灯火，恰似天上绮丽的繁星，尽入胸襟。重庆的灯火也十分驰名，姚明曾经攀上枇杷山上的红星亭欣赏，层层叠叠，万斛珍珠幻化出玲珑剔透的宏伟宫殿，金碧辉煌，直上九天云霄。它的美，在于咫尺千秋。香港是海上明珠，从高处往下看，香港本岛、九龙、新界，灯火如炽，一览无余。此刻，你不得不佩服和赞叹光明的伟力和神奇。海，是博大而浩瀚的，但柔情如水的灯光，却从大海的深处，激情洋溢地勾画出人间灿烂的仙境和神话。"历历素榆飘玉叶，渭渭清月湿水轮"，它的美，在于揽海天星空于一域，将无比的壮阔、空灵、明净，羽化在人们纵情驰骋的想象天国里。

香港虽不大，但繁华之程度，令人惊叹。穿过一条条商业街，仿佛是穿越七彩斑斓的银河。闪闪烁烁的霓虹灯，令人目不暇接、眼花缭乱。设计精美、别出心裁的灯饰，更是令人叹为观止。有为的企业家，更看重的是这片堪称国际性的大舞台、大平台的黄金宝地。此地商界风云荟萃、人才聚集，有作为的企业家，都神往这片热土。姚明自创业开始，就高度重视香港。在他的心中，香港无疑是通往广袤世界的桥梁。正因为如此，姚明织带公司成立不久，姚明就在香港开设办事处，后来又及时地将其升级为分公司。

1997年香港回归以后，繁华依旧，大陆的人们到香港方便多了，因此，香港成为不少大陆企业家、境外或国外企业家最方便的联络点。然而，毕竟是国际性的群雄争霸之地，要想在这里一鸣惊人，谈何容易！

姚明旋风刮到香港，驰名的凤凰网盛情邀请姚明走进《领袖访谈》节目，姚明非常珍惜这一机会，与香港以及凤凰网的观众面对面对话，与云集其间的商界精英们对话，兴奋之余，姚明更多的是感到责任和使命。

实行改革开放政策以后，中国经济腾飞，全国巨变，其中，令世界为之瞩目的是，无数民营企业家如雨后春笋般出现。这是个鱼龙混杂的特殊群体，各色人等，怀着脱贫致富或一夜发财甚至暴富的美梦，汇成滚滚的经商大潮，强烈地冲击着人们的传统观念。民营经济的迅速崛起，改变了中国经济发展的格局，形成以南方沿海地区商业带、珠江三角洲地区商业带、长江三角洲地区商业带以及环渤海湾地区商业等重要的民营经济繁荣板块。然而，由于种种复杂的原因，民营企业家的成功率并不高，不少名噪一时的民营企业家，往往昙花一现，然后消失得无影无踪。像姚明一样，在全国乃至世界各地立足并扎下根去，有幸走进香港凤凰网的《领袖访谈》节目的，的确凤毛麟角。

姚明该说些什么呢？

香港凤凰网和央视不大一样，央视的节目除了人们特别关注的重大新闻色彩以外，在内容上往往突出思想性和政治性，洋溢着庄重、厚实、大气的韵味，那是肩负激励民心、开启民智的时代报告，又是贴近现实、贴近生活的史诗。香港的商业气息浓，人们关注的热点，除了国际、国家大事，更多的是平民性的生活。香港人一般不会像内地人那么狂热地追捧明星，他们太忙、太辛苦，工作的节奏快，虽然，他们也会像内地人那样做着天下掉馅饼的发财梦，但更想真实地了解成功人士的心路历程，借此慰藉自己，从成功人士身上汲取教益。

心灵沟通，是所有电视人物专访节目的要诀。正因为如此，在香港凤凰网《领袖访谈》节目中，姚明毫无拿腔拿调的"领袖"派头，他只是如实地介绍自己，尤其是介绍自己为何与美国人打许多人都认为没有胜算的国际官司时，他朴实地告诉观众，他觉得美国人待他太不公正，将莫须有的罪名强加到他和企业头上，将他"逼上梁山"，说到勇气，他也只是微笑地用"初生牛犊不怕虎"这句家喻户晓的俗语来回应。

在商言商，久在商场的姚明当然不会放弃介绍企业的机会，并非做免费广告，而是热情地讲述自己创业的经过和产品的影响。姚明的访谈，重在和观众一起分享创业成果和胜利之后的喜悦。他讲的"姚明故事"，真实、亲切、动人。他把香港的观众当成朋友，有他的《领袖访谈》节目，风格和那些大牌的皆不相同，犹如和风细雨，进入人们心田。姚明十分谦逊，每次有记者专访，他都不忘记介绍公司员工的贡献，在镜头面前，他一再重申，是员工成就了姚明织带。

　　这并非客套话，了解姚明的人都知道，他始终坚持将企业建成一个和谐大家庭的理念，为此付出真诚的努力，取得显著的成效。对于这一理念，绝大多数人一时并不容易理解，尤其是香港的观众，在这个看重金钱而且贫富悬殊的世界，打工者和企业老板的界限是很分明的。

　　和美国人打官司取得完胜以后，姚明的情况如何，是许多观众感兴趣的问题，姚明特地介绍建设银行主动和他所在的公司联系，专门为姚明公司制定了设计精美的建设银行姚明借记卡和贷记卡，表示支持和信任，后来招商银行也和姚明织带一起共同发行"招商银行姚明织带价值认同卡"。许多银行也主动表示，愿意和姚明织带合作，提供金融方面的方便和支持。

　　这一期《领袖访谈》节目，洋溢着浓郁的平民味，这或许是姚明的独特之处。

　　姚明又一次走进香港。

　　这是一个难得的惬意而轻松的夜晚，街上依然灯火通明。姚明多次到香港，总感觉到香港的高楼太多、太密，给人拥挤不堪的印象。今夜，漫步街头，他忽然发现，灯火齐明的夜晚，这里的每一幢高楼，都化为亭亭玉树，温情脉脉地伫立在夜色里，少了几分威严、冷峻、压抑，多了几分浪漫、写意、倜傥。店家无数，几乎每一个老板，都懂得光明的魅力和诱惑，都学会运用灯语来谱写小令、史诗，或者俚语、轶事，都希望驾驭摇曳的光影，塑造自己，沟通顾客、人生。他饶有兴致地观察，发现店面的灯饰皆不相同。有的灯饰如瀑布，从百丈的屋顶訇然奔泻而下，豪气横溢，

似乎汇聚天下的光明，一抒寄情寰宇的豪情壮志。有的如同一朵朵天姿国色的牡丹、芍药，竞放楼前，不见主人，但见无数倾慕的目光，纷纷落在上面……店家有多少，神秘的灯语就有多少。一条街，就是一条浏览不尽的画廊；一座城，就是瑰宝无数的艺术博物馆。是经历了一百多年太漫长的艰辛跋涉和寻觅，才学会了用光明来抒写生活，抒写一代春秋吗？都说香港人既务实勤劳又精明过人，果真名不虚传。

灯光照亮香港，照亮这个市场非常繁荣的世界级的"购物天堂"，今夜，也意外地照亮了姚明的心，姚明突然感受到，如果把茫茫人生比喻为如眼前绚丽的灯海，每个人其实就像一盏灯，照亮自己，也照亮别人。办工厂、办企业，最初的创业阶段，忙得不可开交，尤其是面对各种挑战，或许不会有如此的诗情画意。获得巨大成功之后，就像登上高峰，一览众山小，姚明有幸领略和享受胜利之后的快乐、幸福。姚明十分幸运，借一条小小的丝带，牵起人生，牵起世界，还牵起对诗意人生的感怀和体味。

创业艰辛，创业同样可以丰富人生，诗化人生，提升人生。从哲学层面来看，人类只有从必然王国走向自由王国，才能走进人生的理想彼岸。

理论并非总是灰色的

"实践之树常青，而理论总是灰色的"是一句经典的老话。从强调实践第一的角度看，此话的确闪烁着真理的异彩。理论也并非总是灰色的，当实践经验上升到理论的高度，它就是足以照亮大地的太阳。人们常说，理论是旗帜，是方向，原因就在这里。

姚明自己都未料到，姚明旋风居然会刮到理论界，尤其是经济理论界。一批批学者将姚明和他的公司作为成功的经典案例，并以此作为研究对象。而走进他的企业的时候，他才感觉到，一个做实业的企业家，能够为中国的理论宝库，尤其是经济理论界，提供前沿的研究材料，实在出乎人们的意外。

曾经在厦门大学经济学院企业管理系深造过的姚明，当然不乏理论修养，也深知理论指导实践的重要意义。多年来，在激流勇进的创业过程中，也偶有理论发现的灵感如星光闪烁，但都被烦冗的事务淹没。因此，当他的老师翁君奕教授，亲自带领调研组来企业进行调研的时候，他感到分外的亲切和高兴。

翁君奕教授也是莆田人，是姚明的老乡。在厦大读书时，姚明特别喜欢听他的课。翁教授是经济学博士，厦门大学管理学院教授、博士生导师、前院长，曾两次到美国康奈尔大学经济系从事研究，主要从事组织管理和技术创新过程中多元目标激励引起的利益冲突及其解决方案等领域的研究。他学贯中西、博古通今、治学严谨、气质儒雅，具有深厚的经济学、管理学和哲学功底，是一位颇具影响力的战略管理学者。姚明还清晰地记得，他的这位老师，在中外经济学战略理论研究上很有建树，还从管理学和经济学的角度对春秋时代的经典著作《老子》进行了深入、透彻的研究，

姚明
传奇

萃取《老子》中蕴含的永续创造思想，其对经典的新解在学术界掀起阅读的热潮。独辟蹊径、勇于创新、注重战略，是翁教授的魅力所在。

不愧是目光锐利在经济战略思想研究方面独树一帜的专家学者，翁教授在认真听取了姚明的汇报和进行深入调查研究以后，以姚明织带公司的成功案例为蓝本，确定的研究课题是"库存控制模式与精准组合战略的适配及其绩效——基于姚明织带公司的案例研究"。看到翁教授的这个研究课题，姚明眼睛一亮，犹如伫立泰山之巅，顿时胸襟如洗，豁然开朗。

大库存模式是姚明在实践中的重大创新和创造，在公司的发展历程中发挥过极其重要的作用，姚明的确来不及从理论上深入地认识它，也没有从中西文化交融的视角诠释过它。他佩服翁教授的博学多才，姚明从翁教授那里得知，曾有文献记载，一家制造传送带等产品的美国企业，由于采用"大库存"模式，曾经取得比最接近对手大出三倍的市场规模以及年均

18%的增长率。因此，当零库存已是大势所趋，人们趋之若鹜，甚至把库存视为"万恶之源"的时候，千万不要随波逐流，而是要冷静深入分析。思想和认识的绝对化，往往事与愿违，会遭到真理的严惩。

这就是翁教授的过人之处。

理论和学术研究犹如层层剥笋，翁教授首先从文献综合的角度，对库存式生产与订单式生产选择的成本、需求的视角进行对比，结论是：从成本角度的分析，仅仅为生产策略的选择提供了有限的基础；需求角度的研究为决策带来更广的考虑因素，但还缺乏一个全面整合的分析框架；战略角度的文献指出了兼顾各个参量而达成最优绩效目标的可能性，但能否容纳姚明织带公司这样大库存模式范例，还缺乏深入的针对性论证。

姚明深为翁教授理论研究上和探讨中谨慎负责的精神所感动。

在对姚明织带公司经营概况和姚明织带公司大库存模式进行全面调查和研究以后，翁教授在理论上发现了什么呢？

从业务战略角度看，姚明织带公司大库存模式属于同时追求差异化和成本领先的组合战略，很难用通用战略理论来解释其所获得的绩效，必须用精准组合战略加以概括。

精准组合战略，这一全新的概念和理论表述，让姚明看到全新的理论天地。

长期以来，姚明努力使产品差异化，以提供高品质的现货产品来构建自己在品质和交期上相对竞争对手的相对优势。与采用订单式生产的同行相比，具有交期更短、品质更优的特点，而在成本方面，通过利用租借厂房和充分利用设备等有效途径，获得延展经济成本领先和简朴经济成本领先的特殊效应。虽然大库存模式的规模化生产，不具有分别对应多批少量的精明经济成本领先和准时制的苗条经济成本领先等战略内涵，但因为姚明织带公司采取了睿智的聚焦视角，专注为那些对品质、交期都有苛刻要求的客户提供196种颜色的质优价廉现货产品，准确执行单点聚焦战略与平价差异化战略，实现规模经济成本领先、延展经济成本领先和简朴经济成本领先的精准组合。

理论的魅力就在于如黑夜中点亮一盏灯，不仅让人们看清了自己，而且也看清了周围的世界。繁忙的姚明，没有想到，大库存模式居然蕴含着如此丰富的理论内容。

不同的库存控制模式与精准组合的战略匹配有哪些区别呢，翁教授针对这一问题的深刻论述，让姚明回到书香味浓郁的课堂，他津津有味地听老师精彩的授课。窗外，一碧万顷的大海，风平浪静，逶迤的海滩上，浓绿的木麻黄，编织出浪漫而写意的画幅。那真是让人回味不绝的日子。

最让姚明感兴趣的是翁教授对不同库存模式与精准组合战略匹配的权变决策的分析。翁教授认为，大库存模式并非异想天开之物，这一业务战略是姚明及其团队因时、因地、因人（即客户群）制宜的产物，其决策包含五个战略步骤。恰如学生时代老师的耳提面命，翁教授的分析井井有条，步步深入，直落姚明的心田。

步骤之一，了解客户需求并进行准确的细分。人们常说，客户是上帝，但姚明的解读更富人情味——客户是朋友。正因为如此，姚明充分考虑到数量相当可观的客户对产品质量尤其是交期急迫的特殊要求。大库存模式最早就是根据客户计较交期的需求而探索制定的。当然，也有部分客户需要非定制的产品，这一情况更复杂，讲究体验性、时尚性、便利性等等，公司可以灵活处理。

步骤之二，把握关键原材料的供应现状及其趋势。原材料的供应由上游伙伴负责，受自然资源紧缺、产品工艺改进、替代材料研发、行业产能扩大甚至金融市场操作等影响，往往有大的波动。姚明深切地感受到，这是一个值得高度重视的问题。涤纶是石油化工产品，近年来，石油产品价格飙升，直接影响涤纶原料的价格攀升。实行大库存模式，必须考虑这一极为重要的成本因素，采取相应的措施。

步骤之三，对库存成本和转换成本进行核算。不得不佩服翁教授的精明，姚明清楚，转换成本相对稳定，受制约较少，库存成本的构成除了一般的租金、人工、水电、保险、资本成本等费用以外，还要特别考虑市场经济中一个极为重要的因素——减价成本或跌价成本。

此话真是一语中的！犹如醍醐灌顶，让人清醒。

采用大库存模式同样有风险，考虑劳动力成本上涨等因素，精准的战略匹配就成为关键问题。

步骤之四，全面权衡环境影响进行精准的战略选择。要使大库存模式真正发挥最大的效益而规避可能的风险，必须用精准战略聚焦目标客户群，明确采用何种供给的原材料，以应对因减价造成的多种压力。久在商界，姚明对产品价格的意义和影响感受特别强烈，尤其是商界竞争中司空见惯的价格战，把不少企业拖进无法自拔的烂泥塘中。和美国人打"双反"官司的重大战果之一，就是牢牢地占有领头雁的战略位置，掌握丝带行业价格的决定权。尽管如此，翁教授的分析依然具有重要的意义。

步骤之五，确定与精准组合战略相匹配的库存模式。充分肯定姚明大库存模式的翁教授，并不否定零库存模式和安全库存模式的意义和作用，

姚明
传奇

但也肯定适时采用精准组合的战略。学者的目光深刻而全面，姚明深得其教益。

姚明创造的大库存模式，终于得到科学理论的解释。这一管理实践有重要的意义，其揭示出中国企业在走向国际化的征程中也能走好自主创新和自建品牌之路。翁教授如此深情地赞美自己的得意弟子姚明：

这家公司生产的只是服装、玩具等产品的辅助材料，既无高深技术也不掌握终端客户或者紧俏原材料资源，照说只能被动接受那些掌握渠道的国外商家的订单控制。但是它却通过因地因时制宜地选择了大库存模式建立起了自己在行业价值链中的有利地位，以致引起了美国同业的优势丧失。这个案例说明，如果沿袭发达国家主导企业利用产业链分工的强势地位所对外推广的管理时尚，一味采用订单的加工模式，那么类似姚明织带公司这样的很多中国企业就始终无法摆脱没有任何主动权的尴尬配角地位。

后来厦门大学管理学院副院长许志端教授也以姚明织带"大库存"的模式撰写了一个案例，入选加拿大毅伟商学院案例库。加拿大毅伟商学院案例库和哈佛商学院案例库齐名，并称世界两大商学院案例库。今后全球的商学院学生或管理学院的学生均可以在加拿大毅伟商学院案例库里查到姚明织带的"大库存"管理实践案例。

姚明的道路，再一次证明，跟在别人后面爬行，没有出路；盲目模仿别人，也没有出路，只有根据实际情况，走自主创新之路，才有今天和未来！

创新是什么？走前人没有走过之路。甚至，在没有路的地方，杀开一条血路来！

时代造就了姚明，时代呼唤千千万万个姚明！

姚明之路，中国企业的创新之路！

姚明传奇

呼啸前进

　　姚明旋风席卷中国的丝带行业，席卷世界的丝带市场！姚明和美国人打"双反"官司的辉煌胜利，令动辄被美国人以"双反"调查欺负的中国企业家扬眉吐气！此战的完美胜出，使姚明得以世界丝带行业的霸主身份，昂首挺胸地进军美国市场以及欧洲等国际市场。

　　世界的大门，多情地向姚明敞开！

　　据统计，全国从事涤纶丝带生产的加工企业有100多家，主要集中在广东、福建、浙江、江苏、上海和山东一带，只有姚明独享殊荣。上帝是公平的，或许，这就是对历经鏖战的姚明织带公司最好的回报。

　　姚明率领的胜利之师，斗志昂扬，群情振奋，呼啸前进！

　　姚明旋风所及，满目生辉，声名大振。此时，国内外市场的许多客户，尤其是大客户，都向姚明投来钦佩的目光，纷纷向姚明织带公司订货。对于胜利之后的这一令人无比欣喜的局面，姚明早已预料到，他及时地将大库存量从2亿多码提高到5亿多码，以备急需。

　　订单如雪片般飞来，设立在国内外的办事处不断传来催订货品的好消息。

　　开足马力，扩大生产。姚明号召全体员工紧紧抓住这一大好的发展机遇，把企业办成当之无愧的全球产量最大、质量最优、声誉最高、可以引领潮流的织带商。

　　这真是令人激情燃烧的岁月哟！从姚明到公司普通员工，都被这股强劲的旋风鼓舞着，激励着，推动着。一股热流在人人心中流淌，看丝带飘飞如雪，那是最美的风景，听机器轰鸣，那是最美的歌唱！

　　满眼都是好景致。

姚明织带公司租用的厂房和办公面积已经接近10万平方米，产能随之迅速扩大，公司已经拥有织带机3000余台，染色机100余台，其他机器上千台，员工近3000人，实现了规模化和专业化生产。每天可以生产各类织带近千万码，印刷丝带上百万码，花饰约100万个，产品中的70%销往欧美国家。由于实行大库存模式，充裕的库存能够对客户的需求做出快速反应，公司备有的三个品类各196种颜色的产品，可以根据运输距离的不同，能够做到在0～5天内交货。对客户的良好服务也促进销售收入的快速增长。2010年是个大丰收年，仅是销售额就此2005年增长18倍。

这才是真正的跨越式的大飞跃！

姚明并不完全沉醉在胜利的狂喜之中，他深知，即使在高歌猛进的状态中，头脑依然要保持高度清醒。先人一步，勇于创新，是姚明取胜的秘诀之一。

多年前，当市面上绝大多数企业用国产设备或台湾设备生产销售尼龙织带的时候，姚明织带就斥巨资从瑞士引进世界最先进的织机，生产涤纶织带，一年后涤纶织带逐渐替代尼龙织带成为市场主流。作为辅料生产商，市面上绝大多数企业以生产胚带为主，姚明织带却开发并规模从事织带深加工，进行精加工，生产出丝带印刷、丝带小包装、丝带发饰和丝带花饰等高附加值产品。当国内企业开始跟进尝试开发织带印刷，姚明织带已经通过大生产方式推行印刷库存。目前，姚明织带推出行业第一本《花饰目录册》，第一本《印刷工艺目录册》。姚明织带的印刷工艺目前至少领先业界水平五年。

没有创新就没有未来。因此，从2010年下半年起，姚明织带投产开发另一划时代产品——涤纶雪纱，这一新产品具有半透明、丝质柔美等特点，经过染色，更是让人感到富贵、清丽，很快风靡市场。得到国内外消费者的青睐。

丝带市场的激烈竞争并未停息，人们钦佩姚明的勇气和敢于和美国人叫板的精神，同时，也暗暗地和他比试。成为世界冠军很不容易，不但要过五关斩六将，保住这一宝座更不容易，因为对手把你的一招一式都揣摩

姚明
传奇

透了。姚明织带已经成为行业标准。鸟瞰全国丝带行业，可见明显的集聚效应，排名前十的企业占据90%的市场份额，这些企业都学习姚明织带公司，采用"大生产、大库存"的方式进行生产管理。

要想在如战场一样激烈争夺的商场上取胜，不仅要站在巨人的肩膀上，更要勇于突破自己的藩篱，书写新的篇章。

姚明织带公司的产品已经销往世界100多个国家和地区，还有潜力可挖吗？

当然有，重要的是实行精准战略，瞄准新的领域。

姚明瞄准了迪士尼公司。

一提起它，人们就想起被全世界孩子钟爱乃至欢呼的米老鼠形象。全球闻名遐迩的迪士尼，全称为The Walt Disney Company，取名自其创始人华特·迪士尼，是总部设在美国伯班克的大型跨国公司，其主要业务包括娱乐节目制作，主题公园，玩具，图书，电子游戏和传媒网络。皮克斯动画工作室、惊奇漫画公司、试金石电影公司、米拉麦克斯电影公司、博伟影视公司、好莱坞电影公司、ESPN体育，美国广播公司（ABC）都是其

旗下的公司（品牌）。迪士尼于2012年11月收购卢卡斯影业。如今的迪士尼公司已经超出原来娱乐的范围，把敏锐的商业触角伸展到服饰、玩具、包箱等领域。和迪士尼公司合作，意味着用小小的丝带牵起情趣无限、风光奇秀的商海。

合作是桥梁，可以通往明天、理想、憧憬，更可以结识无数的新朋友，从而创造奇迹甚至神话。

2011年，姚明织带公司和迪士尼公司成功合作。君不见，孩子们喜爱的米老鼠各式玩具的包装，那根精美的丝带就是出自姚明织带公司，而以迪士尼命名的各种产品身上，同样可以看到姚明织带的身影。

该是把目光对准美国了。

一提起美国人，姚明心里总是涌起一种复杂的感情，"双反"官司虽然已经尘埃落定，但此事镌刻在他胸中的记忆和激起的情感波澜让他永世难忘。并非君子有仇必报，而是通过此案，他比较深入地了解了这个国家。他赞叹美国的繁荣，也理解美国人所引以骄傲的民主和自由，他更相信，当他以胜利者的姿态走进美国的时候，他的竞争对手，那100多个从事丝带行业生产的企业家，他们的心理同样也很复杂。诚然，这些美国企业家的指控失败了，但并不意味着，今后在生意场上，就永远是对手。世界在变，人的思想、观念也在变，对手成为朋友的事情，商场上天天都在上演。姚明既然取得以零关税进军美国的资格，就要珍惜并充分运用这一很不容易得来的资格。美国市场是世界最活跃的市场，应当学会和美国人打交道，学会在美国做生意而且做大生意。

在美国设立分公司的时机已经成熟，随着美国销售市场的迅速扩大，此事已经刻不容缓。

2012年，姚明织带公司在美国新泽西州设立分公司Ribest Ribbons & Bows (USA) Inc.。

姚明善于动脑，他在琢磨国外或境外的企业纷纷到中国来办厂，外资企业成为中国经济成分中颇为活跃的元素，他们看中了什么？除了优越的投资环境，最重要的是廉价的劳动力。正因为如此，外资企业多是劳动密集型企业。中国的劳动力之所以廉价，是因为中国是发展中的国家，有庞大的农民群体，因田少人多，有大量剩余劳动力。从农村开始的改革开放，解放了农民，祖祖辈辈躬耕田野的农民大步走进城市，走进这些外资企业，成为打工仔、打工妹，姚明企业里，劳动大军同样来自农村。经过多年的培训、实践，他们已经成为第一线的主力军，有些还成为优秀的基层管理干部甚至中层管理干部。中国如此，外国呢？已经把视野投注在世界地图上的姚明，很早就发现，亚洲、南美，甚至非洲，的许多国家也是发展中国家，同样拥有大量的富余劳动力。

国家有关部门多次号召中国有作为的企业家大胆走出去，道理很简单，国外和境外的企业家可以走进中国，中国的企业家同样可以走到国外或境外。世界是公平的，信息化时代的世界已经成为地球村，空间的距离大大地缩小了。国际化的急速脚步，催动和鞭策中国企业家转变办企业的理念、思想。

姚明和姚明的产品已经走向世界。到国外和境外办厂的时机和条件已经成熟，但第一步该选择在哪里？

姚明的办公室里有一张世界地图，他常站在这张世界地图前细细地观察、思考。姚明的思维很活跃，在丝带行业中总是第一个"吃螃蟹"，但决策却非常谨慎，每一项决策的出台都经过缜密和科学的思考，正是因为如此，回首创业历程，他始终走在前列，且未犯过方向性和路线性的错误。

第八章

到印度办厂

改革开放以来，境外和国外的企业家如潮水般涌进中国。如今，该是心雄胆壮的中国人走出去的时候了。不仅中国的产品要走出去，企业、工厂、集团也要走出去，就像许多外资企业在中国土地上生根、开花、结果一样，中国人办的企业为何不能在国外展现中华民族崛起的风采呢？

YaoMing
Legend

姚明传奇

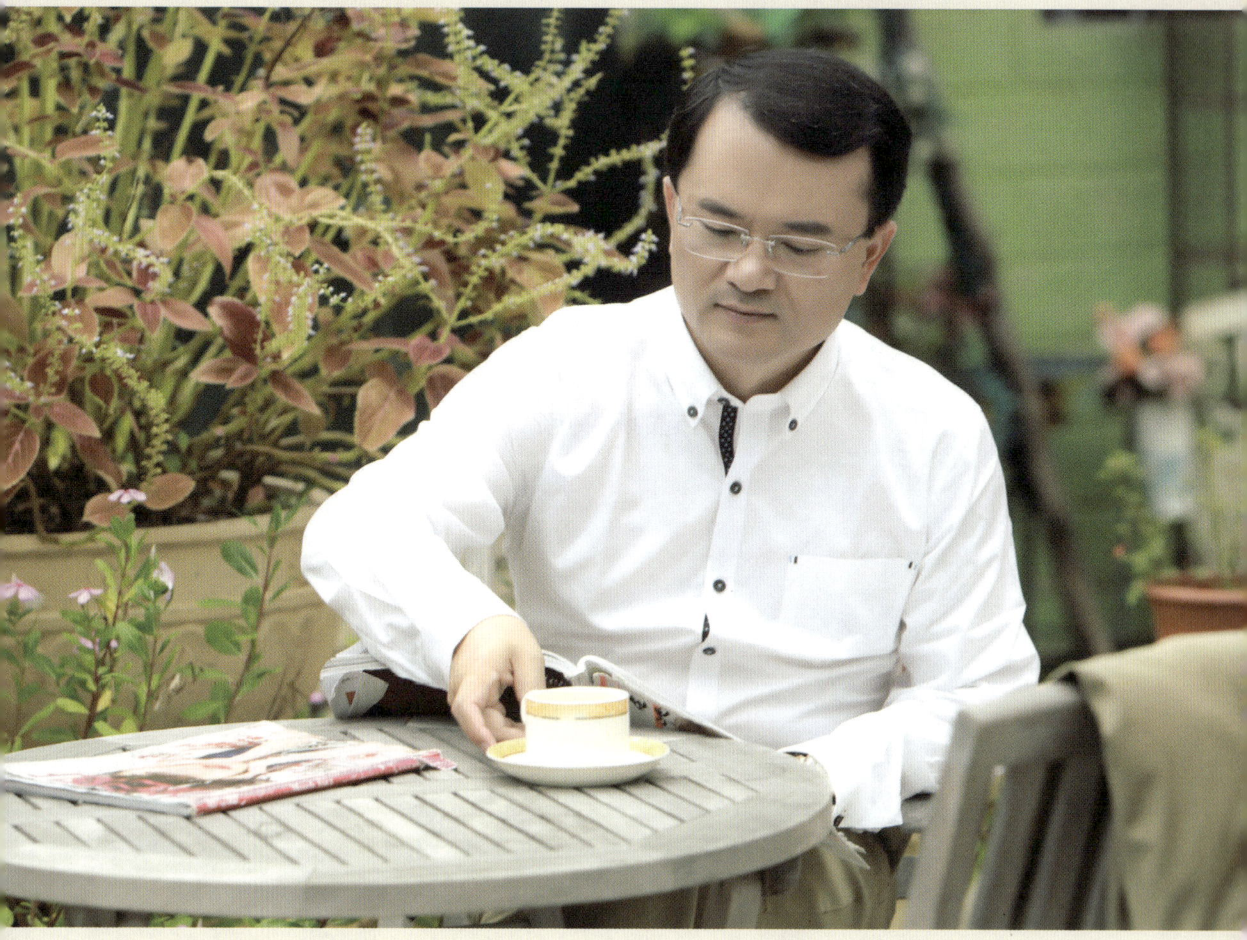

选择佛国

姚明伫立在印度东南方安德拉邦的维沙卡帕特南市的海滨。

此地依山傍海，姚明觉得非常奇怪，这里怎么和厦门如此想象呢？金黄色的沙滩、矗立云天的棕榈树、洋溢着浓郁海洋气息的西式建筑，连迎面吹来的风，都和厦门的风一样，潮润而清爽。莫非，他和这座城市真的有缘分吗？

维沙卡帕特南是印度安德拉邦孟加拉湾畔的港口城市，人口约150万。维沙卡帕特南海港经纬度为17°41′N，083°18′E，位于印度东海岸中部，西南距卡基纳达港约73英里，濒临孟加拉湾的西侧，是印度最大的铁矿石输出港。维沙卡帕特南又名维扎加帕特南，是加尔各答与马德拉斯间唯一的天然港口。港口可停靠10万～15万吨油轮。始建于1608年。商业区沿公路两侧分布，工业区集中在港口附近，造船与炼油工业十分重要，有印度国内大型的造船厂，有化肥、炼铝、碾米、黄麻等工业。输出产品以铁锰矿石为大宗。港口易淤，须经常疏浚。有铁路支线连接干线、公路枢纽。有航空站。大学设于郊区小山上。

这座风光旖旎的现代化海滨都市，引起了姚明浓厚的兴趣。

姚明织带选择佛国印度设厂，不少人都觉得奇怪——姚明并不信佛。其实，道理很简单，印度是人口大国，十多亿人口，失业异常严重。这里的劳动力价格只有中国的四分之一。如此富裕而且廉价的劳动力资源，对讲究效益的姚明当然具有极大的吸引力。

然而，姚明并不完全因为经济效益而轻易选择印度。这是他第一次走出国门办企业，只能成功，不能失败。因此，在作出决定之前，2013年6月，他通过印度代理商亲自去印度进行实地考察。

古印度是文明古国（四大之一），但不是最古老的，排行第一名是古巴比伦，在今天非常混乱的伊拉克，是学者称为两河文明的发源地，两河即底格里斯河和幼发拉底河，此地的文明，西方人称为美索不达米亚文明。古巴比伦文明已经灰飞烟灭。第二名是尼罗河畔的古埃及，盛名之下的古埃及，金字塔虽然依然傲视天下，但现在的情况同样很糟糕，经济落后，政治上动荡不安。第三名就是印度，它拥有两河（印度河、恒河）文明，留下不少十分罕见的文明古迹，引起中国旅游者的浓厚兴趣，每年都有成千上万的游客慕名到印度旅游，但是，大多数游客和姚明的感觉一样——颇为失望。第四名是中国。

　　印度同样是发展中国家，中国百姓对印度的认知主要来自寓言小说《西游记》，唐僧玄奘到西天取经，西天就是印度。13世纪，印度的佛教已经消亡。到印度考察的姚明看到什么呢？

　　印度虽然也有辉煌的庙宇，但印度信佛教的信徒少，按人口比例来说，只有6%，印度的城市不乏高楼大厦。首都新德里，浓绿阔叶的参天巨木编

织成威严的仪仗队，肆意怒放的玫瑰花，鲜艳动人。总统府前的迎宾大道，气势非凡。犹如巴黎凯旋门一样壮美的印度门，每天都有无数来自世界各地的游客在这里留影。然而，你简直不敢相信，在如此奢华乃至神圣的地方，牵着猴子或者身上挂着恐怖的蛇的精瘦的印度汉子，穿着黑色的衣服，比比皆是。这些流浪艺人，一边表演，一边缠着游人乞讨。游客不拿出点卢比（印度币），是无法脱身的。在印度末代王朝的皇宫，甚至在印度精神领袖甘地的墓地，处处都有乞讨的手。男女老少，不同职业的人，都变着法子向游人乞讨，丝毫不顾尊严。此外，印度人不讲卫生，脏、乱、差的现象处处可见。印度贫困人口多，贫富悬殊大。姚明深深为印度感到悲哀。这里的人穷，但许多人并不爱劳动，这样的人员素质，怎么能够劳作呢！因此，刚从印度考察回来，姚明决定放弃，另寻投资建厂之地。

一次意外的邂逅，让姚明改变了看法和主张。

厦门九八投洽会，全称中国国际投资贸易洽谈会，经国务院批准，于每年9月8—11日在厦举办。投洽会以"引进来"和"走出去"为主题，以"突出全国性和国际性，突出投资洽谈和投资政策宣传，突出国家区域经济协调发展，突出对台经贸交流"为主要特色，是中国目前唯一以促进双向投资为目的的国际投资促进活动，也是唯一通过国际展览业协会（UFI）认证的全球规模最大的投资性展览会。到2015年9月8日，一共举办19届。2015年的投洽会盛况空前，有100多个国家和地区约5万名客商参会。近几年来，在世界经济持续不振的情况下，厦门的投洽会以促进投资为重要主线，吸引世界各地的客商寻觅商机。

在2013年的厦门九八投洽会上，姚明应邀参加一个"投资印度"的论坛，和印度驻广州总领事高志远先生坐在一起。论坛上，印度安德拉邦布兰迪克纺织服装工业城的代表团推销他们的园区。姚明听了园区的介绍后表现出浓厚的投资意愿，当场邀请印度招商团的客人第二天参观姚明的工厂。印度客人参观姚明位于厦门集美的工厂后，也表现出浓厚的招商意愿。但姚明两个月前刚去过印度，对印度的招商环境并不看好，担心招商的介绍和实际状况相差太大。为了消除姚明的疑虑，招商团的客人热情邀请姚明到印度实地考察布兰迪克纺织服装工业城。姚明心动了。他是相信感觉的，决定专门到安德拉邦的维沙卡帕特南市进行考察。

果然如印度招商所言，这里是印度政府高度重视的免税工业园区，投资的重点是布兰迪克服装纺织工业城，面积达1000英亩，是亚洲最具竞争力的服装生产基地，已经有英国等国的多家外资企业在这里开工，主要从事胸罩、男女服装的生产。环顾四野，一座座标准厂房井然有序。姚明还发现，这里紧靠孟加拉湾，陆上交通便利，还有机场。基础设施相当完整，电力、燃气等能源供应完全可以得到保障。附近还有供应充足的棉纱基地。显然，经济亟待发展的印度，同样懂得筑巢引凤的战略，开辟了这扇对国外企业家中极具诱惑力的窗口。免税区的管理十分严格，这里有污水处理厂、发电厂、自来水厂，还有印度的海关驻点，足不出户就可办理货物的进出口。更重要的是，在这里看不到四处伸来的乞讨的手。在这里企业劳作的全是印度人，女性占绝大部分，她们显然经过专业培训，个个勤奋劳作，车间里展现出一片平和向上、欣欣向荣的景象。

犹如发现一片宝地，姚明很是兴奋。丝带饰品行业中，花饰是一个纯劳力密集型产业，无法进行机器操作，全凭手工，主要依靠心灵手巧的女工。随着农村经济的发展和农民的富裕，国内的女工已经越来越难招了，而在这里，大量廉价的劳动力实在是值得大力开发并极具前景。姚明发现，对企业家来说，越贫穷的地方往往越存在良好的机遇。姚明善于敏锐地抓住如灵感爆发的难得机遇，他对印度的看法被眼前的现实改变了。

全程陪同姚明的园区工作人员一边热情地介绍情况，一边带领姚明走进标准的厂房。厂房里面设施齐备，连管理人员单独使用的办公区也设计好了。厂房的租金也很公道，和国内不断涨价的厂租相比，便宜多了。办厂需要安定环境，姚明特地询问了免税区的治安情况，工作人员笑吟吟地一指不远处正在巡逻的全副武装的警察，这些留着胡子的警察是职业的，他们十分敬业，完全可以消除治安问题。姚明还了解到，印度的地方势力，例如村霸之类，不好对付。不小心得罪员工，好几个村的人都会过来，找企业讲道理，要你道歉，索要赔偿。印度的税收名目繁多而且比较高，电

186

力供应不足，有时会突然停电。台湾地区有的企业家在印度办厂也亏本。印度员工辞职率高，请假率高，但这些不利因素，都未动摇姚明的决心。

发展是硬道理，姚明深深地感悟到这一真理。在取得"双反"之战完胜以后，姚明公司进入全面发展的黄金时代，他清醒地意识到，公司绝对不能停留在原来的水平上，要及时地寻找新的经济增长点，要改变经济增长方式，开拓海外市场固然非常重要，利用海外廉价的劳动力，进一步扩大生产，把企业和工厂办到海外去，同样很重要，这是更高层次的开拓。这一步能够成功，姚明公司将成为真正全球化的领先同行的企业。

改革开放以来，境外和国外的企业家如潮水般涌进中国。如今，该是心雄胆壮的中国人走出去的时候了，不仅中国的产品要走出去，企业、工厂、集团也要走出去，就像许多外资企业在中国土地上生根、开花、结果一样，中国人办的企业也能在国外展现中华民族崛起的风采。当然，久经风浪的姚明心里有数，在印度办厂和在国内办厂是不一样的，会遇到意想不到的种种情况，对于他，这是一个全新的领域，需要重新学习，但他相信，公司以及团队有这样的气魄和能力，完全可以把这件事情办好。机遇和挑战并存，姚明反复掂量，到印度办厂，利大于弊。可以下决心了！

孟加拉湾的太阳升起来，"团团出天外，煜煜上层峰"，照亮世界的太阳，是如此的辉煌壮美！

姚明传奇

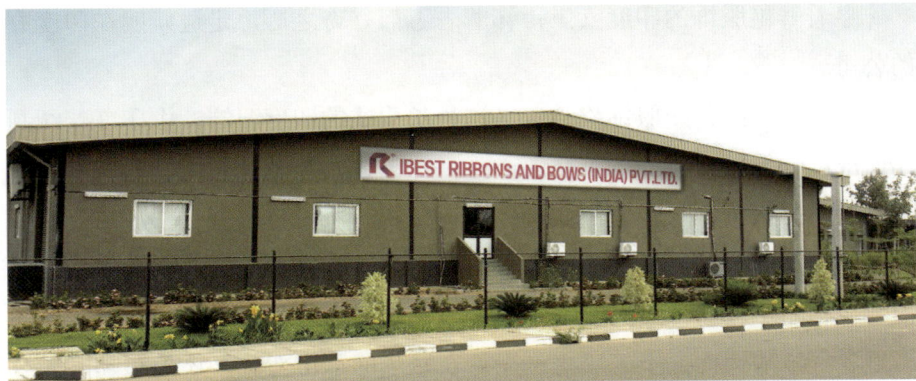

迷人的瑞蓓丝

2014年8月11日，姚明公司在印度办的分厂正式生产，公司命名为瑞蓓丝织带饰品有限公司（印度）公司 。印度公司为中方独资，首次注册资本100万美元，投资额为200万美元，工厂的地点就在印度安德拉邦维沙卡帕特南市的布兰迪克服装纺织工业城。厂房是租的，共4000平方米。毕竟是第一次走出国门办厂，姚明十分谨慎，第一期只招了200名印度女工。

一扇洋溢着浓郁异域风情的窗户向姚明打开。

这些踏进姚明企业的印度女工是幸运儿，因为，得到中国企业招工的消息，失业者已经在园区的招工处排成长队。印度虽然实行民主制度，但社会发展的历程和中国颇为相似，皆经历过漫长的封建社会阶段，中国的封建社会实行森严的等级制度，印度则实行封建性的种姓制度，后来，又经过长达300多年的殖民统治。印度经济基础薄弱，人口太多，政治上又长期不稳定，男权思想严重，妇女的地位普遍较低，尤其是在广大的农村。女性找到工作很困难。虽然，一般的印度人对中国并不了解，但他们知道，能够进入外企打工，是幸运的事情。

穿着鲜艳服饰的印度女工，怀着忐忑而好奇之心，走进姚明在印度办的公司。

印度女性的传统服饰称纱丽，这种长裙式的印度服饰，由印度丝绸制作而成。一般长5.5米，宽1.25米，两侧有滚边，上面有刺绣。通常围在长及足踝的衬裙上，从腰部围到脚跟成筒裙状，然后将末端下摆披搭在左肩或右肩。纱丽是印度女性心中舍弃不了的情结，这种服饰以别具一格的魅力，诠释着印度女性对于生活、审美、色彩的理解和追求。纱丽雅致而又不落奢华，清婉而又不失庄重，无论在繁华的都市街区，还是在幽静的乡村巷弄，无论在婚丧宴席的重大场合，还是在上班劳作的日常生活，无处不能瞥见飘逸、妍丽的纱丽。这种特殊的民族服饰，半是遮掩半是敞露，穿着者的身姿影影绰绰，美感立生，顾盼神飞，摄人心魄。声名远播的国画大师张大千曾经慨叹，印度纱丽是世界上最美的衣服。

穿着漂亮纱丽的印度女工兴奋地走进车间。车间宽敞、整洁、舒适，装有中央空调。彩色的气球，悬挂在空中，洋溢着喜庆的氛围。为了迎接这批女工，姚明派出最强的阵容，有公司的高级管理干部、中层干部，包括主管部、品管部、设备部的大批人员，还有从集美、莆田抽调来的熟练女工，作为培训印度女工的师傅。姚明向来重视第一步，虽然他因为忙于厂务，无法亲自到印度参加简朴而隆重的开业典礼，但一切都安排妥帖了。姚明相信派出的团队，能够把首期200名印度女工训练好，让她们成为工厂的骨干。

第一课是培训。首期200位印度女工的任务是学习做花饰。印度女性能歌善舞，她们的舞蹈曾经倾倒中国无数的观众，她们也喜欢花，无论印度的城市或乡村，都可以看到鲜花盛开的美景，但印度女性没有中国传统女性做女红的风气，在心灵手巧方面的确比中国女性逊色。面对精美的丝带花饰样品，她们个个面有难色，有点笨手笨脚。印度女性虽然长得黝黑，

但一双幽深眼睛却特别迷人。看着印度女工的充满疑虑困惑的眼神，中方人员都暗自纳闷——她们能行吗？

这种情况，姚明早就预料到，他嘱咐前往印度公司承担开拓重任的员工，对印度女工或男工，关键有二。一要充分尊重他们的民族风俗，尊重他们的人格。印度有不少穆斯林，不吃猪肉，喜欢吃鸡肉。用手抓饭。印度海鲜多，但绝大多数人不吃。印度是舞蹈之邦，不仅女性能歌善舞，而且十个男性至少有八个会跳舞。印度舞蹈狂放、优美，洋溢着强烈的民族风情。印度人左手和右手的用处分得很严格，绝对不能用左手和他们握手，那是一种莫大的侮辱。印度的街道上，经常看到牛、狗、猪随意溜达，没有人去管这些放肆惯了的动物。印度人虽然普遍穷，但生性乐观，喜欢穷开心。银行系统经常闹罢工，印度官场和政府管理部门同样存在腐败、行贿之风，用电不仅要办理注册等手续，还要另外花钱，等等。入乡随俗，虽然，有些事情，明显不合理，看不惯，但你不得不考虑当地的实际情况，灵活处理。二要相信他们，就如相信我们的能力；要有充分的耐心，要有像对待自己的兄弟姐妹一样的情感，关爱他们，引导他们，培养他们。凡是开拓一片新天地，总是要付出艰辛和代价的。印度分公司初创，姚明并不奢望立即看到财源滚滚来，他着眼于未来，他坚信，孟加拉湾这片风光秀丽的土地，曾经孕育世界文明的地方，经过双方人员的共同奋斗，一定能够重新焕发异彩！

钦佩姚明派往印度工作的员工的耐心，他们手把手，从最基本的动作开始，教这些印度女工看图纸、看样品，不厌其烦地为她们做示范。万事开头难呀，语言不通，只能用手势，用眼神。派到印度去做女工师傅的中方熟练人员，大多数都是母亲，她们就像教孩子学走路，以无限的爱心和耐心去带领这二百位印度女工。

关键是调动女工学习的浓厚兴趣，增强她们的自信心。中国式的教育强调言传身教，而且高度重视鼓励的意义和作用。对这批印度女工的第一课培训，最早就是从鼓励开始突破的。对她们点点滴滴的进步或取得的成绩，中方人员都给予充分的肯定，通过讲评、表扬等方式，慢慢地引导她们、激励她们。几乎每一天，远在厦门的姚明，都会和在印度工作的人员联系，了解动向，姚明鼓励他们，坚持下去，坚持就有希望，坚持就能够到达理想的彼岸。

不得不承认，这批招进来的印度女工，绝大多人的接受能力比较差。还有少数人或许因为长期没有工作，养成懒散的习惯，要把这些人培训成可以胜任工作的花饰工，真的是不容易。

所有能够想到的方法都用上了，中国传统教育的苦口婆心、循循善诱，现代教育的心理暗示、诱导、心灵启迪，包括游戏。经过中方人员的耐心指导。终于看到她们的笑容了，能够感受到她们从脚步蹒跚走向稳健的喜悦了。

2014年11月的一天，公司举行了一场情趣横溢而且意义非凡的"国际比赛"。

从200名学习做花饰已经一个月的印度女工中，选出七位成绩最好的女工，和中方三位熟练女工进行技能大比拼。比赛的项目很简单，就是在规定的时间内，做标准的花饰，看哪一方的成绩最好。

比赛，也不知聪明的人类是什么时候发明的，小小的比赛，可以激励人心、鼓舞斗志甚至激发人的潜能，创造出连自己都想不到的佳绩，大型的比赛乃至国际性的大赛，全球关注，不知吸引了多少人的目光，它所谱写的奇迹、神话，简直难以用车载斗量了！

姚明传奇

比赛的魅力和作用太大了，可以毫不夸张地说，人类就是在各种各样的比赛中走向文明逐步完善自己甚至突破极限走向极致的人生境界。当然，那些有害无益的比赛，如军备大赛甚至如凶残至极的日本法西斯分子在南京大屠杀中进行的杀人大赛等除外。

　　双方选手在热烈的掌声中上场。印度女工的七位选手打扮得特别漂亮，她们个个穿着鲜艳的纱丽，红的、绿的、花的，细细端详，这种服饰穿在印度女性身上，浪漫、写意，恰似裹在身上整体性的衣料，可以随着不同的身材，变幻出不同的韵味。无论胖瘦，都很适宜。颇有中国古诗里吟唱的"两臂轻笼燕玉腻，一胸斜露塞酥温"的审美情趣。中方的选手落落大方，她们是这些印度女工的师傅，师傅和徒弟比赛，可谓别开生面。

　　比赛开始，悄然无声。只见色彩缤纷的丝带在选手的手中轻轻地闪动。比赛设有奖品，但请相信，双方都不是为奖品而来的。人都有荣誉感和尊严感，上场的印度女工要的是在中方师傅面前展现风采和能力。这些出身印度平民家庭的女工，难得登上这样的平台，成为人们注视的对象。中方的熟练女工更是高兴，她们很兴奋，通过比赛，能够看到几个月来徒弟的进步。

　　一朵朵漂亮的花饰，在双方选手的面前涌现出来了，牡丹、芍药、玫瑰……朵朵溢光流彩、美轮美奂！

　　一声哨子响，比赛结束。结果是，印度女工花饰组取胜。

　　印度花饰女工欣喜若狂，个个满脸是笑。这些平时有点腼腆的印度女工，此时全都情不自禁地为胜利欢呼！

　　中方人员同样为印度女工的比赛胜利热烈鼓掌。七位印度女工和三位中方熟练女工竞赛，从人数上看虽然不平衡，但从技能上看，仅仅学习一个月，就能取得如此好成绩，这是努力的结果，也是中方师傅认真培训的结果。看到获胜女工喜滋滋地上台领奖，现场又一次爆发出热烈的掌声！

　　这场比赛的情况通过微信很快传到姚明面前，他特别高兴。他为优秀团队在短时间内取得的突破性进展而欣慰，为当初战略性地选择印度作为海外基地的决策而欣慰。对待印度，包括他自己在内的人们，原来都以为那里的人员素质低、民风懒散、文化落后，其实，人是可以改造的，中国人如此，印度人或者其他发展中国家的人也都是如此，关键是理念、途径、方法。

印度员工刚进厂的时候，要求实行该地通用的计时工资模式，觉得公司给出的产能目标太高，不可能达到，整体生产效率很低。面对这一情况，对于完全依靠手工操作的花饰，这种办法不利于充分调动操作员工的积极性，而且容易造成怠工、慵懒等不良现象。因此，姚明织带派往印度的管理干部通过多方的努力，及时导入计件工资模式。

管理印度员工需要智慧，在姚明的指导下，印度公司的管理首先制订阶段性目标，避免目标一开始就过高，让不熟练的印度员工丧失信心。同时，对于达到目标的员工给予小奖品，每月搞颁奖仪式并制作相应的荣誉榜，进行热情的鼓励。员工产能效率逐渐提高后，按照正式的计件标准产能来要求，超产的员工还可以领到计件的超产工资，对于效率过低的员工实行末位淘汰，这样经过3～6个月的努力，印度员工逐渐接受并适应计件体制。看来，人是可以通过培养、教育、训练提高素养、能力，中国如此，国外也是如此。

首期招收的200位印度女工，经过培训，每个月可做出200万朵花饰。事实又一次证明，姚明富有前瞻性和战略性的选择，是正确的。

实践出真知，实践出智慧，实践还出能力，出办法。姚明和决策的团队商量利用印度劳动力资源十分丰富的特殊优势，第二期的招收名额为300人，至2015年12月，印度分公司的女工人数已经达到500人。第一期招收来的200位印度女工，有些人可以作为师傅帮助带徒弟了。

这种用印度人带印度人滚雪球的办法取得显著的效果，该分厂的女工每月可以做出500万朵花饰。

继续扩招，姚明果断拍板。到2016年年底，印度分厂做花饰的女工达到1000名，这些印度女工每天坐着厂车上班。厂里设计了富有印度风情的裙式工作服，经过培训，她们成为姚明海外企业中一支生机勃勃的力量。届时，印度分厂每月能生产1000万朵花饰。

处处鲜花盛开，处处春花烂漫。印度分厂的仓库里常备有5000种以上的织带材料可供做花，足以把瑞蓓丝打造成花团锦簇的迷人世界。

姚明传奇

飞过天空

姚明突然想起泰戈尔的名句:"天空虽不曾留下痕迹,但我已飞过。" 20世纪80年代,姚明还在念大学,他像不少爱读书的青年一样,被这位留着一把花白大胡子的闻名于世的世界文学大师迷住了。

泰戈尔是印度著名诗人、文学家、社会活动家、哲学家和印度民族主义者。1861年5月7日,泰戈尔出生于印度加尔各答一个富有的贵族家庭。1913年,他因《吉檀迦利》成为第一位获得诺贝尔文学奖的亚洲人。泰戈尔的诗含有深刻的宗教和哲学见解,泰戈尔的诗不仅在印度享有极高的地位,在全世界也拥有无数的读者。

办企业太忙,已经很久没有时间读泰戈尔等文学大师的作品了,然而,青年时代留下的文学种子,却萌发成青葱的幼苗,穿透岁月的尘土,点缀着姚明的生活。印度的天空和中国的天空并无太大的区别,姚明想,泰戈尔时代的天空和今天的天空应当也没有多大的区别吧,世事苍茫,世界却发生了翻天覆地的巨变。世界变了,人的观念,包括追求、梦想,当然也应改变。

正因为如此,姚明走出国门,走进印度,走在泰戈尔咏唱过的天空下。

这里的天空很蓝,蓝得让人心境如洗。姚明在印度办厂进展顺利,花饰女工培训成功,更多的工人走进姚明在印度办的企业。姚明对办企业是很有经验的,工人重要,管理干部更为重要。外资企业进入中国,开始一般都是由他们自己派管理干部进行管理,但很快就开始在中国大陆物色培养本地的管理干部。这样的做法有利于节省经费开支,因为本地干部,无论是待遇还是酬金,都远远低于带来的外籍干部。更重要的是,充分利用本地的干部资源甚至科技平台的优势,有利于和工人进行沟通。用中国人管理中国人,向来是外资企业的常用的方法。

　　这一聪明的招数当然也被姚明学会了。别以为印度落后，2001年，印度的人口就超过10亿，年轻的就业人口甚至超过中国。为了解决就业难的社会问题，印度独立以后的数十年间，印度政府始终高度重视教育，尤其是在大力发展高等教育方面取得令世界为之瞩目的成就。印度教育最鲜明的特点是和国际接轨。具有悠久宗教渊源的古代印度，在哲学和数学方面均有位列世界前茅的传统，印度的现代教育，将传统深厚的学术根基和西方现代教育的精华融合在一起，培养了无数高素质的人才。因此，在美国、英国、法国等国家世界一流的高等院校中，都可以看到印度留学生或学者勤奋的身影。教育的迅速发展，极大地推进了印度的产业发展，印度的软件业现在已经大踏步走在世界的前列，连比尔·盖茨也为之赞叹不绝。

　　走出国门的企业应当充分发挥本地人才的优势。在印度筹办工厂的时候，姚明就招收了六名朝气蓬勃的印度年轻人，他们全是拥有MBA文凭的毕业生，印度学生从小学开始就实行双语教学，这6名印度年轻人，虽然不懂汉语，但精通英语，姚明把他们安排到在厦门的公司总部进行学习，经过两个月的紧张培训和实习，这些来自印度的年轻人很快熟悉姚明公司的生产流程和基本的管理方法，他们成为第一批进入印度公司高级管理层的人员，承担起管理企业的重任。

姚明
传奇

基层管理人员，班组长的培养也迅速进入议程。这一工作由公司派往印度的林峻总经理和叶春永总经理助理负责。2014年9月，他们根据实际情况，编写出诸如《八大浪费》《如何做好班组长》等简洁适用的教材，对从优秀员工中选拔出来的班组长进行培训。科学没有国界，已经进入全球化行列的中国，办企业同样也没有国界。虽然，因种种原因，走出国门办企业还需要采取谨慎的态度，但一旦确定目标，就要坚持不懈地走下去。

　　姚明的长处就在这里。他是个确定目标之后就不轻易动摇的人。

　　在印度做花饰取得成功。织带、染色、印刷等项目同样可以跟进。姚明的蓝图里，印度分公司应当如在本土的公司一样，成为具有完整生产系统和产业链的现代化企业。

　　近些年来，印度的经济发展同中国一样，也进入高速发展时期。印度是农业大国，经过"绿色革命"，农业经济取得很大的发展，但因为可耕作的土地少，人口又特别多，所以，农产品很少出口。印度同时又是一个工业大国，高新技术产业发展很快，国防工业、制造业等均有较大的突破，但出口的主要是软件服务业。这是一个以内销为主的发展中国家。中产阶级和土地所有者占有国家大量的资源和财富，国有企业在国民经济占据主要成分，因为急需经济进一步繁荣，印度政府同样出台有关优惠政策，鼓励私营企业和外资企业的发展。实行新经济共同体的印度，相对稳定的经济环境，为姚明在印度办的企业提供了便利和优越条件。

在国内办企业必须通晓国情，中国的企业家绝大多数谙熟中国特色，到国外办工厂，同样要了解该国和当地的情况。这是一片新的蓝天，当然也会有风雨雷电，但展现在姚明面前的，是极为难得的风和日丽、阳光明媚。

抓住机遇，增添设备，扩大生产。

500台世界最先进的织带机进入印度分厂，染色设备、印刷设备也随之跟进。办企业必须讲究效益，有规模才有效益。丝带行业是依靠薄利多销集聚财富的产业。印度就像浩渺的天空，可以任飞翔。

关键是优势。

姚明的印度公司所在的免税园区，每年有高达四亿美元产品的出口量。这里离中国虽然远了，但产品销往南亚、中亚、非洲甚至欧洲等国家却方便多了。而且，印度人口多，纺织工业十分发达，在全世界排名位于前五位，该国出口的份额中，纺织业占据很大的比重，姚明公司生产的各种涤纶丝带产品，尤其是花饰，正适合其需要，具有广阔的发展前景。

中国的丝带行业有上千家，竞争非常激烈。印度的丝带行业，传统的是用蚕丝或棉丝，涤纶质地的丝带生产业还属于新兴产业，因此，相对国内而言，姚明又一次占有先机。外面的世界的确很精彩哟！印度市场经济的天空，足以让姚明书写更新的诗稿。

优势在哪里？作为企业家，不是财大气粗，也不是官商勾结，利用官场的腐败，用行贿等非法手段，建立自己的关系网，而是在全球化的时代大背景下，勇于创新、勇于开拓、不断进取，驾驭市场经济的风云变幻，去夺取一个又一个的胜利。思想、思维的优势，才是一个成功企业家真正的优势。

改革开放以来，许多企业家往往把关注的目光紧紧地盯住美国和欧洲国家，很少有人注意到发展中国家——印度，更少注意到源远流长的中印人民之间的交往和友谊。

到过印度的中国游客，好奇者会去寻觅中国人引以为豪的玄奘居住过的那烂陀寺遗址。这位伟大的大唐使者曾写过名著《大唐西域记》，生动地描述了当年印度的盛况，这部不朽的著作使近代以来的印度人得以了解当年的印度，填充了印度文化的空白，这是中印文明史上的奇迹。那烂陀寺，据传为阿育王所建。后经历代帝王扩建，至6～9世纪达到鼎盛。占地辽阔，方圆数十里；建筑宏伟，藏书丰富的宝洋大殿高达九层；寺内有寺，九寺一门，寺外南北各有数十寺；寺内求学者众多，常住僧徒四五千人，外道俗客乃至上万，系1500多年前世界上最辉煌的学术殿堂。但毁于12世纪突厥入侵者的战火，逐渐变为废墟，再后来沧海桑田，逐渐深埋于地下。到了近代，那烂陀寺在地面上已经没有任何标志物，甚至到底在什么位置，都没有人能说得清。如今，站在那烂陀寺遗址的高处四下望去，到处断壁残垣，可以感受当年建筑的宏大规模和巍峨气派和印度文明当年的辉煌光彩。但要考究当年玄奘在其中的哪一个僧房里苦读、著述，已经很困难了。唐僧的道行和水平如何？《慈恩传》记载说："寺内能讲二十部经书的有一千人，三十部的五百人，五十部的只有十人，包括玄奘法师。"

唐僧远去，他走进脍炙人口的神魔小说《西游记》，走进印度人祖祖辈辈崇拜的目光里。他还催生一句家喻户晓的俗话："外来的和尚会念经"。

对印度人来说，像姚明这样飞过印度天空的企业家虽然不是"外来的和尚"，但他们念的"经"却对中印双方都是大有好处。

丝绸之路吹来的风

当然，到印度办厂也并非轻而易举之事。

2014年10月，姚明在印度办的工厂正式开工不久，特大台风席卷印度。水、电全面瘫痪，通讯也断绝了半个多月。工厂附近的电线杆倒下40多根。得知消息，姚明除了吩咐在印度工厂的管理人员积极处理灾情以外，还特别嘱咐，让公司主动参加当地救灾活动，组织捐款，捐了不少当地老百姓急需的大米、油等食品，赢得当地百姓的高度称赞。

敢于担当，患难相助，是中国人的秉性。

改革开放，催生一个人们熟悉的名词——"来料加工"。大批境外企业家或国外企业家来到中国办厂，当时，台湾企业家利用中国大陆廉价的劳动力办了成千上万家企业，中国大陆成为世界上最大的来料加工厂。根据国家鼓励外商投资，拉动中国飞速发展的总政策，海关等部门对外商有许多优惠的具体政策规定。30多年过去，如今，像姚明这样捷足先登具有世界眼光的中国企业家，要大阔步地走出去，走"出境加工"之路，他们在境外加工的产品，运回国内市场销售，就成为"进口"商品。以丝带花饰为例，海关按照规定，就要征收20%的关税和17%的增值税。两项相加近40%的税收，就把这些产品在国外加工所得的利润消耗殆尽，让走出去的企业无法承担。

海关这一政策性的规定，可以突破吗？

敢于第一个"吃螃蟹"的姚明，不得不多次到北京叩开海关总署威严的大门。可喜的是，海关总署的领导高度重视此事，经过认真的调研，在2014年8月，海关总署正式批复，同意姚明织带开展境外加工试点，海关只对出境加工成品的增值部分征税，期限为两年。有了这一批复，厦门海关核发中国第一本《出境加工贸易纸质手册》。

　　有了这张特别通行证，姚明心雄胆壮。精明的他立即计算出，这一规定，意味着税费的降低。因为国内生产织带要交增值税等相关税费，出境加工返回国内的创新举措，受到国家的鼓励，获得相关税费的减免。假设12美元成本的料件，经过境外加工，增值为30美元的产品，海关只收18美元增值部分的税费。它意味着，原来40%的"进口"税收被全部减免了。如果以100万美元的料件出口到印度进行加工生产成花饰，可节省40万美元的增值税和进口关税。这真是大美之事！

　　2014年10月，踌躇满志的姚明来到印度分公司，他挂念着远离故乡在异域拼搏的人们，此行主要看望公司派出人员，也看看已经走入正轨的这片新兴的海外生产基地。

　　印度分厂虽然初创不久，但一切井然有序，姚明十分满意。晚上，姚明热情地和公司的部门长以上的管理干部一起吃饭。人们用颇有印度风味的菜肴招待姚明。印度菜以咖喱闻名，主要依鱼、肉、菜等不同食物来调和多种香料，既不掩盖食物本身的天然滋味，又有浓郁的香味。咖喱羊肉、酥炸鲜蔬等都是较普通的印度佳肴。另外，印度奶茶及饭后甜点也极具地方特色。

印度菜的咖喱味很浓，其中洋葱占有绝对主导的地位。印度咖喱是用它熬制的，菜是用它炒烩出的，肉类是用它浸泡的。据说，印度菜所放调料之多，恐怕是世界之最，每道菜都不下10种调料。

酒是从中国带来的，正牌的茅台酒和葡萄酒，配上香味扑鼻的印度菜，别有风味。

正是秋高气爽的黄金时节，这里的白天比厦门热多了，强烈的紫外线，把印度人雕塑成黑黝黝的雕像，但晚上还是凉快的，孟加拉海湾吹来的风，潮润、清爽。和以前来印度的感觉不同，姚明此行，更加强烈的感觉是，他在印度投资办厂的举动，和"一带一路"倡议不谋而合。因此，伫立此地，姚明不仅感受到孟加拉海风的怡人，更能够感受到来自古老丝绸之路的风，沧桑而厚重。

丝绸之路起始于古代中国，系连接亚洲、非洲和欧洲的商业贸易路线。狭义的丝绸之路一般指陆上丝绸之路。广义上讲又分为陆上丝绸之路和海上丝绸之路。

"陆上丝绸之路"是连接中国腹地与欧洲诸地的陆上商业贸易通道，形成于前2世纪与1世纪间，直至16世纪仍保留使用，是东方与西方之间经济、政治、文化进行交流的主要道路。汉武帝派张骞出使西域，形成其基本干道，它以西汉时期的长安为起点（东汉时为洛阳），经河西走廊到敦煌。从敦煌起分为南北两路：南路从敦煌经楼兰、于阗、莎车，穿越葱岭今帕米尔到大月氏、安息，往西到达条支、大秦；北路从敦煌到交河、龟兹、疏勒，穿越葱岭到大宛，往西经安息到达大秦。它最初运输中国古代出产的丝绸、茶叶等商品。因此，当德国地理学家最早将之命名为"丝绸之路"，即被广泛接受。

海上丝绸之路是古代中国与外国交通贸易和文化交往的海上通道，该路主要以南海为中心，又称南海丝绸之路。海上丝绸之路形成于秦汉时期，发展于三国至隋朝时期，繁荣于唐宋时期，转变于明清时期，是已知的最为古老的海上航线。福建的泉州曾经是海上丝绸之路的重要港口。

姚明传奇

在东西方交流中发挥过巨大作用的丝绸之路沉默太久了，曾经到过敦煌、楼兰、于阗等地旅游过的姚明，清晰地记得，当年这条路上非常繁华的古城，现在已经只能看到残垣断壁。一片茫茫无际的沙漠中，偶尔有寂寞的骆驼队走过。风沙弥漫，无情的岁月，使丝绸之路湮没在落满尘埃的典籍里。

2000多年过去，世界已经进入全球化的时代，该是丝绸之路重振雄风的时候了。

2013年9月，国家主席习近平首先提出"一带一路"倡议，"一带一路"是"丝绸之路经济带"和"21世纪海上丝绸之路"的简称。"一带一路"贯穿欧亚大陆，东边连接亚太经济圈，西边进入欧洲经济圈。无论是发展经济、改善民生，还是应对危机、加快调整，许多共建国家同我国有着共同利益。历史上，陆上丝绸之路和海上丝绸之路就是我国同中亚、东南亚、南亚、西亚、东非、欧洲经贸和文化交流的大通道，"一带一路"是对古丝绸之路的传承和提升，赢得国际社会尤其是共建国家和地区的广泛认同和响应。

重启丝绸之路的"一带一路"倡议中，印度的位置很是特殊，从历史上看，印度是海上丝绸之路和陆上丝绸之路的交汇点。在2000多年里，印度与中国通过丝绸之路保持着积极交流。中国和印度都有陆上丝绸之路和海上丝绸之路交流的轨迹，以此为基础加强合作，中印双方都可以受益。

对于这一问题，印度前外交部部长希亚姆·萨兰在他公开发表的《印度必须加入中国丝绸之路计划》一文中明确指出："一带一路"倡议很明显将印度洋视作其发展经济和维护安全利益的关键区域。中国和印度的利益注定将在未来产生许多重叠，我们必须找到处理这种不断明朗化的竞争关系的方法。正是由于印度决定加入亚洲基础设施投资银行，印度顺理成章理应支持"一带一路"。中国方面似乎也认定了印度将对计划的成功与否起到关键作用，因此在进行合作时也必然会使其朝着有利于印度利益的方向调整。

正是如此，2014年9月17日，在姚明到印度分公司之前，国家主席习近平偕夫人彭丽媛率团访问印度。印度总理莫迪全程陪同。两国领导人亲切会见，共同参观甘地故居和河岸公园发展项目，追昔抚今，展望未来，共话两国关系发展和共同关心的重要问题。

习近平主席访问印度第一站，是印度总理莫迪的家乡古吉拉特邦。在隆重的欢迎仪式上，印度总理莫迪说了一番意味深长的话。他说："习近平主席一到印度，首先就来到我的家乡古吉拉特邦，古吉拉特邦人民感到非常荣幸。今年7月，我们在巴西会晤时谈得很好，习近平主席说我们两人一见如故，我也有同感。我提出印中两国是'两个身体、一种精神'，这句话在印度广为流传。印中两国有着相同发展抱负，完全可以加强合作。印中两国国名英文头两个字母拼写在一起，就是'英寸'（INCH）一词。为欢迎习近平主席访问印度，我专门在印度报纸上发表文章，提出两国应该以'从英寸到英里'的精神推动印中关系向前发展。"

不愧是富有远见的印度领导人，莫迪说得太好了。这一天正好是莫迪的64岁生日，习近平祝他生日快乐，和他一起过生日。莫迪表示深深的感谢，期待第二天同习近平主席在印度首都新德里继续会谈。习近平这次访问印度非常成功。双方共同签署了关于设立输变电设备产业园区以及广东省和古吉拉特邦结为友好省邦，广州市和艾哈迈达巴德市结为友好城市的协议。

这一回，姚明是踏着习近平主席的脚步进入印度的，虽然，习主席没有到姚明公司所在的印度东南沿海的安德拉邦的维沙卡帕特南市访问，但姚明已经从习主席的这次访问印度的过程中。深切地感受到，在重启丝绸之路的"一带一路"倡议中，印度的位置不仅不可小视，而且预示着今后中印在深入开展战略合作和经济共同开发的历程中，将大有作为。

2015年11月29日至12月8日，以厦门市委副书记洪碧玲为团长，市委统战部常务副部长何秀珍为副团长，农业局副局长许心凌、市贸促会副会长颜志平、市委办公厅处长缪金坤、市外侨办处长林娜为成员的厦门代表团赴印度、泰国、印尼三个国家考察访问，与当地政府机构、侨团侨社、工商企业、知名侨领等会谈交流，举办推介会等，宣传推介厦门市经济社会发展情况，共商加强双方交流合作事宜。

代表团一行特地参观了姚明在印度办的工厂，深入车间进行实地考察，高度赞赏姚明开拓海外市场的精神。姚明是厦门第一个到印度办厂的企业家。

　　姚明是一介企业家，或许，对国家之间深层次的政治、经济、外交等问题，他难以发挥什么作用，但"位卑不敢忘忧国"，他用毅然投资印度，开拓中国企业走向世界道路的实际作为，在国家发展进入新常态的大背景下，为重启丝绸之路，实践"一带一路"倡议做出自己的贡献。

　　今晚，孟加拉湾的月亮和中国一样亮。从丝绸之路吹来的风，和来自故乡的风一样醉人。

第九章

姚明PK姚明

红遍中外的篮球明星姚明享有姓名权，难道厦门的丝带之王姚明就不能享有姓名权？在公民这一最为普通的称谓上，不仅两个姚明是平等的，而且普天下成千上万个姚明都是平等的。一个公民并不能因为你的名声大、影响大，甚至有权有势，就拥有独霸姓名的权利。

YaoMing
姚明传奇   Legend

一座大山移过来

姚明是个好名字，中国同名同姓的人多，全国叫姚明这个名字的人成千上万。这里讲的是厦门的丝带之王姚明和闻名遐迩的上海篮球明星姚明PK的传奇故事。这一故事情趣横溢，又颇含哲理。感谢色彩缤纷的世俗生活，几乎每天都上演如此生动的戏剧，或许，这就是人生的滋味。

厦门姚明和上海姚明整整打了九年的商标官司，最后，厦门姚明胜出，上海姚明也没有吃什么大亏，虽然未握手言欢，但各自心里有数。此事不仅给人们留下饶有兴致的谈资，也为商界提供了又一个难得的范本：时代变了，在法律面前，人人确实是平等的。

两个姚明见过面，不是在万众欢腾的球场，也不是在负责商标的最高权力机构——国家市场监督管理总局商标评审委员会，而是面对面的零距离接触。

那是2013年，两个姚明在经历了长达九年的较量后，在台北戏剧性地邂逅。厦门姚明因为生意的关系，多次去台湾，轻车熟路。他喜欢台北这座即传统又现代的城市，虽然如一片落叶，长期孤悬海上，但只要走进这里，却毫无陌生感。台北是台湾的政治经济中心，它的基本格局和大陆的诸多城市何其相似！中心是宽敞的大广场，雪杉、银杏郁郁葱葱，古朴而深邃，华贵而富丽，既有六朝古都金陵的皇家之气，又兼具明清都城北京的帝工之风。给人强烈印象的是街名，大街小巷皆以大陆的地名命名：广州街、上海街、新疆街、西安街、杭州街、苏州街……是神仪已久，还是思念太深？日日轻声呼唤这些永生的明珠。海峡两岸同胞分离太久，难熬的乡思、乡愁化为参天的大树、屹立的礁石，也化为都市黎民天天呼唤的街名。因此，每次到台湾，姚明心里都有故土重游的感觉。

姚明
传奇

商标注册证

第 4223596 号

姚 明

核定使用商品(第 26 类)

纽扣;花边;编编工艺品;衣服装饰品;发饰品;针;亚麻布标记用缩字或数码;编织发网;人造花;服装垫肩（截止）

注 册 人 姚明 350203196606224015

注 册 地 址 福建省厦门市思明区展大园光（一）3 号

注册有效期限 自公元 2009 年 05 月 07 日 至 2019 年 05 月 06 日止

局长签发 许瑞表

由于事业的成功和独特的人格魅力，2013年6月姚明当选为厦门大学厦门校友会会长。当选为会长没有几天，作为厦门大学第11期国学班的班长，姚明和46位国学班的同学一起到台湾大学游学，入住台北香格里拉大酒店。这天早上，姚明和往常一样到餐厅吃早餐。姚明一进餐厅，同学就惊呼："姚明，你的兄弟来了。"姚明顺着同学惊呼的方向一看，一个似曾相识的身影居然就在眼前，他不由惊呼起来："姚明！上海篮球姚明！"两个姚明居然入住台北同一家酒店，在同一个餐厅用餐，他们就这样奇迹般地相遇了。

一座大山移过来！这是厦门织带姚明对身高2.26米的上海篮球姚明的第一印象！细细看去，两个姚明的相貌还真的有点想象，都是方方正正的宽脸庞，都有一双灵动的眼睛，不过，上海姚明比厦门姚明整整高出一大截。而且，篮球姚明不仅个子高，长得也特别壮实，巍巍然像一座山。

早在2004年，因注册"姚明"商标问题，两个姚明就PK上了，但双方从未见过面。厦门姚明曾经想象过见面的种种方式，但从来没有想到会在台北的一家五星级酒店的餐厅里，以这种猝不及防的戏剧形式见面。

"要不要上去打个招呼呢？"厦门姚明心想，虽然因商标争议，双方都有点隔阂，但从心里，厦门姚明还是非常敬重这位篮球巨星的。于是，立即主动向前，诚恳地问好："您好！姚明先生，早上好！我是厦门姚明。"

上海姚明一听，先是吃了一惊，接着善意地笑了。回答说："喔！知道，知道！"厦门姚明发现，上海姚明的笑容同样是真诚的，这个篮球巨星显然是个憨厚之人。

两个姚明寒暄了几分钟，就各自走开了。在这种场合，两个聪明人，当然不会谈及生意场上关于"姚明"商标的事情。对于敏感问题，有智慧的人都懂得选择最恰当的场合。

此时，两个姚明虽然在身高和块头上有明显的区别，在社会影响，尤其是知名度上，更是相差甚远。在厦门姚明面前，上海姚明的确如一座高山，要是叫板、较量，在一般人看来，优势应当在上海姚明一边。

厦门姚明和上海姚明的PK是被逼出来的。厦门姚明原来在莆田从事丝带行业，公司名称为"雅美织带饰品有限公司"。2004年，公司搬到厦门，也想用原来的公司名称注册，但在厦门已经有一家工艺品公司也叫"雅美"，名称重复了不让注册，只好改个名称，姚明决定，用自己的名字"姚明"注册公司名称。公司名称很快审批下来了，但用"姚明"注册商标就没有那么顺利了，这在商界本来也是很平常的事情，没有想到，他的名字和红遍中国的上海篮球姚明相同。 2007年，他以4223596号"姚明"商标申请书向国家商标局申请，商标局认为这对中国体育名人有不良影响，不予处理，驳回了。对此，厦门姚明当然不服气。

其时，上海姚明，声名如雷贯耳。

上海姚明于1980年生于上海市徐汇区，祖籍吴江震泽。上海姚明不仅是中国著名的篮球运动员，而且是国际篮球运动员中最优秀的中锋之一，1998年4月，入选王非执教的国家队，开始篮球职业生涯。除了身高的特殊优势以外，还有机动灵活、技术全面的特点，被国外媒体赞誉为"中国

209

的世界第八大奇迹"，是中国男篮的主力。2002年，上海姚明以状元秀身份被NBA的休斯敦火箭队选中，成为国际篮球运动员。

篮球姚明多次代表国家参加比赛，立下赫赫战功。先后获得"亚洲青年男子锦标赛冠军""亚洲男子锦标赛冠军""世界大学生运动会男子篮球亚军"等多项荣誉。2002年被休斯敦火箭队选中以后，2003—2008年连续六个赛季入选NBA西部全明星阵容。篮球姚明以突出的贡献和极高的知名度，于2003年被评为中国十大杰出青年。已经成为国际篮球巨星的姚明，国内外的各种报刊、网络等媒体上，几乎每天都有关于他的报道。

在市场经济的大潮席卷世界每一个角落的情况下，篮球姚明刮起的"姚明旋风"的巨大影响力和价值，远远超出体育界，篮球姚明已经走进世界体育市场。事业上的巨大成功，使上海姚明成为经济市场上炙手可热的人物，篮球姚明所含有的商业价值，已经难以估量。正如一篇商业评论所说："有人说，姚明是中国最大的一宗出口商品。姚明两个字值多少钱，现在没有人知道。但姚明已经成为继高尔夫球巨星'老虎'伍兹之后最受欢迎的体育明星。伍兹去年的广告收入就是6200万美元，姚明身价则过亿元。"此论不假，姚明有巨大的商业价值，是全方位的，在这个人们疯狂崇拜明星的时代，姚明亲笔签名的一个篮球居然卖到15000元。姚明效力的"火箭队"一年一度的慈善晚会上，和姚明同桌的位子卖到20000美元。至于以篮球姚明做广告带来的经济效益，更是令人咋舌的天文数字了。

在篮球姚明麾下，已经形成一个实力雄厚的商业运作团队，早在2002年，他们就先后在商标局规定的第3类、第9类、第11类、第12类、第14类、第18类、第25类、第28类、第29类、第30类、第32类、第41类等商品上注册"姚明"商标。尽管这些注册"姚明"商标的商品并非如姚明本人那样，红遍中国，如注册"姚明"商标的葡萄酒，就卖得不好。名人效应虽不可低估，但并非万金油，无论什么地方都可以涂的，商业本身有自己的运行规律。

面对此种局面，厦门姚明并不怯阵，更不退却。他向来性格执拗，他不理解，如果论年龄，他要比上海姚明年长十多岁，上海姚明还没有出生，他就叫姚明这个名字了。法律从来没有规定，在名字问题上，谁的名声大，谁对这个名字就拥有霸权。上海姚明可以用"姚明"注册商标，他厦门姚明为什么不可以使用"姚明"这个商标呢？何况他申请注册的是自己生产的丝带产品，打篮球的上海姚明可以去卖"姚明"牌的葡萄酒，做丝带的厦门姚明用自己的真名实姓卖自己的产品，怎么就得不到批准呢？这样做太不公平了。他想不通，如今社会，五彩缤纷，让人眼花缭乱，有时，甚至沉渣泛起，想不通的事情太多，但厦门姚明的性格特点是，他认为是不公平的事情，非要弄个水落石出不可。他认为是正确的事情，即使是面对一座险情四伏的高山，也要斗胆去闯一闯，他的人生道路，就是这么走过来的。

他并非要去傍名人，厦门姚明没有必要傍上海姚明，他专心致志地做小小的窄幅丝带，上海姚明风风火火地在球场驰骋，揽尽风云，无论在职业或者奋斗的领域，双方都可以说是风马牛不相及，然而，因为商标注册问题，他们相遇了，而且皆不退让。怎样解决这个矛盾呢？

打官司！厦门丝带姚明自然想到这一招。上海篮球姚明同样也想到这一招。不过，当时，实力悬殊，厦门姚明事业初创不久，无论是名声和经济实力，远远比不上上海姚明。

胜负如何？只好走着瞧了！

姚明
传奇

姓名没有霸权

厦门，美丽多情的环岛路，依山傍海，长达20多公里。每年都要在这里举行国际马拉松赛。该赛事创办有一段传奇般的故事：

2002年12月3日，厦门市正在隆重召开两会，人大代表和政协委员齐聚一堂，共商厦门发展的大略。按照惯例，也号召市民们为厦门的繁荣献计献策。这一天，会议的有关部门接到化名为"马达"的网友的建言：建议在厦门举办国际马拉松邀请赛。真是一言值千金哟！"马达"这一浪漫和天才设想的建言，立即被大家接受了。从申办到体育总局审批，前后不到一个月。2003年3月30日，正当厦门满城的木棉花（又称英雄花）盛开的时节，由中国田径协会和厦门市政府联合主办的厦门首届国际马拉松邀请赛鸣枪开跑。此后每年举办一次，越办越好。中央电视台和厦门电视台联合现场直播，国内外40余家电视台转播。盛况空前。厦门国际马拉松赛成为中国最具影响力和国际知名度的马拉松赛事之一。

厦门姚明没有料到，这场和上海姚明较量的商标注册官司也打成了一场旷日持久的"马拉松赛"。

环岛路一侧，是湖里高新技术园金海湾财富中心，这里的楼房一幢比一幢漂亮。厦门姚明和上海姚明打官司的委托代理人：厦门合道联合知识产权事务有限公司就设立在这里。合道品牌管理集团是福建省内首家同时兼营品牌策划、创意设计、商标、专利、著作权、广告代理以及各种与品牌和知识产权相关联的综合性全面品牌服务机构。该机构实力雄厚，尤其是律师队伍，在业界颇有声望。

该公司受厦门姚明的委托，在厦门姚明申请的"姚明"商标被国家商标总局例行驳回后，郑重地向国家工商行政管理总局商标评审委员会提出申请，要求对被商标局驳回的4223596号"姚明"商标决定进行复审。

　　这一申请意味着要和上海姚明打一场官司，虽然不在正式的法庭上，而是在国家工商行政管理总局商标评审委员会面前，但是最后还要打到国家商标局。姚明并不是喜欢打官司的人，他当然知道，和上海姚明这样的篮球巨星打官司，不会一帆风顺。既要耗费精力、金钱，还要寻找或动用各种人脉关系。如今打官司，除了讲理以外，还要得到社会力量的支持、帮助，一场官司的背后，不仅是法律上的较量，往往还是社会背景甚至社会力量的较量。厦门姚明是一介书生，平时只专注做他酷爱的丝带，打官司完全是弱项。但他私下里也曾这样想，从舆论上看，或许对他也有好处，因为只要把官司打大了，打到社会上，就具有相当的广告效应。他还曾经有点天真地设想，如果有朝一日，能够和大山一样伫立在面前的篮球姚明对簿公堂，那就成为轰动全国甚至海外的大新闻了。两个姚明打官司，本身就颇有戏剧性的新闻价值，想到这里，他也情不自禁地笑了起来。他相信上海姚明的智商，此事很有可能适可而止，不会扩大到喜欢新奇的新闻媒体上去，否则，就等于给厦门姚明做免费大广告了。

　　事情的发展果然不出厦门姚明所料。

　　厦门姚明申请复审的理由十分充分：申请商标是申请人的姓名，同时是申请人创办的企业名称。姓名没有霸权。申请人与篮球明星姚明享有平等的姓名权。申请商标经过长期使用和宣传，在织带饰品领域已经享有极高的知名度和美誉度。篮球明星姚明并无相关产品在市场上流通，不会造成混淆。况且商标法立法本意不是对明星姓名进行无限制的保护，而应对善意的注册和合理的使用给予支持，以利于商标资源的合理使用和活跃市场经济。申请人社会形象良好，被厦门市政府评为非公有制企业的"党建之友"，多次捐资办学，捐款给地震灾区，提供绿丝带支援，受到厦门红十字会、厦门慈善总会等团体的表彰。综上所述，申请人姚明请求初步审定申请商标的注册申请。

　　根据申请的有关要求，厦门姚明还提供了充足的材料：姚明织带公司的广告宣传资料，主要是登载在期刊上的广告、参加各种展会和研讨会的照片以及网页宣传报道。公司的销售情况，包括公司部分办事处和门市部的照片、出口货物专用发票、海关出口货物报关单等。姚明织带公司企业规模以及获得的各种荣誉等等。

对这次委托厦门合道联合知识产权事务有限公司，向国家工商行政管理总局商标评审委员会提出的复审申请，姚明预感到胜利正悄然向他倾斜。并非低估了对手上海姚明这个依然走红的篮球巨星的影响和力量，而是他从中央一次次特别强调的依法治国的讲话中，感受到国家在法治方面正在走上健康发展的道路。

姚明虽然是企业家，每天要处理的大小事情很多，但他非常关心国家大事和时事政治，尤其是对待法治这一直接关系企业界的话题，更是予以高度的重视。他强烈地感受到，已经过去的2007年，是中国特色社会主义民主法治建设具有特别重要意义的一年，是依法治国基本方略正式确立十周年。这十年来，中国的法治建设取得巨大进步，社会主义法治理念、法治精神和法治文化广泛传播，法治宣传教育广泛深入开展，依法治国观念深入人心；科学执政、民主执政、依法执政成为中国共产党提高执政能力和执政水平的重要原则；民主立法、科学立法不断提高立法质量，中国特色社会主义法律体系已经初步形成；依法行政，建设法治政府，正在国家行政机关如火如荼地全面展开；司法体制改革（司法改革），保证法院、检察院依法独立行使职权，实现司法公正，取得初步成效；加强对权力的监督制约，尊重保障人权，不仅是一种政治观念，而且越来越普遍地落实到各种制度、程序和规范之中。十年依法治国，的确成绩巨大，虽然困难不少，但前途是光明的。

姚明特别注意到，2007年10月召开的中国共产党第十七次全国代表大会，总结了中国民主法治建设的成绩，做出推进社会主义民主政治建设、深化政治体制改革、全面落实依法治国基本方略、加快建设社会主义法治国家的战略部署。时任中共中央总书记胡锦涛强调，必须适应我国社会主义经济建设、政治建设、文化建设、社会建设不断发展的客观需要，增强科学执政、民主执政、依法执政的自觉性和坚定性，不断完善中国特色社会主义法律体系，不断推进国家各项工作法治化，切实把党的十七大提出的全面落实依法治国基本方略、加快建设社会主义法治国家的重大任务落到实处。

2008年，中国正走向全面强化法治的一年。正是在这样的时代氛围和背景下，姚明相信，这次委托厦门合道联合知识产权事务有限公司提出的要求复审的申请，很可能会出现转机。

姚明在耐心等待。

他是认理的人。大学毕业之后走过十多年的人生之路，沟沟坎坎、曲曲折折，之所以能够走到今天，他的长处就在于始终坚持他所恪守的朴素的道理：一旦他认为是对的，就坚定不移地往前走，无论是刀山火海，也在所不辞。专注、坚韧，这些难得的品质深深烙印在他的性格中。2008年，姚明率领公司全体员工，正在跨越式高速发展的道路上迅跑，一路斩关夺隘，旗开得胜。他相信理直气壮这句朴素的言语。尤其是全国正在加速走向法治化的进程中，更是如此。诚然，如果论影响，甚至论实力，他或许还难以和大山一样屹立在他面前的篮球姚明匹敌，但打官司，首先是要在理。尽管人们常议论，到了北京才知道官小，这里的政界、官场的水深，特别是如国家商标局这样的衙门，每天要处理的类似的案件数不胜数，但姚明还是相信，既然是共产党领导下的国家机构，尤其是在阳光明媚的祖国首都北京，绝不会如人们传言所说的那样——头戴大盖帽，吃了原告吃被告。

执拗的厦门姚明，有时也会冒出这样的想法，既然已经被逼上梁山，他就要见见各路好汉，包括见见国家工商行政管理总局商标评审委员会和商标局里的官员们，他就是想要看一看，这些深居首都北京手握大权的官员们，讲不讲道理，能不能给他这样一个普通民营企业家一个公道。姚明还深切地感受到，社会上对民营企业家，往往存有偏见，认为他们只认钱，认为他们为了赚钱什么事情都干得出来。社会的偏见使不少民营企业家感到困惑的地方。

姚明
传奇

215

一个"姚明"商标注册官司，可以检测出国家工商管理机构的法律、法理、执法水平。对于当事者厦门姚明而言，还是思想、人格、襟怀的又一次检测。

感谢厦门合道联合知识产权事务有限公司律师们的努力和卓有成效的工作。国家工商行政管理总局商标评审委员会派出由尤宏岩、王静、李玉三人组成的合议组，经过认真负责的调查，在于2008年12月8日终于做出《关于第4223596号"姚明"商标驳回复审决定书》，此决定书以商评字[2008]第29491号文件公布，抄送国家工商行政管理总局商标局。

该文的结论这样写道：

> 我委认为，首先，虽然申请商标文字与篮球姚明的姓名相同，但申请商标"姚明"为申请人本人的姓名，也是申请人企业字号名称，加之上述申请商标使用宣传的实际情况，可以证明申请商标具有正当来源。且申请商标通过宣传和使用加强了与篮球姚明姓名的区别性。其次，申请商标指定使用的商品并非是与篮球明星姚明从事的体育事业有关的商品，如运动服、运动鞋等，因此一般不易使消费者误认为申请人产品是篮球明星姚明代言的产品或者与该明星本人具有密切联系，以致误导消费者并对篮球明星姚明声誉造成不良影响。再次，申请商标指定使用的"花边：绳编工艺品：针"等商品并非容易受明星效应影响的时尚类产品。其指定使用的丝带、花边、垫肩等商品一般为辅料产品，多为不直接面对最终消费者的供服装或工艺品企业采购的中间产品，并且均为时尚度不高的小产品，明星效应一般不会影响到该类商品消费者的实际购买行为。综上，目前尚无充分理由可以认定申请商标易误导消费者并对篮球姚明的声誉造成不良影响。申请商标不属于《中华人民共和国商标法》第十条第一款第（八）项规定的禁止作为商标注册使用的标志。申请商标依法可以予以初步认定。

依据《中华人民共和国商标法》第二十七条的规定,我委决定:

申请商标予以初步审定,由我委移交商标局办理相关事宜。

看到这样的文件,厦门姚明感到如灿烂的阳光熠熠生辉,如万里春光一片锦绣。公理如铁铸的礁石,岿然屹立不动。他感谢为此做出极大努力的律师们,感谢国家工商行政管理总局商标评审委员会的评审专家主持公道,感谢所有支持他的朋友。当然,他也充分估计到,如文件所言,这只是"初步审定",还须公示,如大山一样移过来的上海篮球姚明肯定不会就此罢休,尤其是和他因利益关系紧紧绑定在一起的团队,一定会聘请法律界的高手出面进行较量。

风雷滚滚,鏖战已经揭幕。厦门姚明只有挺胸抬头,沉着应战。

姚明
传奇

针尖对麦芒

2009年2月6日，国家工商行政管理总局商标评审委员会关于同意厦门姚明的申请，"姚明"商标予以初步审定的决定正式公告，上海篮球姚明闻讯，又一次出手了，其势如其手中那个被他运用得犹如神器的篮球，风驰电掣般地向厦门丝带姚明飞来——他聘请了在北京享誉业界的北京正理商标事务有限公司做代理人。2009年4月17日，正理商标实务有限公司向国家工商行政管理总局商标局提交《对姚明在国际分类第26项下初步审定第4223596号姚明商标的异议书》。

厦门姚明从委托律师那里见到这份文件，他深刻感觉，用如今时髦的话语来评价，就是两个字："霸气！"其主要目标，就是要推翻国家工商行政管理总局商标评审委员会关于"姚明"商标的初审决定。

此文洋洋一万多言，图文并茂，引经据典，用大量的篇幅介绍上海篮球姚明的成功道路和他巨大的商业价值，对此，任何人，包括厦门姚明，从不否认。关键的问题是，从中可以引出或者进行逻辑推理出什么呢？

也不知起草此文的作者出于何种意图，居然在文中引用了《民法通则》第九十九条规定，赫然写着："公民享有姓名权，有权决定、使用和依据规定改变自己的姓名，禁止他人干涉、盗用、假冒。"

这一法规按照正常的逻辑，可以推导出什么呢？红遍中外的篮球姚明享有姓名权，难道厦门的丝带之王姚明就不能享有姓名权吗？在公民这一最为普通的称谓上，不仅两个姚明是平等的，而且普天下成千上万个姚明都是平等的。一个公民的姓名权并不能因为你的名声大、影响大，甚至有权有势，就可以拥有独霸的权利。上海篮球明星姚明名声的确如雷贯耳，天下几乎人人皆知，超出了厦门姚明，怎么就可以凌驾在法律之上，颐指气使，肆意剥夺别人的姓名权呢？

上海篮球姚明的律师口口声声要保护公民的姓名权，他们站在委托人的立场上，摆出一副受害人的模样，甚至公然指责厦门姚明申请注册"姚明"商标具有"恶意性"，企图把污水泼在厦门姚明头上，这种无中生有妄图抹黑对方的做法，实在不可取。试问，上海篮球姚明的姓名权要保护，厦门姚明的姓名权就不应当保护吗？

显然，这一理由在法理和事实上都站不住脚。

其次，是关于在商标权问题上的激烈争锋。

上海篮球明星姚明的律师认为：由于姚明事业稳定发展，使这一篮球明星的商业价值日益增大，所谓商标的知名度不断提高，姚明就依法享有其在先的商标权。这里的关键词是"依法"和"在先的商标权"。我们国家有哪一条法律规定，明星有"在先的商标权"？聪明的北京律师没有说，因为根本就没有这样的法律条文。虚张声势借以吓人是某些律师常用的伎俩。

至此，不得不说几句题外话。改革开放以后，市场经济的大潮几乎刮遍了每一个角落，催动经济飞速向前发展并创造了前所未有的奇迹。但有些问题令人忧虑：社会价值观发生极为深刻的变迁，个人主义恶性膨胀，一切向钱看，几乎成为某些人的人生信条。尤其是体育界、影视界那些被捧得发红、发紫的明星，毫不客气地说，他们被商家、被金钱无情地绑架了，他们自己成为腰缠万贯的大款，也成为某些人暴富的赚钱工具。是有幸还是不幸？人们自有公论，时代和历史也会做出公正的裁决。因为，被金钱埋葬的悲剧屡见不鲜。也不知正值盛年的上海篮球明星姚明有没有想到这个严峻的人生话题。

上海篮球明星姚明出名以后，注册了多少商标呢？据此文罗列，一共有24项，从常用的肥皂、洗发水、电灯泡、钱包、男性游泳裤到计算机、汽车、玩具、奶油、咖啡，犹如杂货店，无所不包。这里有和姚明从事的体育有关的产品，也有和姚明从事的体育风马牛不相及的产品。除了26类以外，上海姚明几乎把45类商标全部注册保护了。

在26类商标注册上，上海篮球姚明委托的北京律师有意回避了一个极为重要的事实：厦门姚明申请注册的26类商标是以自己名字命名的该公司的丝带产品——"花边、衣服装饰品、人造花"等商品，这些商品和上海篮球姚明没有任何关系，也未被其抢先注册。天下怎么有如此不讲道理的事情呢？难道只允许上海篮球姚明用实名注册商标，就不允许厦门姚明用实名注册商标吗？上海篮球姚明注册过的领域别人不能动，没有注册过的领域别人也同样不能动，这不是一手遮天是什么？

此外，运动员的黄金年龄是短暂的，上海篮球姚明也是如此。以他名字命名的商标可以无限期地永远使用下去吗？

上海篮球姚明委托的律师特别强调篮球姚明的形象标志，固然，人高马大铁塔般的上海篮球姚明，不愧是雄健、伟岸而略带沧桑的男子汉，形

象很不错。他或许不知道，厦门姚明的形象也不差呀！儒雅而英俊，稳重而睿智，怎么就不可以出现在自己产品的商标上呢？商标是产品的形象标志和文化符号，只要是公民，谁都有申请注册商标的权利，谁都没有资格剥夺别人的商标权。任何人剥夺别人的商标权都是非法的。退一步说，真要论先后，厦门姚明出生在1966年6月，上海篮球姚明出生在1980年9月，谁先谁后，不是一目了然了吗？

　　这一文件的作者挖空心思寻找的论据中，还有一段颇为有趣的引文，即引用了新华社、新华网北京3月4日电，题目是"雷锋和姚明：中国人寻找多元偶像的崇拜"。这真是一篇难得的奇文，并非妄论这篇挂着官方权威媒体的大作，将篮球姚明和雷锋并列，本身就有点不伦不类，篮球姚明可以和毛泽东同志亲自题词的伟大的共产主义战士雷锋相比吗？雷锋作为共产主义者的崇高思想、境界、情操，深深地影响和滋润了整整几代人，成为经得起岁月检验的时代楷模和时代精神，成为共产主义思想体系中宝贵的精神财富，那是真正的高山、大海。并非看不起上海篮球姚明，他那里有资格和雷锋相提并论？说句不大中听的话，他随着年龄的增大，将不可避免地退出球场，退出球场的上海篮球姚明将很快被人们忘却，雷锋永生，上海篮球姚明呢？他书写的辉煌会被写进中国体育史，但绝对无缘进入瑰丽的共产主义者的神圣殿堂而接受人们的尊敬。

　　明星崇拜是市场经济背景下出现的特殊的复杂的社会现象，属于时髦的"娱乐至死"的快餐文化的重要组成部分，是现代社会许多青年信仰迷失对前途感到迷茫、困惑的结果。这一社会思潮和学习雷锋的伟大共产主义思想教育活动大相径庭，如此荒谬的论证出现在北京律师起草的法律文书中，有点让人感到不可思议！

　　千万不要小看上海篮球明星姚明委托的北京正理商标事务有限公司的实力，他们竭尽全力，努力攻关，居然扳回大局。在国家工商行政管理总局商标评审委员会关于同意厦门姚明的申请，"姚明"商标予以初步审定的决定正式公告的情况下，胜利几乎已经向厦门姚明露出迷人的笑脸，然而，形势急转直下，2011年5月15日，国家工商行政管理总局商标局，发出"2011"商标异字第14493号文件《"姚明"商标异议裁决书》，内容如下：

北京正理商标事务所有限公司：

厦门合道联合知识产权事务有限公司：

北京正理商标事务所有限公司代理姚明(以下称为异议人)对长沙市弘铭知识产权代理有限公司代理姚明(以下称为被异议人)经我局初步审定并刊登在第1154期的《商标公告》第4223569号"姚明"商标提出异议，我局依据《中华人民共和国商标法》第三十条规定予以受理。被异议人委托厦门合道联合知识产权事务有限公司已在规定期限内做出答辩。

经审理，我局认为："姚明"是我国知名篮球运动员的姓名，在全国范围内具有较高知名度。被异议商标"姚明"的注册使用易误导公众，造成不良影响。

依据《中华人民共和国商标法》第十条第一款(八) 项、第三十三条规定，我局裁定：异议人所提异议理由成立，第4223596号"姚明"商标不予注册。

根据《中华人民共和国商标法》第三十三条规定，当事人如对本裁定不服，可在收到本裁定之日起十五天内向商标评审委员会申请复审。

中华人民共和国国家工商行政管理总局商标局
二〇一一年五月十五日

抄送：长沙市弘铭知识产权代理有限公司

鲜红的大章盖下去，标志着国家工商行政管理总局商标评审委员关于同意厦门姚明的申请，"姚明"商标予以初步审定的决定被否决了，国家商标局否定了商标评审委员会的初审决定，这种情况并不多，但这一暗淡的结果却落在厦门姚明的头上。面对这一有点冷酷的现实，厦门姚明发现，国家商标局之所以否定商标评审委员会的初审理由，和最早拒绝厦门姚明注册"姚明"商标的理由，毫无变化，多年过去，世界发生许多变化，国家商标局官员的观念居然毫无变化，他们依然站在"保护"上海篮球明星姚明的立场上，以会造成"不良影响"和"误导民众"为理由，丝毫不考虑厦门姚明的正当要求。面对又一次来自国家权力机关的裁决，在感到无奈和困惑的同时，厦门姚明更多的是深思：

中国有句老话：有理走遍天下。但稍有社会阅历尤其是打过官司的人都可以感受到，此话是相对的，不是绝对的，在世风日下、道德滑坡、信仰发生危机的社会背景下，特别是受市场经济大潮无孔不入的深刻影响下，一场官司的胜负，已经不是纯粹由在理或不在理的法理推演。一场官司的胜负有人为的因素，也有当事者的人脉甚至法律之外诸多力量的较量，这已经成为司空见惯的现象。有理不一定就能走遍天下。不过，从总的趋势看，中国的法治正走向规范化、透明化。对此，书生气很浓的厦门姚明始终未失去信心。

怎么办呢？

当然不会退却。他油然想起鲁迅先生在《娜啦走后怎么办》一文中的名言："一时的牺牲，不如深沉的韧性的战斗。"

韧性，坚持，绝不轻言放弃。是厦门姚明取胜之道。

姚明
传奇

太阳终于出来了

    集美，陈嘉庚先生的故乡。这位被毛泽东主席誉为"华侨旗帜　民族光辉"的著名爱国华侨，是伟大的爱国者和卓越的现代教育家。他永远是集美乃至厦门的自豪和骄傲。

    厦门姚明不止一次陪同朋友、客人游览有十万大学生之众的集美学村、远去的陈嘉庚先生安息的鳌园、归来堂、掩映在鲜花绿树丛中陈嘉庚先生的故居——一座西式小楼等名胜。

    这里的一草一木、一景一物都是历史的见证。姚明是细心的，在陈嘉庚故居里，他发现一把打补丁的伞，静静地陈列在那里；伞上的补丁，犹如特别的符号，不知系住了多少参观者的目光。这把带补丁的伞，是嘉庚先生伟大精神的见证，更让人浮想联翩——撑着这把雨伞的嘉庚先生，从集美铺着石条的老街深处走出，脚步声声，穿越深邃的时空，正悄然向人们走来。

    嘉庚先生撑着这把极为平常的伞办教育，走进一户户贫穷农家，恳切地动员孩子们上学，他没有也不会想到尔后能够成为高山仰止赢得中华民族永远铭记和崇敬的伟人。或许，很可能只是想为孩子们撑起一把可以遮挡凄风苦雨的伞，让他们可以自立于社会。

    他撑着这把伞，办幼稚园、小学、中学、师范、大学，在时代的风雨中穿行，殚精竭虑。茫茫世界，伞很小，嘉庚先生教育救国的"中国梦"却很大。

    这把伞是解读陈嘉庚先生的金钥匙。因为，从此联想开去，你就会明白：在血雨腥风的白色恐怖的日子里，为什么集美学校会成为共产党人播撒革命火种的基地？会走出像李林那样英姿飒爽的抗日女英雄？陈嘉庚先生虽然不是共产党员，但他的情感、襟怀、追求、理想和共产党员一致的。他自觉把自己化为革命师生的保护伞。他这把了不起的伞，庇护了多少莘莘学子，目送、鼓励过多少优秀儿女担当起拯救中华的时代重任，已经数不清了。

从陈嘉庚亲手创办的厦门大学走出的姚明，有幸享受过这把伞的恩泽。想到这里，姚明深深地感悟到，人生很像一把伞！他从嘉庚先生这把伞的庇护下走出，撑起一把发展和振兴中国丝带行业的伞，不仅是为自己，更带领企业的员工们迎着扑面而来的风雨，大踏步地走下去，走向云开日出的明天。

从2004年开始和上海篮球明星姚明打官司，打到2011年，7年时间过去，就在成功的天平已经向他倾斜、临近胜利的时候，因为国家商标局的一纸裁决，一切几乎又归零了。

风雨弥漫，在这场旷日持久的商标官司中，他这把伞还能够撑下去吗？

姚明反复揣摩国家商标局这份只有500多字的文件，他想，如果说人生如一把伞，上海篮球姚明这把伞的确是太大了，只要这把伞撑起来，可以遮住阳光甚至遮住法理、真理的光辉。在这把伞面前，厦门姚明也撑起标有"姚明"二字的伞，就要承担"不良影响""误导民众"的指责。世界

如此之大，怎么只允许上海篮球姚明打伞，而不允许厦门姚明享有同等的权利吗？上海篮球姚明这把伞即使很大、很辉煌甚至很耀眼，也不可能造成一伞就能遮蔽世界的程度吧？对此，他不服气，企业的员工不服气，丝带的同行们也不会服气！

上海篮球姚明可以撑伞，厦门姚明同样也有这样的资格和权利。根据有关规定，他在规定时间内，再次向国家工商行政管理总局商标评审委员会申请复审。

不是重复昨天的故事，也不是简单重复上次申请复审的行动。2011年的厦门姚明已经不是2008年的厦门姚明。2009年，他率领团队勇敢地应对美国商务部无端挑起的"双反"调查，以两者完胜的奇迹，成为国内唯一一家获得零关税的织带企业。厦门姚明和美国山姆大叔的较量并取得胜利的传奇故事，不仅轰动织带行业，也轰动全国包括央视等主流媒体。厦门姚明刮起的"姚明旋风"，当然要让其主管部门——国家工商行政管理总局，包括商标局刮目相看。

国家商标局不予"姚明"商标注册的决定中，不是特别注意"影响"吗？今日的厦门姚明，携猎猎雄风，刮遍九州大地，他的影响如何？他需要傍上海篮球姚明这把大伞吗？

江山是杀开一条血路打下来的，厦门姚明正值中年，他的事业和名声如日中天，不可小视。如今打官司往往要靠实力，此时厦门姚明实力已今非昔比，拿下这场注册商标官司，姚明下定决心，也给律师们和公司的员工们鼓劲。

姚明的委托律师向国家工商行政管理总局商标评审委员会提供更充分的证据：除了姚明本人和公司的基本情况以外，突出申请人"姚明"商标和商号的宣传、使用情况以及突出贡献，从中可以看到，全国的各大媒体，尤其是全国性的各大展会上，厦门姚明已经在实际上得到认同。厦门姚明及其公司、被异议的商标在这些年所获得的荣誉，可谓誉满中华大地了。它标志着，无论厦门姚明本人，还是他带领的公司以及所使用的商标，已经得到社会的广泛赞誉和承认。

上海篮球姚明是名人，此时，厦门丝带姚明同样名满天下！影响是有时间性的，以所谓的影响定乾坤，两个姚明已经难分伯仲。篮球界，上海姚明万众瞩目；织带行业，厦门姚明已是翘楚。

看来，要想人为抹杀厦门姚明，抹杀他和公司的贡献、影响，已经不可能。当厦门姚明带着胜利的微笑和自信，在亿万观众瞩目的央视等主流媒体的节目中儒雅地侃侃而谈的时候，2013年6月，国家工商行政管理总局商标评审委员会郑重其事地组成合议组，再一次对申请人因第4223596号"姚明"商标异议案进行审理。根据规定，这是终结性的审理。

厦门姚明翘首以待。厦门正是盛夏，鲜艳的凤凰花开遍全城，如火如荼，不知倾倒多少慕名而来的游客。人是有预感的，姚明已经预感到，胜利的天平又一次地向他倾斜。

上海篮球姚明呢？他太忙、太累，一个在球场上可以叱咤风云的运动员，一旦被商业绑架，就会像翱翔蓝天的雄鹰被挂上沉重的包袱，难以招架。虽然，他全权委托他的商业团队和律师处理，但总是感到有点不安。

云开雾散，太阳终于出来了！

2013年6月17日，国家工商行政管理总局商标评审委员会发出《关于第4223596号"姚明"商标异议复审裁定书》，这是令厦门姚明难忘的商评字[2013]第17459号文件。文件以事实为根据，以法规为准绳，对厦门姚明提出申请复审的理由进行认真的查证，终于查清了这场已经延及九年的商标注册案的来龙去脉。大量铁证否决了国家商标局关于厦门"姚明"商标不予注册的决定。发人深省的是，这份文件最后根据查明事实做出的决定性陈述，和2008年12月8日，《关于第4223596号"姚明"商标驳回复审决定书》，即商评字[2008]第29491号文件是一样的，连标点符号都没有改动。

此文件最让厦门姚明为之欣喜甚至震撼的当然是结论：

综上所述，申请人所提异议复审理由成立。

依据《商标法》第三十三条、第三十四条的规定，我委裁决如下：

被异议商标予以核准注册。

当事人如不服本裁定，可以自收到本裁定书之日起三十日内向北京市第一中级人民法院起诉，并在向人民法院递交起诉状的同时或者至迟十五日内将该起诉状副本抄送或者另行书面告知我委。

五年过去了，事情仿佛回到了原点。不过，这是具有权威性的国家工商行政管理总局商标评审委员会的终审裁决。

"姚明"商标注册官司整整打了九年。厦门姚明越打越勇，而且水落石出，打出公平、正义！

还要再打下去吗？

再打下去，就要在北京第一中级人民法院法庭上见高低。说实话，厦门姚明非常希望这场官司能够重新进行，他这样设想，最好是两个姚明在法庭上面对面对决，尽管，上海篮球姚明个子高，声音雄浑犹如洪钟，厦门姚明的个子矮，声音中带着明显的莆田腔，但只要出现如此的场面，就是全国性的热点新闻，客观上就为厦门姚明做了个免费的大广告，何乐而不为？想到这里，厦门姚明笑了。

或许，是有点累了，或许，是权衡利弊得失，上海篮球姚明最后没有向北京法院提出起诉，就此偃旗息鼓。

对厦门姚明来说，此案画了个完美的句号。

　　当然，两个姚明之间的缘分依然在继续。

　　2017年3月，篮球姚明毅然作出人生的重大抉择，不当老板而回归他擅长和钟爱的篮球界，出任中国篮球协会主席。而厦门的姚明，突破单一的织带行业的局限，继2016年成立姚明集团之后，吹响了建立综合性大型经营企业集团的号角。决定把"姚明"这一品牌做成和"苹果""三星"等品牌媲美的世界级驰名品牌。

　　如今的世界已经大阔步进入互联网时代，域名已经成为互联网品牌、网上商标保护必备的工具。"姚明"这两个字更因为他们两人对社会的贡献及良好的口碑而形成独特的品牌价值。然而"yaoming"域名这么重要的品牌资产并不在两位姚明的手中，而是被"极有见地"的第三方捷足先登先行注册，这掀起域名回购的波澜。两位姚明事业均处在黄金般的发展时期，域名持有者则老成持重，引而不发，几经商谈无果。篮球姚明即将出任中国篮球协会主席，持有者再次坐地起价。篮球姚明或许忙于篮协的千头万绪，无暇顾及，厦门姚明出于对品牌的爱护，最终以500万重金将"yaoming.com""yaoming.cn"收归囊中。

第十章
文化情怀

厦门姚明："我有一个梦想，跟随我的战友不仅能够丰衣足食，企业更是他们精神的栖息之地：我有一个梦想，和我一起合作的伙伴们，不仅能够提供高品质的产品，更拥有一颗进取之心、追求真理探寻人生价值的真正含义，帮助更多的人幸福快乐；我有一个梦想，希望有一天中国不仅是一个经济强国，更是一个受人尊敬的国家。"文化是根，文化是心。具象的丝带，因为有了文化的消融，就成为蕴含丰富的意象丝带，成为千姿百态的芸芸众生、神姿仙态的万象天地的载体，因而从有限走向无限。

YaoMing
Legend
姚明传奇

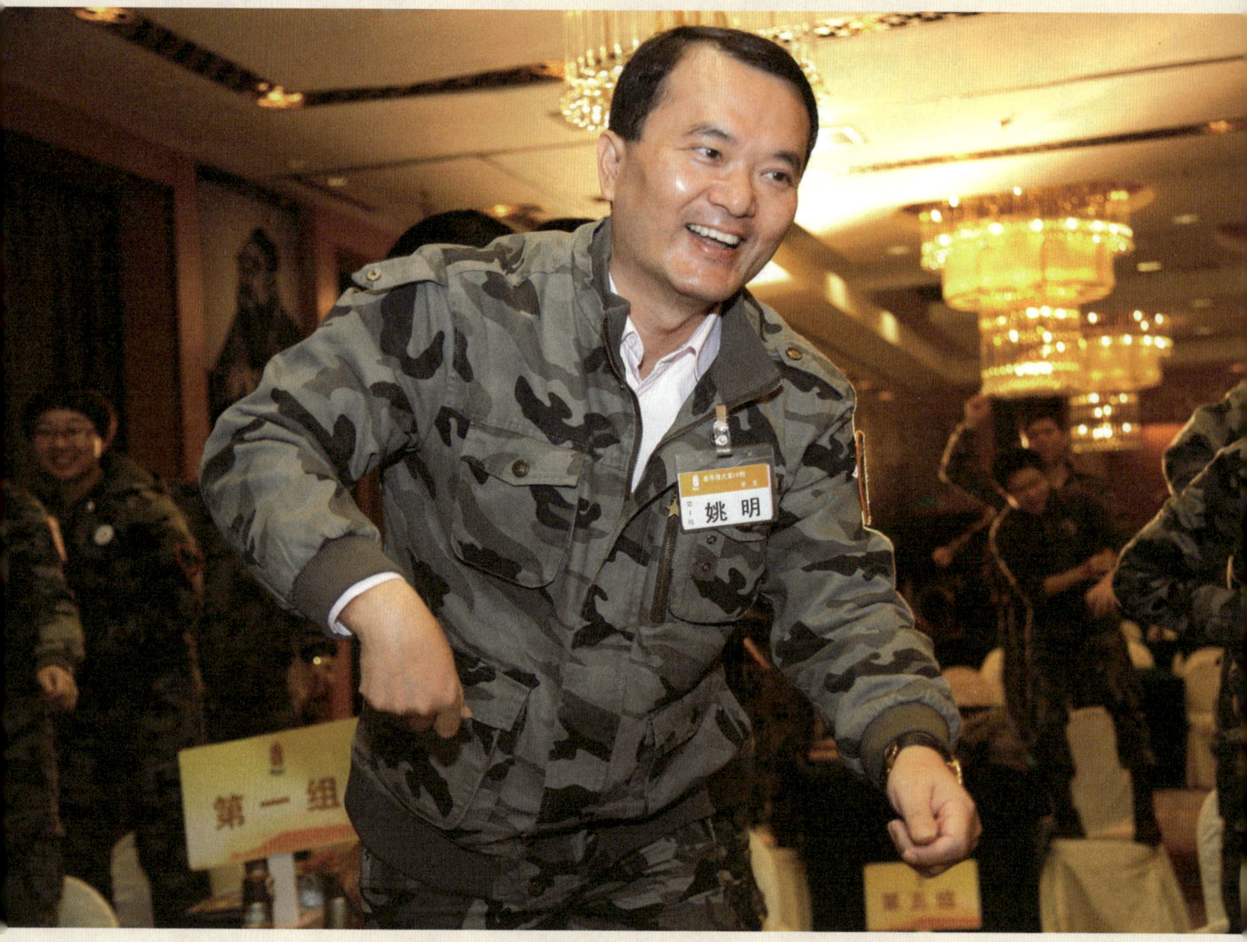
姚明
第一组
第五组

姚明之梦

文化是什么？没有哪个词语比这个词更难解读了，据查，如今的学界中，这个词居然有200多个定义。概念本来是应当特别讲究准确的，但文化这个词的定义却存在着模糊性或不定性。据《辞海》定义，文化是人类一切物质成果和精神成果的总和。这个定义下得太大了，大而无边，让人不知道什么是文化，好像一切都可以装进文化的大筐里。实际上，文化是一种养成习惯的精神价值和生活方式。精神价值和生活方式经过实践的历练和时间的沉淀，最后会凝聚为人格。文化往往难以触摸，人格却可以深切地感受到。一个民族乃至一个国家，有集体人格，作为个人，其人格上所展现的文化蕴涵更是千差万别。我们经常所说的人格魅力，实际上是文化魅力的形象展现。

应当怎样认识姚明的文化情怀？听其言、观其行。

厦门姚明织带饰品有限公司成立十周年的时候，姚明有一段激情洋溢的充满诗意的讲话。他说道："我有一个梦想，跟随我的战友不仅能够丰衣足食，企业更是他们精神的栖息之地；我有一个梦想，和我一起合作的伙伴们，不仅能够提供高品质的产品，更拥有一颗进取之心、追求真理探寻人生价值的真正含义，帮助更多的人幸福快乐；我有一个梦想，希望有一天中国不仅是一个经济强国，更是一个受人尊敬的国家。"

这是姚明发自肺腑的心声。细细品味姚明的三个梦想，人们可以发现：首先，他和跟随他的战友，不仅谋取物质上的利益，寻求丰衣足食生产高质量的产品，更重要的是精神上的追求，让人们有精神上的栖息之地而懂得人生的真正价值；其次，他不是为自己一个人，而是让更多的人过上幸福生活；其三，他不仅是为自己的企业和伙伴，更为祖国的文明、繁荣、强盛而努力，使祖国成为受人尊敬的国家。因此，姚明的精神价值是为他人，为大众，为国家，三个逐步提高的层次展现的崇高境界，不仅是姚明内涵丰富的文化情怀集中体现和值得特别称赞的地方，也是创建其企业核心价值体系的基本立足点。

精神价值的集中体现是人生的价值观。文化情怀的最为重要内容就在于此。

耿焱，耿飚的女儿，现任南昌大学管理学院的院长，其学术声誉并非因为是将门之后，而因为这位新华社记者出身的大学教授的远见卓识和对中国改革开放形势的真知灼见。其演讲《群众路线与价值观》中，独特的发现、新颖的见解、缜密的理论，犹如为听众打开一扇扇明亮的窗户。

在举国上下进行社会主义核心价值观教育的时候，怎样看待价值观问题？

在全国实行由计划经济到市场经济战略转型以后，人的价值观发生了根本变化。在计划经济时期，人们崇尚的是集体主义价值观，其特点是国家利益至上，公民之间尽量平等。进入市场经济之后，人们崇尚的是个人主义价值观，其特点是鼓励自由竞争，突出个人才能、个人利益和个人自由的最大化。因此，个人主义实际上是市场经济理论和实践的重要基础。如大潮般滚滚而来的市场经济，极大地催生和调动了人们改变贫穷落后的面貌尤其是自身命运的积极性，曾经被禁锢的社会生产力得到最大限度的释放，中国的经济发展出现从未有过的令世界皆为之惊叹的奇迹。在一片繁华喧嚣和灯红酒绿之中，人们往往忽视，个人主义价值观也到达急剧膨胀的程度。世界上的事情都是有底线的，个人主义价值观在相当程度上可以产生激发人的创造、创新精神乃至潜能的作用，但一旦突破底线，不讲道德、良知，不顾国家、社会、百姓利益，甚至公然违反法律的约束，必然走向反面，产生民风、官风的丑陋甚至腐败等罪恶现象。

价值观问题是直接影响甚至决定个人乃至社会命运的根本性问题。

官场令人焦虑的贪腐现象丛生，都可以从为官者的价值观上找到深刻的内在原因。人们的言行，包括社会舆论、思潮的走向，使价值观发挥着神奇的作用。从这一角度看，目前正在提倡的社会主义核心价值观，实在是太及时、太重要了。它是集体主义价值观、个人主义价值观、中国传统社会价值观的精华，是传统和现代交接、立足中国本土又面向世界的价值体系的科学总结。在实践过程中，值得特别注意的是，如何对待在广阔市场经济时代背景下出现和形成的个人主义价值观，像以前那样严厉禁止和批判个人主义，将其当作"过街老鼠、人人喊打"的做法早已过时，社会的经济基础已经发生了根本变化，社会管理结构和思维方式也必须改变，必须在大力提倡主旋律、正能量的同时，包容社会上多元的价值观，必须具有融合性、合理性与平衡性。

从如此大背景下来看姚明的梦想，人们才倍感姚明文化情怀的博大和可贵。它既有中国传统儒家"达则兼济天下，穷则独善其身"的中国文化精髓的因子，又有现代社会兼济集体主义价值观、个人主义价值观的元素。

姚明不是苦行僧，他始终认为并特别强调："要让员工过上有尊严的幸福生活。"这里，特别让人动心和感到厚重的是"有尊严"三个字，尊严是什么？尊严是指人和具有人性特征的事物，拥有应有的权利，这些权利被其他人和具有人性特征的事物尊重。简而言之，尊严就是权利和人格被尊重。

让所有的员工都不仅为了谋生而打工，仅为了一点辛苦钱而辛劳，而努力成为拥有丰富、高尚精神家园的主人。"有尊严的幸福生活"要旨就在这里。

在如今这个社会里，贫穷往往没有尊严，仅是有点钱也不一定有尊严，当上了官不为人民服务却贪赃枉法更没有尊严，只有生活安定、富足而且活得有文化品位，才有尊严。强调文化情怀的意义和价值，是作为企业家姚明的过人之处，也是他被人们称为儒商的地方。

人本思想是中国传统文化的精髓，该思想的提出可以上溯到孔孟，"仁者爱人，民为贵，君为轻，社稷次之"是中国传统思想文化的精华，西方文艺复兴时启蒙运动把人本主义提高到空前的高度，这都说明人本思想是社会文明程度的标志，如今人本思想已成为社会主流的价值取向。以人为本，是科学发展观的核心。是中国共产党人坚持全心全意为人民服务的党的根本宗旨。过去的发展观认为，发展就是经济的快速运行，就是国内生产总值（GDP）的高速增长，它忽视甚至损害人民群众的需要和利益。这种发展观"见物不见人"，其实质是一种"以物为本"的思想，它和以人为本代表的是两种不同的发展观。从姚明的梦想这扇窗口透视他的人生价值观，从中感受和感悟他的文化情怀，人们就可以进一步发现，由姚明率领的厦门姚明织带有限公司之所以能够创造性地建立起自己的核心价值体系，就不是偶然的事情了。

姚明织带的核心价值体系是这样的：

企业愿景：打造全球织带行业第一品牌，引领世界织带行业发展趋势

企业使命：为社会提供绿色环保的织带产品，让员工过上有尊严的生活

核心价值观：诚信、专注、和谐、创新

经营理念：品质第一、客户至上、以人为本、追求卓越

人才理念：尊重员工价值，携员工一起成长

客户理念：满足客户需求，与客户共同发展

一座瑰丽的精神宝塔，以深厚的人文情怀为内涵，就这样耸立在人们面前。如今，能够盈利并赚点钱的企业不少，像姚明这样既能盈利赚钱又有文化品位，还能够使员工过上有尊严生活的企业并不太多。

有文化的企业才是消费者信赖并尊敬的企业。

姚明有梦想，员工也不例外。该公司的职业经理人陈荣明在《唤醒你的梦想》一文这样写道：

> 在现实生活中，我们每一人都应当有梦想和抱负，从而使自己免于平庸和世俗，远离毫无目的、无精打采的生活。我的梦想很简单，它是一个植根于现实土壤中的切实目标。作为职业经理人，我梦想，有一天，我会站在中国顶尖职业经理人之列，成为世界织带行业最佳生产实践引领者。
>
> 唤醒心中的梦想、激发我们的潜能，成为职业生涯的转折点，你会发现一个崭新的自我；唤醒心中的梦想，增强我们的信心，给予我们前进的力量。

他说得真好！

梦想，绚丽的文化情怀之花。

有梦想的领航人才是称职的领航人。

有梦想的员工才能肩负神圣使命和重任。

有梦想的企业才是有前景的企业。

姚明传奇

同是一家人

位于集北工业区的姚明织带饰品有限公司总厂，临街而建的庭院内，草地如茵，绿树林立，鲜花盛开。几幢银灰色的楼房，分别为车间区、办公区、生活区、休闲区，有条不紊，清爽、整洁。没有一般工厂的喧闹和嘈杂，给人温馨和谐的家园感觉。

这的确是一个家，一个洋溢着勃勃生机的大家庭。

浓郁的家园意识和情结，是身价过亿的姚明特别鲜明之处。这位颇有温良恭俭让韵味的儒商，在员工面前，就像亲和的家长。有句老话，于平凡之处见精神，天底下，没有比吃饭更普通、平凡的事情了。

几乎所有最初走进这里的人都感到有点奇怪，长期以来，姚明始终和员工们一起在大食堂里吃饭。一个要供应1000多人吃饭的大食堂，遇到高峰期，就要排队，姚明和大家一样排队，丝毫不特殊。员工们也习惯了，和董事长一起排队买饭，成为厂里很平凡的事情。姚明是忙人，他往往要等到中午12点以后再去食堂，此时，稍微好点的菜已经没有了，食堂也不会因为董事长还没来就特意给他留点好菜，因此，有什么吃什么，已经成为姚明的习惯。

谈及此事，姚明私下曾悄悄告诉那些好奇的人，他之所以这样做，有两个原因。一是习惯了，从创业开始，他就和员工们一起吃饭。最早的时候，公司只有几个人，睡觉时他还和大家一起打地铺。二是食堂的饭菜如何，牵涉到每一个员工的切身利益甚至心情，他每天在食堂和大家一起吃饭，可以直接发现食堂到底办得好不好，大家满意不满意。对于这件事，他向来不敢懈怠。

或许，正因为如此，姚明织带有限公司总厂的食堂办得很不错，三餐饭菜花样多，得到大家一致的好评。

那些高谈阔论文化的专家、学者，大概不会想到，被奉为神圣的文化，有时，就是从最普通的吃饭问题开始的。厦门有数千家企业，像姚明这样和员工一起，如家庭成员一样，一起吃饭，一起生活，同舟共济，一起分享成功和快乐的老板真的不多。

能够真诚地把员工当家人，是一种修养，一种境界，一种朴素而高尚的文化情怀。

2011年，姚明织带公司荣获厦门该年度的"感动人的管理"的"十佳企业"。在企业界，人们都说，"管理是严肃的爱"，管理能够让员工感动，原因主要就在于文化的魅力。该厂精品包装部的陈伟写了一篇文章《点滴于心 感恩于行》，讲述自己亲历姚明织带"感动人的管理"的情况。他选择姚明织带礼品之多这一特殊的视角来讲述故事。姚明织带送给员工的有哪些礼品呢？

见面礼：办公桌上整齐摆放着各种办公用品，调试待用的电脑，办公联络的天翼信号。

姚明传奇

2014年度先进集体暨优秀员工表彰大会

贴心礼：炎炎夏日里的清凉——消暑饮料、水果、绿豆汤。

优待礼：新进员工＋新工转正纪念品。

生日礼：生日蛋糕＋纪念品。

伴手礼：春节回家前的惊喜大礼包。

普惠礼：每周五晚上的员工加餐。

此外，还有中秋佳节食堂自制的"放心月饼"、冬至和元宵节的"美味汤圆"、平安夜同事们精心包裹、互赠的苹果……陈伟感动地说，虽然公司给予的并不是丰厚的礼金，也不是"打折的购物券"，却是公司领导、同事们精心准备，适时奉送的浓浓心意。这种满足、感动，恰是金钱难买的真诚。

这种"姚明大家庭"式的温馨氛围，正是文化具体而真实的体现。

这一文化情怀来自何处——教育。

姚明九岁就跟随母亲到父亲所在的部队随军，从小在军营里成长，父母都是善良而朴实的人。用句有点过时的话来说，属于"根正苗红"一族。更关键的是耳濡目染，军营中那种战友之间因生死相托而结下的情谊，深深地感染和熏陶着姚明。如今，人们经常讲正能量，姚明成长的年代，社会虽然动荡不安，但军营却相对稳定、单纯而且讲究正能量。军队的确是所大学校，其最根本的地方就是教育战士怎么做人，怎么做全心全意为人民服务的人。人是环境的产物，文化更是环境滋润和涵养的结果。看到姚明和员工一起排队买饭这一行为，人们自然会联想到我军自建军开始就形成的官兵一致、上下平等的光荣传统，联想到井冈山《朱德的扁担》的故事，联想起从军长到战士每人每天只有五分钱菜金的苦日子。时代变了，但深深植根于姚明心灵深处的这一精神元素，历经岁月，并未被忘却和消解，而是成为文化情怀，成为他出自于自然的精神价值和生活方式，这就是文化的力量。

姚明是民营企业家，他是依靠自己和大家"血拼"出来的，他和那些有幸享受国家诸多优惠政策的国有企业家的最大区别，就是时时刻刻都处在生存的威胁之中。改革开放以来，民营企业风起云涌，但绝大多数昙花一现，包括那些曾经红遍全国的风云人物。据调查，民营企业的成功率只在十分之三左右。姚明能够闯关成功，成就一番事业，除了艰苦奋斗、苦心经营之外，还在于其亲身从实践中感受到的一条真理：一根篱笆三个桩，一个好汉三个帮。他经常挂在嘴边的那句"是员工成就并奉行了我"，绝非虚饰之言，而是发自心田的声音。

他是懂得感恩之人，懂得用家人一样的情怀善待员工之人。对于公司成立以来所取得的成就，他在全厂员工大会上曾经恳切地说道："姚明织带从小做大，由弱到强，从一个默默无闻的花饰工厂发展到如今同行业中第一织带品牌企业，这是我们共同努力的结果，也是对全体姚明织带家人辛勤付出的最好回报。"

作为一个让员工感到亲和的"家长"，姚明不是仅仅停留在口头上的当家人，而是落实在行动上，尤其是细节之中。厂里的员工来自全国各地，大家的口味不一，于是他从全国各地招聘厨师，尽量满足大家的要求。正因为如此，在该厂的食堂里，每餐的菜有十多种，东西南北的口味都有。湖南、湖北、江西、贵州等地人爱吃辣，食堂特地免费备有辣椒油，连这个小小的细节姚明都想到了。劳作辛苦，厂里还增加了一项颇有人情味的"节目"，每周五晚上免费加餐。让劳累了一周的人们过个愉快的周末。

养家糊口，是员工们共同的担子，因此薪酬问题往往是企业最敏感的问题，姚明充分理解这一点。多年来，该厂员工的薪酬始终排在厦门民营企业的前列，甚至超过美国人在厦门办的企业。率先实行绩效工资改革以后，姚明织带公司的员工更是感受到，能够在这里工作，只要勤勉、努力，越干越有奔头。

"让员工过上有尊严的生活"，是姚明这个"家长"始终不渝的追求，也是他履行"以人为本"文化理念的具体行动。在这方面，姚明是个理想主义者、完美主义者。

在温饱问题得到基本解决以后，健康问题已经成为社会上普遍关注的问题。虽然，全厂员工的平均年龄只有28岁，但在"癌症猛于虎"的今天，

姚明除了为全厂的员工进行例行体检以外，还让占全厂员工人数一半以上的女职工免费进行"两癌检查"。每年的三八妇女节，女同胞放假，如果因为工作不能离岗，按照法定节日补贴三倍工资。

"快乐生活，站着睡觉"是姚明的座右铭，全厂皆知。快乐属于他，同样也属于被姚明视为家人的员工。年轻人爱旅游，陶醉在洋溢着诗情画意的风景名胜的美景之中，荣辱皆忘，谁不喜欢？姚明爱旅游，同样能够感受到厂里这些年轻人的乐趣。因此，每年厂里都有计划地安排全厂员工到外面走一走，看一看。旅游快乐，看到员工们快乐，姚明心里更是充满成就感、幸福感。

以制度的形式规定各种待遇，是姚明经过多年实践之后提出来的措施。有些规定，颇有情趣，人们戏称姚明是"人情世故的中国化"。例如，进厂三个月以上的员工结婚，厂里也包"婚礼金"作为红包贺喜，数目虽不多，400元，但暖暖的情意尽在其中。员工父母不幸去世，厂里也发点慰问金表示慰问。家园意识，人文情怀，不是光靠标语口号，而是消融在这点点滴滴的平凡小事中，对此，姚明的解读是，这些看上去平凡的小事，如果能够长年累月地坚持做下去，就成为不平凡的事情。

姚明是书生，书生是有激情的，而作为董事长的他，在某些方面具有独立的决定权，因此，在他激情奔涌的时候，往往也会做出不乏天真可爱的事情来。

2013年年终总结大会上，每年这样的大会，除了按照厦门的习俗，请员工们美美地享受一次"尾牙宴"以外，还要表彰一年来对企业做出突出贡献的员工。这些人披红挂彩，接受姚明颁发的证书和奖金。每当这个时候，是全厂员工喜庆的日子，因此，即使没有机会上全厂"英模榜"，如果努力，根据规定，也可以拿到一笔不菲的年终奖。企业发展几乎年年翻番，更是使姚明深深感谢这些同他一起竭蹶奋斗的模范人物。怎么表达自己的谢意呢？

就在大家喜笑颜开的时候，姚明突然提高嗓门，激动地宣布："今天，我也'任性'一回，我宣布，今年被评上突出贡献的员工，体检费提高到5000元，祝他们健康！"

"送健康"，这是美好的祝愿、祝福，更是姚明炽热文化情怀的具体表现。

如雷的掌声响起来。姚明的决定，出乎人们的意料，但扪心一想，却又是这位性情中人的自然流露。

企业的中高层干部，始终兢兢业业地跟随姚明冲锋陷阵，姚明深深感念他们，更关注他们的健康，每年联系医疗机构为其提供价值为5000～15000元的体检，在同类型的企业中，这是极为罕见的。

世界上没有比中国更重视家园的国度和地方了，即使你走得再远，也走不出故乡的炊烟，走不出对家园的思念。这固然是因为中国长期以来处于农耕时代，以家庭为基本生产单位的自然经济模式，孕育和造就的中国独特而且特别深厚的家园文化。现代社会变迁，中国已经从农耕时代走向以信息化为标志的现代甚至后现代的工业时代，昔日的小家庭生产模式被现代化的工业大生产取代，从小家到大家，这是带有历史性和时代性的飞跃，当传统和现代交接，小家和大家交融，姚明的家园文化情怀，就成为系起人心、情感的纽带和桥梁。

有文化的企业才是真正有光明前景的企业，有家园文化意识和情怀的企业领导人才是可以凝聚人心的睿智和值得尊敬的领导人。

大爱如海

爱，人性奇葩。文学永恒的主题。

姚明很喜欢著名歌星韦唯唱的《爱的奉献》：

> 这是心的呼唤 / 这是爱的奉献 / 这是人间的春风 / 这是生命的源泉 / 在没有心的沙漠 / 在没有爱的荒原 / 死神也望而却步 / 幸福之花处处开遍 / 啊 / 只要人人都献出一点爱 / 世界将变成美好的人间。

动听的旋律，不知唤起多少人心中浓浓的爱意。

爱是人善良本性的表现，爱更是文化长廊中最为动人的风景。

唱着这首歌，姚明走进一个让他自己也让许多人感动的世界。从创业开始，姚明就爱与自己一路走来的伙伴，爱与自己交往甚密的客户，爱喜欢丝带产品的那些消费者。当企业走出困境，终于迎来一片大好春光的时候，姚明想到的首先是担当。作为社会化的企业，应当有担当，那就是毫不迟疑地承担起回报社会的责任。

大爱如海，姚明无愧是大爱之人。如果要论起姚明大爱的特点，可以用两个字——率真——来描绘。

率真的爱，出自本性，没有任何虚饰和假意，如昆仑冰雪，高洁、晶莹，纤尘不染。

率真的爱，慷慨付出，不求回报。没有私利、私心，如春天的原野，一碧万顷，令人神往。

率真的爱，是系起人心的红丝带，是催生人们肩并肩、手拉手，组成英勇抗击灾难无情袭击的长城。

　　人们不会忘记，2008年，在举世震惊的汶川大地震发生的时候，第一时间，姚明的心就飞往令亿万同胞牵肠挂肚的灾区，他毅然决定，全厂总动员，捐款、捐物，给灾区救急。在网络上发起的"绿丝带行动"中，姚明立即为汶川送去39万多条绿丝带，向全国派送60多万条绿丝带。于是，人们发现，战斗在汶川大地震前沿的人们，人人手上系着绿丝带。那是生命的象征，真诚的祝福，更是姚明率真大爱的标志。

　　家庭是大爱出发的基地，姚明有个幸福之家，他深沉地爱着家人。他的父母已经七十开外。父亲姚麟仔是老军人，转业退休，这位农民出身的老人，劳碌惯了，闲不下来。在姚明最早在莆田办的那个厂的大院里，开垦出一片菜地，每天早晨劳动两个小时，既锻炼了身体，又愉悦了心情，看到自己的劳动成果，老人更是感到生活充实而满足。姚明充分理解父亲，尊重老人家的生活方式。姚明的母亲也是勤劳之人，她和姚明的父亲一起劳作，过着健康而朴实的生活。

　　姚明经常看望老人，他从父母的身上深深地感悟到，人生最珍贵的不是金钱，而是人生的境界，它包括情趣、追求、人生观、价值观。父母到了老年，对儿女的亲情之爱，往往表现在尽量不为儿女增加负担，健康、

愉快、幸福地生活，就是对儿女的深沉之爱。姚明，正值盛年，他应当承担的爱心，则表现在更多方面上，有更丰富的内容。

姚明特别喜欢孩子，偶有闲暇，他喜欢和孩子一起做游戏，姚明还有个拿手绝技——倒立。他非常认真地教孩子倒立，不厌其烦地一遍遍地为孩子示范。看他和孩子乐乎乎在一起的样子，你会感受到，此时的姚明，几乎也成为天真的孩子。

大爱的立足点是人，用大爱之心关爱他人，是真爱，或许，正因为如此，作为成功企业家的姚明，他的大爱有着独创的特点，用形象而且颇有哲理的语言来表达——用财富创造财富。

奉献爱心，物质上的奉献是可贵的，善于动脑筋的姚明心想，还有哪种形式可以如播撒种子一样，创造出更大的效益，甚至产生奇迹呢？

姚明从自己的实践中深深地感受到，作为企业当然要有资本，无法"空手套白狼"，但作为希望成功的企业家，最关键的是思想、思路，人们都谙熟"思路决定出路"这一朴素的真理，但很少有人从深层次去探究，思路来自何处？当全社会刮起强烈的呼唤创新之风，也很少有人去探究，实践创新的源头在哪里？

决定出路的思路是从天上掉下来的吗？当然不是，它来自实践，而没有理论指引的实践无疑是瞎子摸象，甚至如盲人骑瞎马，险处丛生。发展的确是硬道理，但违背科学规律尤其是以付出生态环境为惨重代价的发展，却只能带来灾难性的后果。

实践创新的关键是理论创新。环顾天下，局限于狭隘经验层次的企业家比比皆是，而能够高屋建瓴势如破竹从必然王国进入自由王国的企业家太少。正是站在如此的时代视角，姚明开展了高层次的现代企业管理理论培训，他的目标，不仅是打造姚明织带这一层次的现代管理干部队伍，而且尽自己所能，帮助兄弟企业也打造出一支这样的队伍。姚明甚至这样想：姚明织带能够崛起于世界织带行业，发挥引领潮流的重任，他应当可以运用现代公司比较雄厚的实力，打造一支能够大踏步走向世界的中国企业的劲旅。

这就是姚明的大爱，足以助推中国企业加速转型走向明天的大爱。大爱如海，可以驾驭风云，踏平巨浪，让航船驶向理想的彼岸。这一不乏博大、

姚明传奇

精深的文化情怀，实在是太需要了！处在转型期的中国企业，最关键的是思想转型、思维方式转型、理论转型。

正是出于这样的大爱，近几年来，姚明精心从事职业经理人、企业骨干的培训工作。

"我是谁？我从哪里来？我要到哪里去？"被称为哲学上的千古一问。此问的要义是人应当正确清醒地认识自己。在姚明组织的一系列高层次的培训中，007"合伙人"培训是个非常有意思和意义的话题。

这一培训以"九型人格的自白和特点"为基础，联系现代生活的实际，从心理学的角度进行透视，让参与培训的人正确认识自己和他人。九型人格学（Enneagram/Ninehouse）是一个有2000多年历史的古老学问，它按照人们习惯性的思维模式、情绪反应和行为习惯等性格特质，将人的性格分为九种：1号性格：完美主义者；2号性格：给予者；3号性格：实干者；4号性格：悲情浪漫者；5号性格：观察者；6号性格：怀疑论者；7号性格：享乐主义者；8号性格：保护者；9号性格：调停者。现代学者经过重新梳理，将九种人格又概括为：1号性格：完美型；2号性格：助人型；3号性格：成就型；4号性格：自我型；5号性格：思想型；6号性格：忠诚型；7号性格：快乐型；8号性格：控制型；9号性格：和平型。

通过源于心理学的九种人格分析法的学习，一是可以认识自己，从人格上找到自己相对比较准确的定位。人格是怎么形成的？文化是其中最为重要的因素，人格实际上是文化沉淀的产物。认识自己的人格定位，在一定程度上，就可以探究文化修养的层次和诸多因素。二是可以认识他人。从人格上认识他人，特别是合伙人的人格特征。作为企业家，光靠自己一个人是远远不够的，成功的重要因素是要学会组织带领团队共同前进，而由众多人物组成的团队，性格尤其是在人格上的表现各异，怎样正确认识团队所有的人，将他们组成一个和谐、奋进的集体，就成为一个极为关键的课题，姚明组织007"合伙人"培训就从这一深入的视角，帮助自己企业的骨干，也帮助其他兄弟企业的骨干解决这一理论和实践相结合的课题。

　　所有参加这一培训的人都得到丰硕的收获。首先是让参训的人认识自己。厦门市万日清贸易有限公司的占聪华，用诗一样的语言这样讲述自己的深刻体会："'苔痕上阶绿，草色入帘青'，九型人格就像那点绿，让我感受到春暖花开，感受到生命更高层次的价值和意义，引领我向着生命圆融的旅程出发。九型人格是一种性格分析工具，学完这个课程，我认为最大的受益者是自己，让自己清楚'我是谁'，我属于哪种性格类型，这种性格有何优势，有哪些需要改进的地方。"能够如此清醒地认识自己，是了不起的进步甚至认识的飞跃。

　　通过培训，认识他人，以创造和谐的人文环境，同样是很不简单的事情。厦门迷你狗童装有限公司的童常青女士深有感触地说："学完了九型人格，很多以前不理解的问题都有了答案。我明白了如何去理解和包容别人的不足，如何去认识自己和周围的人，如何将性格不同的员工进行有效的分工，树立共同的愿景，树立团队荣辱观与精诚合作意识，最大化地使员工感受到九型人格中所提倡的'包容、博爱、团结，把我变成我们'。真是受益匪浅！"

　　人类赖以生存的太阳，其光线源于七种色彩的组合，团队的力量则源于不同人格力量的和谐融合。人格的科学组合是一门精深的学问，也是企业家之所以率领团队和全体员工夺取胜利之本。经过"合伙人"培训，认识真理的大门悄然启开，让人们犹如沐浴在灿烂的阳光下，满目生辉，诗

姚明传奇

情如涌。007期"合伙人"秘书长、厦门博弈企业管理顾问公司总经理傅红梅女士用《当我走进》一首激情洋溢的诗歌，描述自己的感受，诗贵想像，这首诗比较长，写了诗人对九种人格的诗意感悟，节录一段请大家分享：

当我走进1号
我看见了我的老师
你的无暇追求
你的节操至上
我明白
主义原则
远比生命更重要
但我还知道
追求完美
人生无悔
放下执着
回归本我

傅红梅女士在这首诗的结尾，感慨不尽地吟唱：

我看见了
我看见了
我终于看见了自己
九九归一
有你有我
大爱姚明
永远一起

爱是给予，爱是奉献，物质层面当然必不可少，精神层面显得更为可贵。大爱如海，风情万种，姚明的大爱之所以值得点赞，就在于此。

流光溢彩丝文化

什么是姚明高度重视并为之勤勉建设的丝文化，这是很值得探讨的问题。

为了清楚地认识这个问题，我们试用如今时髦的西方比较研究法，先对比人们熟悉的酒文化。

酒文化是酒在生产、销售、消费过程中所产生的物质文化和精神文化的总称。酒文化包括酒的制法、品法、作用、历史等与酒有关的现象，既有酒自身的物质特征，也有品酒所形成的精神内涵，是制酒饮酒活动过程中形成的特定文化形态。酒文化在中国源远流长，不少文人学士写下品评鉴赏美酒佳酿的著述，留下斗酒、写诗、作画、养生、宴会、饯行等酒神佳话。作为特殊的文化载体，酒在人类交往中占有独特的地位。酒文化已经渗透到人类社会生活中的各个领域，对人文生活、文学艺术、医疗卫生、工农业生产、政治经济各方面都有巨大的影响和作用。与之相类似的还有人们常说的茶文化。

从酒文化的概念中可以看出，酒首先具有物质性，这一物质性包含其生产过程以及物质价值。其次，酒有精神价值，即由这一载体而衍生的丰富文化内涵以及延伸开去的文化现象，包括文化活动、思潮、作品，等等。从某种意义上来说，酒成为特定的文化载体和文化符号。

丝带可以像人们熟悉的酒那样，成为文化载体和文化符号吗？可以。在姚明的心目中，丝带是什么呢？具有丰富想象力的他认为：

> 有时候，丝带是爱神的丘比特，幻化成娇滴的玫瑰，成就一段段浪漫的爱情；
>
> 有时候，丝带是鬼马小精灵，变成奇妙的动物，满足一份份纯真童心；

有时候，丝带是灵动的蝴蝶，盘旋于姑娘的裙角，尽显一丝丝美好心机；

有时候，丝带是璀璨的珠宝，散落于各个角落，装点一簇簇生活巧思……

当然，想像的翅膀一旦张开，神游于广袤的蓝天，丝带还可以幻化出"横彩飞长汉"的虹霓；幻化出"静拂云根别故山"的清泉；甚至，幻化出"不信蓬莱此地开"的仙山琼阁等等。

此时，具象的丝带，因为有了文化的消融，成为蕴含丰富的意象丝带，它成为千姿百态的芸芸众生、神姿仙态的万象天地的载体，因而从有限走向无限。

姚明如此，他麾下的员工同样如此。

公司终端产品部的林旭丰，在《丝语·生活》一文中这样写道："丝带是一种精致的美的化身，是时尚的符号，是健康、希望、柔美的象征，丝

带可以把人们的生活装饰得更有品位。她可能是你随处可见的摆件，生活中的必需品；可能是一款合体修身的华服，是一张定格的时空照片；可能是精美的手作；也可能是传情的尺素。她可能为你提供一场美轮美奂的梦幻婚礼，也能为你献上一次洗涤心灵的演出。"丝带美化了生活、提高了生活，开拓了诗意盎然的生活新境界！

这就是"丝文化"的魅力和神奇之处！

美丽的联想如绵绵无尽的丝带，系起七彩斑斓的美好意象。当丝带成为神奇的文化符号，就可以谱写出无数动人的诗稿。

丝文化的殿堂瑰丽无比，丝文化的天空更是深邃、辽阔、蕴意无穷！

关键是有一颗灵动、鲜活，洋溢着强烈想象力的心。想象是创造之母。丝文化最绮丽和浪漫之处，就是脚踏实地并展开想象的双翅，去创造、创新并不断完善、完美，走向极致的境界。这是姚明的文化情怀中最靓丽的风景之一。

花饰，是丝带产品中销路最广、用量最大并且最受到消费者酷爱的产品。如果说，树象征人的精神，花就像人的面容。从古至今，咏花的作品车载斗量。"山花照坞复烧溪，树树枝枝尽可迷"，何等动人的山花世界！花语无声胜有声。人爱花，源于人人皆有的爱美之心，人们常说，一花一世界，一树一菩提，原因就在这里。

自然界的花虽千姿百态、美艳无比，但无法长期保留，丝带花饰却经久不衰，在这个越来越讲究时尚、雅致并特别强调个性化审美情趣的时代，消费者对花饰的要求，不仅是形似，更要神似，形神皆备并能够促使人们进入为之痴迷的艺术审美世界，才是现代时尚潮流的主旋律。

因此，花饰实际上已经成为丝带文化重要的载体，丝中传意绪，花里寄春情，成为万众瞩目的文化符号。为了满足消费者不断高涨而且求新、求变、求特色的审美要求，姚明特地组织强有力的设计、科研团队，还和国际著名的设计公司联手，不断推出最好、最美的产品。

姚明精品时尚花饰的品牌"瑞蓓丝"是2008年创立的，这是公司的王牌产品，对此，姚明的理念非常清晰——争创世界一流，于是，他与国际顶尖的设计机构格瑞集团以及英国圣马顿学院合作，深度创作。用独具一格的新颖创意，打破既定的时尚定律，引领时代新潮流。多年来，瑞蓓丝不断在产品设计理念中寻找创作灵感，以敏锐的艺术触角创造出具有强烈视觉冲击力的优秀作品。旗帜鲜明的创新理念、独特个性的花饰手工设计，以无法阻挡的诱惑力和震撼力，成为国内外备受瞩目的主流花饰品牌。驰名品牌一旦得到广大消费者的认可，就产生强劲的文化力量，因为品牌本身就是文化的结晶。

高度重视产品的质量，是丝带文化建设的重要环节。物质可以转化为精神的，精神则是文化的精华和极致所在。姚明织带坚持用天然的材质和独具异彩的设计制作时尚花饰，内敛而不失美丽，摩登却不失优雅。文化品位的提高和文化内涵的丰富，深深扣动消费者的审美情趣，瑞蓓丝全线产品的丰富性，恰似春天里的百花竞艳，美不胜收，为消费者尤其是追求完美的爱美女性提供了多样化的选择天地。

流光溢彩的丝文化不仅局限于丝带本身，而且有广阔的延展空间。它是对人生精神价值的追求，是对现代健康完美生活方式的提倡，由丝带引申开去的丝文化活动同样呈现缤纷如花的风采。

文化需要推广，就像播种一样，需要提高和丰富消费者的文化意识。利用现代人们喜闻乐见的沙龙活动，是行之有效的途径。多年来，姚明组织了具有广泛影响的丝带文化讲座，聘请高水平的专家、学者阐述丝带文化的深刻内涵和发展前景，从理论探讨并提高丝带文化的价值。

文化是鲜活的水，故步自封，闭关自守不是文化，走出企业低矮的围墙，走进潮流涌动的社会，走进消费者，勇于担当起社会的责任，是姚明建设视野更为广阔的丝文化的战略之举。

从关爱入手，是丝文化的鲜明特色之一。

乳腺癌，现代女性谈之色变的杀手。全球乳腺癌发病率自20世纪70年代末开始一直呈上升趋势。美国八名妇女一生中就会有一人患乳腺癌。中国虽然不是乳腺癌的高发国家，但情况也不容乐观，近年我国乳腺癌发病率的增长速度高出高发国家1～2个百分点。据国家癌症中心和卫生部疾病预防控制局2012年公布的2009年乳腺癌发病数据显示：全国肿瘤登记地区乳腺癌发病率位居女性恶性肿瘤的第一位，女性乳腺癌发病率（粗率）全国合计为42.55/10万，城市为51.91/10万，农村为23.12/10万。姚明不是医生，但他却鼎力开展粉红丝带乳腺癌防治公益活动。

一根小小的粉红色丝带，优雅、素净，飘溢着天真纯洁的女人气质，更寄托着姚明对女性健康的美好祝愿。当备受消费者欢迎的公益活动巧妙地融入丝带文化的元素，就呈现出独具创新的风采。

关爱失学儿童，是姚明积极参加的爱心活动。虽然，我国实行了"一个都不能少"的普及九年义务教育的政策，由于种种原因，我国目前仍有一些失学儿童，尤其是在西部欠发达地区，失学儿童的现象更为严重。要解决这一特殊群体的问题，一年的教育投入就需10多亿元。对此，在国家高度重视的同时，还需要社会的爱心人士竭尽全力予以支持。从农村走出的姚明，深深地同情这些失学儿童的境遇，除了每年捐款资助这一群体以外，还通过各种形式，动员更多的朋友、兄弟企业参与此事。担当，是丝文化重要的内容之一，而以丝带系起的真善美，更是姚明丝文化活动的崇高追求和宗旨。

奉献、担当，是姚明丝带文化的鲜明特色，突破、进取、创新，更是姚明丝文化值得称颂的地方。

这是令人惊艳的一幕：

2013年4月9日下午1时，在厦门广电中心一楼有400平方米的气势非凡的展播大厅，拥有亿万观众的《聆听两岸》节目正在进行现场直播。这一期由厦门电视台全新打造的大型人物互动互访节目，采访的主嘉宾是姚明，主持人是具有"金话筒"之称的陈玲，节目内容是采访姚明的传奇经历。为了活跃气氛，在节目中特地穿插了一场缤纷织带秀，当6位美女时装模特上场表演的时候，电视蒙太奇是这样进行下去的：

主持人：谢谢非常棒的Motel，非常棒的秀。来，有请。篮球场是姚明的主场，这里是你的主场。来介绍一下主场队员们。

姚明传奇

255

姚　明：这个帽子上的结是我们公司的产品，这个花饰也是。

主持人：哇，这个玫瑰花很漂亮很精致。

姚　明：是的，有空我送一朵给你。

主持人：一朵显然不够。

姚　明：这件衣服也是用丝带做出来的。

主持人：天呐！我还以为是普通的婚纱料子。

姚　明：这件衣服也是，手上拿的花也是。

主持人：现场观众，这些都是织带做的！再次感谢Motel们！谢谢！

主持人：说真的，说到你的名字，我不晓得有没有你叫姚明闹出一些笑话。

姚　明：我在2007年第一次去美国的时候，那时候到广州办签证。签证官一看，你叫姚明？我说是的。他问我说你喜不喜欢打篮球，我说喜欢。他说好吧，你去美国看姚明打篮球吧。10秒不到，签证就帮我过了。

主持人：哎呀，好便利，是不是！

这场轻松活泼的织带秀，是姚明丝文化的精彩亮相。创意就是震撼！创新才有未来！丝文化的灵魂就在这里。

第十一章

取胜之道

　　著名作家柳青曾经说过:"人生的道路虽然漫长,但关键的就是那么几步。"深入探究成功者或失败者走过的道路,可以惊讶地发现,决定他们成功或者失败的因素或许很多,但是关键的地方,却往往只有一步,最多只有几步。因此,古人才有"一失足成千古恨"之说。姚明成功的奥秘在哪里呢?

YaoMing Legend

姚明传奇

顶层设计

　　厦门的夜晚，绚丽而宁静。从高处看，犹如天上银河倾泻，无数的珍宝熠熠闪光。居住的小区，一个比一个漂亮。每个小区都有精美的草地、妩媚的鲜花、郁郁葱葱的绿树，装点着生活。这座被联合国誉为世界上最适合人居城市的海上花园，空气清新，供应富足，在讲究幸福指数的今天，有幸在这里工作和生活，的确是难得的缘分。

　　姚明由衷地喜欢这座海滨城市。在他的感觉中，这是给他带来机遇的好地方。他热爱工作，热爱生活，白天太忙，只有到夜晚，特别是夜深以后，四周特别静，甚至可以依稀聆听到不远的海面上掠过的风，踏着轻盈的脚步，悄然从身旁飘过。近几年来，他的爱人和两个可爱的孩子都在美国，虽然，每年他们都会回来几次，他也会到美国去看他们，但大多数时间，是一个人生活。思念、回忆，如不请自来的常客，往往在夜深人静时分，轻轻地叩开他的心扉。此外，就是对自己经历特别是近十年来跌宕起伏创业生涯的回味。

　　如今时髦讲顶层设计，尤其是闯过激流险滩的成功人士，姚明有顶层设计吗？当然是有的。不是洋洋万言的学者论文，而是用艰辛跋涉的脚步写成的书稿。

　　"顶层设计"，原来是工程学中的专用名词，其本义是统筹考虑项目各层次和各要素，追根溯源，统揽全局，在最高层次上寻求解决问题。显然，"顶层设计"是关键的取胜之道。

　　十年历程太短促了，挥手之间，转瞬即逝；但留给他的回味和思索，却是如高山、大海，永存大地和心头。

若论顶层设计，有几个关键词，如镌刻在岁月纪念碑上的铭文，给他、也给与他共同走过的伙伴，留下的印记太深。

专注。从介入织带这一行业并和丝带结缘以来，姚明始终未改变初衷，他像恪守爱情、郑重承诺的忠实情人一样，十多年来都不曾改变。所有和姚明一路走来的人，异口同声地称赞姚明这一岿然不动的信念。一路凯歌的顺境情况下，一般容易理解，关键是处在逆境的境遇里，能够毫不动摇地坚持下来，这就太不容易了！

中国民间有句老话"不要在一棵树上吊死"，此话是奉劝人们，在证实此路不通的情况下，也可以改弦易辙，另谋出路。姚明回首自己走过的道路，他同样思考过这一古训，在最艰难的日子里，他也曾经尝试过做点其他行业，但不同寻常的地方是，他始终未放弃织带尤其是丝带。

他相信自己的感觉。

切不要小看感觉这东西，感觉虽然是一种极简单的心理过程，可是它在我们的生活实践中具有重要的意义。有了感觉，我们就可以分辨外界各种事物的属性，因此才能分辨颜色、声音、软硬、粗细、重量、温度、味道、气味等；有了感觉，我们才能了解自身各部分的位置、运动、姿势、饥饿、心跳；有了感觉，我们才能进行其他复杂的认识过程。失去感觉，就不能分辨客观事物的属性和自身状态。因此，我们说，感觉是各种复杂的心理过程如知觉、记忆、思维的基础，就这个意义来说，感觉是人关于世界的一切知识的源泉。

高度重视这一认识源泉的意义和作用，从理性思维的角度去提高其价值，是姚明反复思考并付诸实践的课题。织带并不是纺织业中走红的大项目，丝带就更小了，姚明专注的涤纶丝带仅仅只是丝带中的一种而已。小小的丝带，能够成就大事业吗？专注从事人们几乎不屑一顾的丝带行业，也能够成为舞动世界的大企业吗？在大学校园里熟读哲学的姚明明白：小和大，平常和杰出，都是可以转化的。君不见，精通生意经的温州人，改革开放以来，他们中不少人从事的是纽扣、编织袋这些很多人并不注意的生意，把这些细碎的产品销到全世界，成就了一番大事业。姚明正是从这一理性的视角，看到希望和未来。

诚然，专注和一个人的性格有关。姚明不是浮躁之人，书生气质的他，认准了的事情，就会始终不渝地做下去，碰得满头是包也不轻易厌弃。实践证明：世界很大，世界有时又很小，一个人要成功一项事业，没有永不言弃和敢于杀开一条血路的精神，是不行的。不少媒体记者问及姚明成功的秘诀，姚明总是微笑着答道"专注"，此话掷地有声，铿锵作响！

定位。姚明的顶层设计中，这同样是不可忽视的重要关键词。全国从事织带行业的企业不下万家，为什么姚明独占鳌头，相比其他兄弟企业，姚明超越别人之处，就是定位。

姚明织带的企业定位是什么？做世界第一流的织带企业。

唐太宗《帝范》卷四有言："取法于上，仅得为中，取法于中，故为其下。"春秋时代伟大的教育家孔子，也曾经说过同样的话语。睿智的古人，很早就从一个人奋斗和追求的目标定位上科学地论述了这个问题。用现代的语言来通俗表述，缺乏基于远大目标的高标准严要求，就不可能取得丰硕的收获。

它是一个人的气质、眼界、襟怀的体现。

它需要远见卓识。创业伊始，就把目标瞄准织带行业最活跃的美国市场，姚明织带的出口产品60%以上销往美国，或许，正因为如此，才触动美国同行敏感的神经，引发那场惊心动魄的"双反"之战。市场，企业的生命线，所有办过企业的人们都深深理解这一简单的常识，根本的问题是，认识并不等于实践，只有经过艰苦的开拓和持之以恒的努力，才能敲开美国市场的大门。

姚明获得成功，但也引发"双反"风波，这是一场前所未有的挑战，一场直接牵涉企业生死存亡的危机。在这场硝烟滚滚的决战般的博弈中，姚明胜利了。最值得人们赞叹的，不仅是姚明过人的胆略和沉着应对的智慧，更重要的是，取得"双反"辉煌大胜之后，姚明并不沉醉在鲜花、美酒、颂歌之中，而是率领胜利之师，大阔步地开辟美国和其他地区的市场，堪称是真正大手笔，借"姚明旋风"，及时地把生意做到全世界近百个国家和地区，真正创立了世界第一的靓丽。

姚明传奇

美国纽约，万商云集的世界名城。在纽约驰名的时代广场，树立着巨型的"中国屏"，2014年羊年春节，由15位海西著名企业家组成的拜年队伍，身着中国传统服饰，以中国式的习俗，拱手作揖，向全世界人民拜年，祝福。姚明也闪亮登场，他特地披了一条喜气洋洋的红围巾，那一抹鲜艳耀眼的中国红，象征吉祥，象征姚明织带全体员工美好的心愿。"中国屏"电视镜头滚动式的播出，吸引了无数的目光。

对于国内市场，姚明始终也不敢懈怠，他在全国数十个地方设立了办事处，从事市场开发产品销售等工作。立足本土，面向世界，虽然是人人皆知的老话，但要化为现实，没有"会当凌绝顶，一览众山小"的磅礴气势，是很难实现的。

定位当然不是抽象的

口号，更不是妄自尊大的狂言，而是扎扎实实的行动，是万丈高楼平地起，是百川归大海。"内外两世界，冷暖寸心知"，对此，久经风雨的姚明感悟最深。

品质。这里指产品。作为企业，高品质的产品是最好的通行证。虽然，进入全球一体化的时代以后，不得不惊叹广告等现代媒体宣传的效应，但能够真正赢得消费者青睐和信任的还是产品的质量。姚明织带产品之所以成为业界第一品牌，品质是第一位的。

高品质的丝带产品，除了设计上的新颖包括时尚和采用世界上最先进的设备以外，生产过程是最为重要的地方。富有丰富现代企业管理经验的姚明，高度重视人的作用。人们常说的以人为本，作为企业，绝不是一句空话，而要落实在一个个具体岗位上。劳动者的素质是创造高品质产品的最重要条件，因此，从新工人进厂的第一天起，姚明织带就进行全面的培训工作。建立科学、严谨而活泼生动的培训体系，是姚明织带不同凡响的地方。

高品质的产品依靠严格的质量管理体系的保障。这是一个细致而宏大的工程，按照国际质量管理的高标准进行管理和生产，是姚明常抓不懈的大事。他特别嘱咐，注意细节。从文学的角度看，细节是传神的眼睛，从企业管理的角度看，细节却是面目狰狞的魔鬼，许多的典型案例证明，任何在管理细节上的疏忽，都有可能酿成灾难性的后果。

充分调动各级管理者和劳动者的积极性，有一个不可忽视的环节，就是建立严格的生产责任制，且和个人利益紧紧挂钩。世俗中的人，很难免俗，没有严格的制度约束，人性中大意、疏忽，甚至懒惰、不负责任等负面因素就会直接影响产品的质量。务实的严密质量管理制度，向来是企业管理者手中的利器。待人和颜悦色、彬彬有礼的姚明，在企业管理上毫不含糊。他认为，这是对企业负责，也是对各级管理者和所有的劳动者负责。

精益生产，简称"精益"，是衍生自丰田生产方式的管理哲学。通过系统结构、人员组织、运行方式和市场供求等方面的变革，使生产系统很快适应用户需求的不断变化，将生产过程中一切无用、多余的东西精简掉，最终达到包括市场供销在内的生产的各方面最好结果的一种生产管理方式。对这一风行世界的理论，姚明汲取其精华，取得显著的成效。

大力开展卓有成效的QCC活动，是提高产品质量的极为有效活动。

QCC活动又称品管圈，就是由相同、相近或互补之工作场所的人们自动自发组成数人一圈的小圈团体（又称QC小组，一般六人左右），全体合作，集思广益，按照一定的活动程序来解决工作现场、管理、文化等方面的问题。它是一种比较活泼的品管形式，目的在于提高产品质量和提高工作效率。国内多称之为品管圈活动，也称之为质量管理小组，由日本石川馨博士于1962年创立，日本人不只是用之训练工程师与主管阶层而已，而是有计划地大量提高生产力。实践证明，这是调动基层员工积极性，提高产品质量，防止出现意外瑕疵甚至事故的好办法。

织带部的董玉杰曾于2015年历经四个月的QCC活动，结束以后，在《挑战"织无痕"》一文中这样写道："'织无痕'QCC活动终于按照预定的计划圆满完成了，并取得非凡的成果：目标达成率为125%，平均每月印痕不良率下降了55.0%，平均每月降低不良码数约51203r，经技术工艺部核算，平均每月生产的经济效益为31405元。"可见，质量出效益，非同小可。

构成顶层设计的元素是多方面的。这三个关键词是姚明尤为瞩目之处。办企业难，办成功的企业难，办世界第一品牌的企业更难。犹如修炼，没有多年的功夫，没有在波涛骇浪中实践的经历，要真正体味其中之艰辛和快意，难矣！

人才战略

2004年，姚明把企业从莆田移师厦门，正式成立姚明织带饰品有限公司。这是一个重要的战略转折。

姚明看中厦门什么呢？除了当年在厦门大学就读就形成的厦门情结以及厦门独有的地域优势以外，一个很重要的原因，就是人才优势。

回顾中国民营企业的发展，人们可以发现一个很值得研究的现象，就是中国民营企业中，有相当数量是家族企业。家族企业指资本或股份主要控制在一个家族手中，家族成员出任企业的主要领导职务的企业。对于家族企业，美国学者克林·盖克尔西认为，判断某一企业是家族企业，不是看企业是否以家庭来命名，或者是否有好几位亲属在企业的最高领导机构里，而是看是否有家庭拥有所有权，一般是谁拥有股票以及拥有多少。这一定义强调企业所有权的归属。中国学者孙治本将是否拥有企业的经营权看作家族企业的本质特征。他认为，家族企业以经营权为核心，当一个家族或数个具有紧密联系的家族直接或间接掌握一个企业的经营权时，这个企业就是家族企业。

中国的家族企业源于私有制，常见的"夫妻店"就是家族企业的雏形。千万不要因为家族企业的某些弊病就认为它就是"落后的生产力"。据统计，在被称为世界经济霸主的美国，家族企业创造的价值目前占据美国GDP的50%，为美国提供了50%的就业机会。据美国家族公司研究所的调查，家族控制企业对美国新增岗位的贡献率达78%。这些家族企业中，不仅只有控股严密的私人公司和夫妻店，也有许多上市公司。据《幸福》杂志统计，在全球500家大型企业中，有175家系家族企业。在美国公开上市的最大型企业中，有42%的企业仍为家族所控制，近几年来虽然美国上市公司股份呈分散化趋势，但总体上来说，家族仍然控制着企业较大的股份。因此，中国实行改革开放政策以来，多种经济形式并存，家族企业风起云涌，也就不足为奇。

姚明织带饰品有限公司是私营企业，虽然不属于家族企业的范畴，但姚明敏锐地感觉到，他不能走传统的家族企业任人唯亲的老路，他必须适应世界经济发展的潮流，引进职业经理人，运用现代企业管理的全新模式，实行现代企业管理。

实行职业经理人制度，是姚明人才战略中最靓丽也是最成功之处。

职业经理人起源于美国。1841年，因为两列客车相撞，美国人意识到铁路企业的业主没有能力管理好这种现代企业，应该选择有管理才能的人来担任企业的管理者，世界上第一个经理人就这样诞生了。

因此，通俗地说，职业经理人就是凭能力凭业绩吃饭的人，而不是凭货币资本吃饭的人。

职业经理人是专门从事企业高层管理的中坚人才，必须具备良好的品德和职业素养，能够运用所掌握的企业经营管理知识以及所具备的经营管理企业的综合领导能力和丰富的实践经验，为企业提供经营管理服务并承担企业资产保值增值责任，经营管理业绩突出的职业化的企业中高层经营管理人员。

　　正因为如此，职业经理人是人才市场中最有活力与前景的阶层。经理人最重要的使命就是经营管理企业，使其获得最大的经济效益。所以对职业经理人有其独特的评价标准、就业方式和利益要求，其报酬及社会地位的高低取决于经营业绩的好坏，他们必须承担经营失败后的职业风险。经理人的职业化，必须将经理人的利益与企业的经营绩效结合起来，将他们的命运与企业的生死存亡联结起来，形成同舟共济、荣辱与共的关系格局。企业经营的成功与巨大的挑战，使职业经理人成为既具有风险性，又令人非常向往的特殊职业。因此，职业经理人又有"金领"之称的美誉。

　　在中国企业发展史上，随着中国企业的强大，职业经理人队伍也一直处于快速增长之中。微软原中国区总裁唐骏，后加入盛大网络，担任总裁职务，是典型的职业经理人生存方式，享有"打工皇帝"之称。年薪达到500万元的用友软件原总裁何经华因为功高盖主，最后不得不离开TCL。加盟长虹的"手机狂人"万明坚，也是职业经理人中的优秀代表。他们为企业创造了巨大的财富，甚至改变企业的命运。

　　从厦门大学经济学院（现管理学院）走出的姚明，通晓职业经理人制度的来龙去脉，在选拔这方面的人才上具有独特的优势。在这一直接关系

姚明传奇

企业发展的问题上，姚明并不简单地依靠同学关系，也不盲目地相信学历的高低，他重视真才实学，重视理论和实践相结合的创新型人才。

实行人才战略，必须唯才是举。实行全国公开招聘，采用网上招聘、人才市场选拔、校企合作、朋友推荐、微信等常规方法，多渠道地招揽人才。每次招聘人才，姚明都亲自面试，他最喜欢有一定实践经历或经验的应用型、开拓型人才。

因此，被姚明选拔到姚明织带职业经理人中，有从韩企、台企等外资企业中工作多年的骨干，也有从大型国企中跳槽而来的优秀分子，他们年轻，有理论学识，又有多方面的经营管理的实际本领，还有和社会广泛联系的人脉关系，由这批朝气蓬勃、充满进取精神的俊杰组成的团队，成为姚明麾下能征善战的重要力量。

如今，唯学历论的风气甚嚣尘上，不拘一格选人才，需要特别的目光和见识。在姚明职业经理人的队伍中，有一个特别人物：

他叫商武宾，只有中专学历，最早在著名台企翔鹭公司工作，后来又跳到著名的美国企业柯达公司，当了多年的基层干部，都觉得不大理想。后来，发现姚明织带很不错，曾经三次投档，报名加入姚明的团队，都没有成功。他没有气馁，看到姚明织带到厦门市人才中心招聘人员，于是，再次参加招聘，结果，正好遇到姚明在现场，姚明见到他，详细地询问他

的有关情况，当场拍板录用。进入姚明织带公司以后，商武宾工作认真负责。他家住厦门岛内，姚明的企业在岛外集美，为了不耽误上班，于是，每天早上五六点钟就起来赶车，晚上八点才能回到家中，对此，他毫无怨言。姚明对他的勤勉、敬业精神很是赞赏，破格调他到莆田分厂任总经理。这位没有显赫学历的职业经理人，把莆田分厂搞得红红火火。他是个善于动脑筋想办法而且务实的人，尤其善于在细节上下功夫，取得显著的成效。例如，该厂原来实行每周六天工作制，他改为五天半工作制，节省半天，不扣工资，这半天的工资，化为绩效工资部分，由员工自己分配。看上去并不起眼的一个改革，却赢得意想不到的收获。

在信息化时代，学历当然重要，但学历并不等于能力，尤其是在学历泛滥水分太大的现实情况下，实践经验和实际能力显得更为重要。选拔人才不是做纸上文章，而是要选拔真才实学的优秀人物。因此，"不拘一格"四个字，分量重矣！

黄炳凡，2009年被挑选到姚明麾下，后任姚明织带有限公司杏林厂设备维修课长、公司技改组组长，他不仅有学历，而且有着丰富的实践经验，他主持的丝带染色槽技术改造项目、运用红外线新技术项目都获得成功，且申请到国家专利。他谙熟机电设备，而且创造性地将其融合进丝带染色工艺之中，也取得显著的成效。2013年，他主持的超声波水洗节能改造项目获得成功，更是令人刮目相看。正是因为有这样的职业经理人当家，全厂的生产流程得到科学的改造，岗位得到优化，效益极大提高。以前，每个工人一天只能染色丝带150公斤，现在，熟练的工人可以染到450公斤。

高层次培训，是姚明实行人才战略的重要途径。他明白，世界变化太快，要适应这一态势，就要"充电"，才有足够的能量，驾驭时代的列车，奔驰向前。姚明精心组织的职业经理人和企业骨干培训，不是一般的走过场，而是挑选国内一流的培训公司，进行现代职业经理人高规格培训。当然，这样的培训费用不菲，姚明的看法，只有一个字：值！

著名企业家、阿里巴巴董事会主席马云，早在"2008年中国企业领袖年会"上就曾经尖锐地指出："中国企业缺少的不是金钱，而是精神、梦想、希望和价值观。企业最大的危机是信仰的丧失和企业精神的迷失！中国企业落后的不是厂房、设备、生产技术，而是缺乏企业精神。企业精神是凝聚员工创造基业长青的最核心力量，是企业之魂！没有精神的企业必将是一盘散沙。"此话一针见血地揭示了目前许多中国企业存在的致命的弊病。对这一牵涉企业生存和发展的根本问题，姚明同样感同身受，于是，在2014年春，以建立全新企业精神为主旨的"教导模式"培训，轰然启动。

姚明亲自带头参加这一培训，同时参加这场培训的有姚明织带公司的职业经理人、业务骨干以及闽商企业的代表180多人。这场"教导模式"培训，由厦门师道书院负责。培训的内容有三个模块——"组织的情商管理""组织的思想管理""组织的学习管理"，前后历时三个月并集中了九天时间进行强化培训。

对于这次培训，姚明有一段感人肺腑的总结性的发言：

当初我带领大家走进教导课堂，是因为自己也受益匪浅，看到了《教导模式》的巨大能量：它能指引大家探索人生的真理，帮助更多的人幸福快乐；它能教会企业领导者建造企业的精神系统使企业基业长青。我想我作为一个企业家有义务充实自己并带领企业走在前端，更有责任影响更多的企业家和领导者坚守正心、正念、正行的价值观，使更多的企业拥有更持久的生命力。只有传递这份正能量才能实现闽商强企业强，企业强国则强！在147期里，有100多位企业家因为我而相聚在这里，你们对我充满了感恩，但其实，我对你们更是充满了感激。这三个月以来，你们用热情的拥抱、真挚的情怀、温暖的话语让我感受到付出后收获的快乐和幸福。我想说，谢谢你们，因为你们的精彩绽放，才让我如此快乐和幸福！

赠人玫瑰，手有余香。姚明赠送给大家是精神的大海、信仰的高山！此份情谊，可谓是山高水长！

创新意识和精神

我们的时代是一个创新时代。

创新是什么？探索者说，走前人没有走过的路。科学家说，创新就是超越。实际接触过科学研究的人都知道，不肯超越事实的人很少有成就。2015年5月26日，习近平总书记在杭州高新区视察时说："企业发展之基、市场制胜之道在于创新。"

姚明回首自己走过的道路，对创新这一取胜之道，感受太深了。他清晰地记得，参加"教导模式"培训的时候，激情奔放的学员们经常呐喊："知道是没有力量的，信任并持续做到才最有力量。"如今，普天下的企业家，还有一般的民众，谁不知道创新的意义和重要呢！但要真正做到，就没有说话和喊口号那么容易了。

姚明之路，实际上是不断创新之路。阅尽风风雨雨，创新的旗帜特别鲜艳动人。

有几个关键性的节点，彰显姚明创新的异彩。

在织带行业风行尼龙丝带的大背景下，姚明以敏锐的创新意识，毅然选择刚露出端倪的涤纶丝带。是偶然的发现，还是对未来前景的憧憬和预测？现在回味起来，两者都有，但主要是后者。作为真正儒商的姚明，他和一般商人不同的地方，就是善于从文化层面进行深入而科学的思考，他在大学中学过哲学，哲学有一条最基本的原则：世界上的事物都是发展的，希望在未来。认识姚明的人们，都赞叹他的前瞻意识，赞叹他走一步看三步的睿智，值得探讨的问题，姚明的这种精神源于何处？除了实践经验的积累以外，根本的是通过学养锤炼出来的思维方式和境界。

人世间随大流的事情太多，尤其是商界，什么东西赚钱，人们往往就

姚明
传奇

一窝蜂地涌去做什么，民营企业更是如此。当然，这样也并非全是坏事，到过闽南民营经济最为发达的地区晋江，你就可以发现，闻名全国的陈埭镇的鞋业，该地区的服装业、石材业……最早就是"一窝蜂"干起来的，后来经过优胜劣汰的严峻商业规律和潮流的淘汰式筛选，能够坚持下来的企业终于成为气候。书生出身的姚明可不是晋江那些农民，他走的是另一条道路，借助创新这一利器，开辟新路，用全新的高质量并蕴含高科技的新产品，去创造新的商机、新的天地。

运用新技术、开发新产品是姚明抢占商机的诀窍。涤纶丝带和尼龙丝带相比，代表了两个不同的时代。两者的品质、品位相距很远，然而，要转型生产，对于那些长期使用尼龙丝带的厂家，除了工艺、生产流程等一系列原因以外，更多的是思想和习惯，就像一个人，在一条路上走熟了，要他改变，往往不那么容易。姚明虽然没有这个负担，但是他也走得很不容易，大凡创新之路，没有一点"咬定青山不放松"的精神，是难以走下去的。

当时，摆在姚明面前的实际困难最大的是什么呢——染整工艺。优质的涤纶丝带是要高温染色的，当时可用于涤纶丝带高温染色的染整设备只有瑞士或台湾厂家生产。是从事大陆主流的尼龙丝带还是欧美主流的涤纶

丝带？面对这个难题，姚明必须要有坚定的选择，那就是不随着尼龙丝带的大流，而是努力开发代表新潮流的丝带产品。姚明不仅会动脑子，还善于用敏锐的目光寻找解决涤纶丝带染整工艺和人才的问题。染整设备在台湾厂家那里找到了，染整人才在天津的一家织带厂家那里也找到了。他的聪明之处，是将该厂最为重要的技术师傅"挖"过来，自己生产涤纶丝带，完全掌握织带生产全部的主动权。

从这一典型案例，人们可以从深层次认识姚明创新的特殊含义了，姚明式的创新，就是采用有着广阔前景和未来而且潜力无限的最新的发明和技术，而且超越单一生产的厂家，建立属于自己的完整的生产体系。用系统论的观点来说，就是建立独树一帜的系统工程，最大限度地发挥创新的优势。小打小闹不是创新，跟在别人后面机械模仿也不是创新，缺乏特色更不是创新。创新是一种高尚的境界和追求，它给人的感觉是"日出江花红胜火，春来江水绿如蓝"，那种万象更新的韵味。

"大库存"是姚明创新之路上具有里程碑式的举措，对此，不少人都感到迷惑不解。因为，库存是传统的商业生产普遍模式，按照订单生产是现代商业生产普遍模式，是做库存还是做订单，同样代表了两个时代、两条道路，追求现代化生产的姚明怎么倒退到别人抛弃了的传统之路上去呢？

这是一个饶有兴味的问题。请听姚明的老师翁君奕教授精彩的解释：

　　库存是万恶之源，这个在教科书里算是金科玉律，谁库存多谁就有很大的风险，因为既占用了资金，又有贬值的风险。但姚明织带的这个特点就是反其道而行之，巧就巧在这辅助材料，它流行的趋势变化没有这么大，不管怎么变，这个编饰、配饰不需要那么大的变化。还有一个，这些竞争行业里面的企业竞争加剧，它们的提前期不断在缩短，我今天设计出来，明天最好上市，这样的话别人抄袭不来。那这个缩短期就要求这些辅料能够马上说要就有。所以在这个别人都去库存或零库存的时候，在某一个细分的这个产品去做大库存，这就是它的一个突破或者它的创新，反其道而行之。还有一个关键是涤纶的原料价格、蚕丝的价格走势是随着石油价格的上涨而上升的，它不是急剧下降，所以对原材料的采购价格，你明年再买就更贵了，所以今年我造出来还保持价格。

因此，从翁君奕教授的解释中，人们可以发现，姚明的创新不是从本本出发，而是从实际出发。什么最好，姚明的弟弟姚忠曾经用一句最朴实的语言说道："适用最好。"创新无禁区，根据实际情况，挖掘传统经验中的精华，进行大胆的创造，在时髦的潮流中，反其道而行之，同样也是创新，而且是具有突破意义的高层次的创新。认识的绝对化是思维的误区，好的绝对的好，坏的绝对的坏；当现代时髦流行时，人们视传统为草芥、不屑一顾；当复古登台时，人们又把现代视为洪水猛兽。从这个视角看姚明，不得不赞扬姚明超越世俗的可贵。

中国实行对外开放、锐意改革政策以来，国门打开，大批外资涌入中国。最早是闻讯踏海而来的台湾中小企业，接着是日企、韩企、美企，他们首先看中大陆廉价的劳动力，其次看中极为广阔的市场。中国企业可以走出去吗，尤其是对力量还相对薄弱的民营企业而言，回答应当是肯定的。从总资产看，姚明并不算富足，但他大胆地走出去了，到印度办起"瑞蓓丝"织带公司。

从思维逻辑看，此举似乎很平常，外国以及境外的企业家可以走进来，中国的企业家当然可以走出去，但要真正走出去，谈何容易？

姚明看中印度，主要因为印度有廉价的劳动力和丰富的劳动力资源，但要把在印度生产的产品运回国内，在客观上就成为"进口产品"，海关的税收就是一笔不菲的开支。这个关卡可以突破吗？国家的相关政策，能否根据实际情况进行改革。或者，用企业的行话来说，能否有变通的可能？创新意味着突破壁垒，甚至"雷池"，对此，姚明认为可以试试看。

这是了不起的创新思维方式，因为这已经突破了一般个人能力所及，而将视角延伸到一般人望而却步的层面。国家海关大门森森，会因为姚明织带"网开一面"吗？

　　世界上的事情往往就是如此奇怪，老话说，事在人为。现代人认为，不怕做不到，就怕想不到。实际上，办企业遇到国家政策上的限制，并不罕见，姚明不是头脑容易发热之人，他的认识是，国家应当支持中国企业家走出去，他到印度办厂是符合国家这一要求的。而且在某种程度上，代表了中国企业未来的走向。在已经全球化的今天，世界上其他国家和地区，应当有中国企业家勤勉创业的身影。

　　正是出于如此有点天真的思想，姚明叩开了中国海关的大门，办好了中国第一本出境加工贸易的纸质海关手册。手册规定，姚明从印度分公司进来的产品，中国海关只收增值部分的税费。该手册编号为37121400001。有了这本手册，姚明织带运出去的是丝带，从印度运回来的则是千姿百态的漂亮的花饰。

　　因此，人们可以感觉到，创新的确有如灵感突然袭来时的豁然开朗的"天才发现"，的确有智商超群的人们偶然的创造，但起决定作用的是创新者别开生面的思维方式。这是实践的大地上盛开的智慧之花，是在思维的海洋里扬起的破浪前行的航船，它不墨守成规，不盲目跟随潮流，其最可贵之处，就是根据实际情况，选择最适合道路。

　　了解了这一点，人们就可以明白，为什么到今天为止，姚明还不在厦门买厂房甚至住房，身为亿万富翁的姚明，至今依然靠租房过日子。他的思维方式、选择的创业道路以及生活方式，处处都洋溢着让人感到与众不同的创新异彩，机遇和成功往往钟情于他，根本的原因就在这里吧！

姚明传奇

科技力量

邓小平有句名言：科技是生产力，而且是第一生产力。

人类的文明是被科技之光照亮的。蒸汽机的出现，引起18世纪第一次工业革命；电的发现和广泛使用，使人类进入电气时代并引起第二次工业革命；核技术的突破，人类昂首阔步进入原子能时代……这些常识，在大学里学习过社会发展史的姚明，了如指掌。正因为如此，他和那些农民出身的民营企业家截然不同，他高度重视现代科技的伟大力量，并且毫不动摇地站在潮流的前列，推动企业实行脱胎换骨式的改造，打造锐意奋进的现代化企业。

现代信息技术，现代高新技术的灵魂和核心。

他敏锐地注意到，计算机是20世纪最伟大的科学技术发明之一，对人类的生产活动和社会活动产生极其重要的影响并以强大的生命力飞速发展。计算机从最初的军事科研应用领域扩展到社会的各个领域，已形成规模巨大的计算机产业，带动全球范围的技术进步，由此引发深刻的社会变革。计算机已遍及一般学校、企事业单位，进入寻常百姓家，成为信息社会中必不可少的工具。

计算机正促动世界发生革命性的变化，正在全球展开信息和信息技术革命，正以前所未有的方式对社会变革的方向起决定作用，必定导致信息社会在全球的实现。具体表现为：首先，在生产活动中引入信息处理技术，使这些部门的自动化达到新的水平；其次，电讯与计算机系统合而为一，可以在几秒钟内将信息传递到全世界的任何地方，使人类活动各方面表现出信息活动的特征；最后，信息和信息机器成为一切活动的积极参与者，甚至参与人类的知觉活动、概念活动和原动性活动。在此进展中，信息/知识正在以系统的方式被应用于变革物质资源，正在替代劳动成为国民生产中"附加值"的源泉。这种革命性不仅会改变生产过程，更重要的是它将通过改变社会的通讯和传播结构而催生出一个新时代、新社会。在这个社会中，信息（知识）成为社会的主要财富，信息（知识）流成为社会发展的主要动力，信息（情报源）成新的权力源。随着信息技术的普及，信息的获取将进一步实现民主化、平等化，社会政治关系和经济竞争上也许会有新的形式和内容，胜负则取决于谁享有信息源优势。信息和信息技术必然为社会和经济发展带来全新的格局。

正是基于这一认识和理念。姚明不惜花巨资，在公司进行全面的信息技术的改造和升级。在同行业中，姚明率领的公司是最早采用ERP系统的，而且投入最大、运用最广。该系统是企业资源计划（Enterprise Resource Planning）的简称，指建立在信息技术基础上，以系统化的管理思想，为企业决策层及员工提供决策运行手段的管理平台。它是从MRP（物料需求计划）发展而来的新一代集成化管理信息系统，它扩展了MRP的功能，其核心思想是供应链管理。它跳出传统企业边界，在供应链范围内优化企业的资源。ERP系统集信息技术与先进管理思想于一身，优化现代企业的运行模式，反映时代对于企业合理调配资源的要求，最大化地创造社会财富，成为企业在信息时代生存、发展的基石。它对于改善企业业务流程、提高企业核心竞争力具有显著作用。

这的确是一个革命性的深刻变革。姚明织带公司与高水平的金蝶公司合作，通过建立管理云平台，随时随地可以通过手机APP流程进行管理，全公司实现无纸化办公；通过自主开发MES生产管理系统，适时掌控订单生产进度，以价值链为导向实现从一端到另一端的生产流程，实现数字世界和实体世界的有效整合，使产品的价值链、不同公司以及客户需求融合在一起；应用E-WMS系统，昔日烦琐的仓储管理也实现信息化。

通过这一系统的建设和不断优化，公司建立了完善的ERP管理框架和模块，企业管理进入精细化、智能化的新阶段，母子公司集团管控模式应运而生，为企业的决策层提供高效可靠的决策依据和风险报警，以前往往容易脱节的代理商和姚明公司产业链的协同问题，也得到顺利解决。这是一个人们过去连想都不敢想的奇迹：只要轻轻按动小小的手机，就可以了解全公司从供应链到产品销售地区的全部情况，许多人可以在手机上完成工作。当然，最有骄傲和成就感的是姚明，如今，他只要一部手机，就可以了解公司的全部运行实况，可以在上面发号施令。他没有三头六臂，但ERP系统却使他拥有比三头六臂更具威力的神通和本领。数字技术是如此神奇，让人为之惊叹不已。

信息技术水平和信息处理能力是企业最重要的实力，它是企业腾飞的翅膀，姚明之所以在业界如此之"牛"，最重要的法宝就在这里。

机器如人，是有潜力和潜能的。在建成ERP系统，实现管理和管控信息化和数字化之后，姚明紧紧围绕设备的自动化、节能化、智能化，通过自主开发以及和外部专业设备制造厂战略协作的两条腿走路的方式，大力实行技术改造，提高生产能力。十年，仅是重大的技改项目就超过20项。

仅是姚明织带与合作厂家合作开发的高温箱和高压染槽一项，就可以减少液化气使用量的30%，强力还原剂的20%，能耗节约25%～35%，还可以解决敏感色色差低等问题。更重要的，通过科技改造，企业完成由资源消耗大、污染排放多的粗放制造业向绿色制造业的战略改变。

超声技术是20世纪发展起来的高新技术，是一种新兴的多学科交叉的边缘科学，具有三种基本作用机制——即机械力学机制、热学机制和空化机制。由于超声波作用的独特性，已日益显示出其在各分离领域的重要性。超声波作用于两相或多相体系会产生各种效应，如空化效应、湍动效应、微扰效应、界面效应和聚能效应，其中湍动效应使边界层变薄，增大传质速率；微扰效应强化了微孔扩散；界面效应增大了传质表面积；聚能效应活化了分离物质分子。所有这些效应会引起传播媒质特有的变化，因而从整体上促进分离过程。染色机超声波水洗以及水洗溢流改造项目，就是运用超声波的这些特性而研发出来的。

走进姚明织带公司杏林分厂染色车间，就可以看到这一项目的喜人成果。通过研究，人们发现，超声波运用于织物染前处理和染后的水洗加工，可以显著提高水洗效果并节约用水量和能源。根据这一技改项目设计的新型染色机超声波水洗生产线，取得显著的成效，降低了染色设备的故障率，降低了蒸汽、水、强力还原剂等能耗，提高了产品质量和经济效益，还优化了环境。

环保印刷技术革新。油墨是印刷过程中五大要素之一，其作用在于形成图文信息，因此，在印刷过程中，油墨这一物质起重要的作用，它直接决定印刷品上图像的阶调、色彩、清晰度等。为了适应国际市场对环保产品的日益严格的要求，响应国家对低碳减排、绿色制造的号召，这一技改项目采用绿色环保型的水性油墨代替以前溶剂型油墨，生产高品质的绿色织带。水性油墨是由水性高分子乳液、颜料、表面性活炭，水及其他添加剂组成。它和溶剂型油墨的最大区别，在于所用的溶解载体。溶剂型油墨的溶解载体是有机溶剂，如甲苯、乙酸乙酯、乙醇等，水性油墨的溶解载体是水和3%～5%少量的醇。由于用水做溶解载体，水性油墨和溶剂油墨比较，其环保性能就更推进了一步，不仅不含芳香烃溶剂，VOC（volatile organic compounds）即生危害的那一类挥发性有机物也大大减少了。水性油墨具有显著的环保安全特点——安全、无毒、无害、不燃不爆，几乎无挥发性有机气体产生，因而对大气环境无污染，同时可以减少印刷品表面残留毒物，保证食品卫生安全，保障接触操作人员的健康，降低由于静电和易燃溶剂引起的火灾隐患，因此，成为织带制造业一项重要的技改成果。

传统织带的染色印刷可以进一步改革，进入无须染色的新天地吗？善于奇思妙想、独树一帜的姚明，多年来一直思索这个课题。经过科研攻关人员的努力，全球首创的第一条真正绿色丝带，终于在姚明织带公司诞生。这无疑是一项堪称是具有革命色彩的创新。

这种全新概念的丝带，选用100%的优质涤纶纱色织造而成，无须染色，杜绝环境污染。按照传统工艺，纺织品的染色大多在水浴中进行，通常需要加热，染色完成时，必须彻底洗除浮色以确保染色的牢度。染色排放的废液常残留染料和添加的染色助剂，因此，这一工艺耗水、耗能并有较大的污染排放。据有关部门统计，印染行业平均每生产一吨的织物大约要耗水二十吨左右，因此，每年有大量的印染废水影响到生态环境。

姚明织带这一新技术，为推进织带行业的绿色革命做出了可贵的探索并取得显著的成效，目前正在进行攻克以水为介质影响生态环境的污染技术难题。相信只要持之以恒，必将取得突破性的成果。

在技术革新道路上，姚明率领下的公司，始终坚持和秉承"人无我有，人有我优，人优我廉，人廉我转"的思路，一步一个脚印，终于走出一片新天地。

我们的时代是一个科技时代，科技改变了世界，改变了生活，也改变人们的思维模式。充分运用并发挥科技尤其是现代高新技术的伟力，坚定不移地走科技创新之路，是姚明织带也是中国企业发展的明智选择。

第十二章
回报社会

　　"穷则独善其身，达则兼济天下"，作为新时代成功的企业家，不仅应当是物质产品的生产者，尽可能为社会、为广大消费者提供更多的优质产品，也应当有襟怀成为精神产品的生产者，为推动社会的进步、文明、发展贡献绵薄之力，以此回报社会。人们虽然不能苛求他们成为学者、诗人，他们却同样可以在引导消费者和人们诗意生活或诗意栖居中占据一席之地。姚明不俗就在此处。

姚明传奇

YaoMing
Legend

故园情结

　　姚明的故乡——莆田市涵江区国欢镇后洋村，是一个很普通的村庄。田野、庄稼、绿树、小径，一脚跨进新旧建筑杂陈的村落，幽幽的小巷，就引导你走入传统和现代悄然交接的家园。像闽南许多村庄一样，村口有两棵郁郁葱葱的大榕树，历经百年，伴随着岁月的脚步，化为绵绵不尽的思念、眷恋，像扯不断的红丝带，系着从这里走出的姚明。

　　他不止一次地走近故园，走进故园的灵魂深处。

　　或许，世界上的国家和民族，数中国人的恋土情结最深、最浓。无论你走得多远，也无论你多么富裕甚至显赫，你永远走不出故园的炊烟，永远走不出你的故园之梦。

　　学者分析，这是因为中国长期处于农耕社会，土地是人们的命根子，在这一经济基础上形成的思想、精神、意识形态等，化为具有中国浓郁民族特色的故园情结。此话当然很有道理。源远流长、厚重如山的文化传统是形成民族精神的神奇力量。尽管以现代工业大生产为基础的现代工业社会，随着科学技术的革命和社会经济的高度发展，已经进入信息社会、高技术社会、媒体社会、消费社会、高度发达社会等形态，在文化形态上称为"后现代社会"或"后现代时代"。各种思潮纷纷登台，产生强烈的碰撞，令人眼花缭乱，但奇怪的是，无论世界的变化多大、多快，但中国人的故园情结，就像根深叶茂的大树，岿然不动。

　　故园，中国人的血脉，中国人永不凋落的精神家园。在姚明的脑海里，那是一方永远值得他思念、崇敬甚至顶礼膜拜的地方。

　　和那些儿时就一起在泥土和草地上厮混的农民孩子相比，姚明是幸运的，因为他父亲是军人，他到可以念书的年龄，就随父亲到军营里生活，

姚明传奇

在父亲服役的地方读小学。如今，他成为村里第一个走出来的成功的企业家，有了比较雄厚的经济实力，用世俗的话来说，成为"大款"了，他是读书人，引起他特别注意的首先就是村里的小学。

后洋村曾经是一个相对贫困的村庄。主要是缺乏资源，位置也比较偏僻，像中国的许多村庄一样，年轻人都出外打工去了，村里只剩下老人和孩子。切不要低估了村民的觉悟：早在2005年年初，该村还是一个贫困村，村里唯一的一所小学，破烂不堪，由于生源流失，这所小学面临撤校的危险。曾经在该校任教的退休教师姚清荣这样介绍这所小学当时的状况："地板凹凸不平，黑板全是'麻脸'，门窗没有玻璃，教师办公室不足，没有自来水和电话，厕所是既脏又臭的露天厕所，学校的操场也是黄泥地。学生只剩下百把人，幼儿园的孩子只有八个人，无法成班。"面对困境，村民响亮地提出"我们村虽然是贫困村，再苦也不能苦孩子"的口号。于是，全村成立助学基金会，并不富裕的村民纷纷捐款，以解学校的燃眉之急。

姚明虽然未在这所学校读过书，但心里一直挂念着。2007年年初，他第一次走进这所学校，当时，他的生意还刚刚起步不久。姚明和他父母一起，来到这所学校参观。看到故园里的学校和乡亲们的困境，当场就表示捐献10台学校急需的电脑和现金3万元。这一年的六一儿童节，姚明又特地从外地赶回来。捐了10万元和近5000元的图书。他的一颗心紧紧和这所学校连在一起。

他总是觉得自己做得还不够，总想能够尽自己的能力为学校和孩子们做点什么。姚明是善良的，他很喜欢歌手欧阳菲菲唱的《感恩的心》，随着悠扬且有点忧郁的情调，他的心就和这些乡亲的孩子相通了：

我来自偶然\像一颗尘土
有谁看出\我的脆弱
我来自何方\我情归何处
谁在\下一刻\\呼唤我
天地虽宽\这条路\却难走

我看遍这人间\坎坷辛苦

我还有多少爱\我还有多少泪

要苍天知道\我不认输

感恩的心\感谢有你

伴我一生\让我有勇气做我自己

感恩的心\感谢命运

花开花落\我一样会珍惜⋯⋯

这一年2月，他到莆田参加莆商大会，来自世界各地的莆田籍商界人士，共聚一堂，商量振兴家乡的大事，姚明立即想到老家那些孩子，利用中午休息时间，赶回去看后洋小学建设的情况，立即捐了5万元。2008年教师节，他到家乡的小学慰问教师，除了给老师发红包以外，还特地承诺从那天开始，给4位幼儿园老师每月每人发350元的工资补贴，一直到他们转正为止。

最让姚明牵挂的还有该校的教室，他先后捐款100多万元进行校舍改造，终于使这些乡亲的孩子能够和城里的孩子一样，享受现代教育的甜美和幸福。姚明的行动，也激励了乡村其他乡亲捐资办学的热情，众人拾柴火焰高，上级有关部门也开始关注这所几乎被遗忘了的乡间小学，在各个方面给予支持。该校的面貌得到全面的改善。焕然一新的校舍，洋溢着现代气息的新操场，和城里学校一样的电脑教室，藏书丰富的图书馆。更让姚明欣慰的是，这些朴实的乡村教师和乡亲们的孩子，因为得到姚明的鼎力支持，学校的教风、学风大变。2008年，学校学生达到280人，幼儿园有63人。2007年秋季全区统考，该校一、二、四年级的语文和四年级的英语成绩居然取得全区第一名的好成绩。这是对姚明以及所有支持该校师生的人最好的回报。

姚明离开故园已经30多年了，创业艰难，而事业有成之后，几乎每天都处在高度紧张的忙碌之中，只有偶尔有点空闲，他才有时间回到故园去看看。他熟悉故乡的一草一木，更熟悉依然生活在这里的亲戚和小时候的农民朋友，每次回家，他总是感到无比轻松、快乐。他喜欢听乡亲们毫无顾忌地向他倾诉如今农民的喜怒哀乐，乡亲们也从来没有把他当成"大款"，更不把他当成外人。他们知道姚明现在已经是颇有名气的企业家，经济上可以说是全村首富。但他们完全体谅姚明赚钱不易，而且知道他经营的企业正在扩大和发展之中，亟须投入大量资金，这里的村干部和乡亲们很质朴，谁也没向姚明要过一分钱，村里的干部也没有动员他捐款去做些公益的事情。或许，正因为如此，姚明才更加感念故园乡亲们的可敬、可亲，更加自觉地主动承担义务和责任。

每次回到故园，姚明总是喜欢在村口停下脚步，抬头仰望，两棵摩天而立的大榕树，犹如绿色的旗帜，呼唤着从这里走出的儿女，又像矗立的丰碑，见证着飘飞岁月的丰富与异彩。乡亲们把它看作村庄的风水树。在姚明的心目中，这两棵榕树，更像阅尽人间冷暖的长寿老人，笑吟吟地迎接从异地风尘仆仆归来的人们。

村口原来有座石质小桥，也不知什么年代做的，铺做桥面的条石，已经被无数粗砺的脚步踩得凹凸不平了。桥下的小溪，流水潺潺。小时候的姚明，经常和小伙伴们在这里嬉戏。草丛里的蚂蚱，溪水里的泥鳅、小鱼，还有夜晚像提着小小灯笼飞翔的萤火虫，都如美丽多情的乡间童话，化入

姚明永恒的记忆中。如今，时髦的现代人，喜欢用"乡愁"这个颇有怀旧情调的词，表述离家的情愫，如果说姚明也有乡愁的话，这座简陋而已经老去的小石桥，就成为他多次牵挂的意象。因为，石桥如锁，无情地锁住开进村庄的汽车、拖拉机、大型载重车等现代机械。说得优雅一点，已经承重太多的古老石桥，无情地锁住乡亲们走向现代化的脚步。

应当为家乡修一座新桥了，姚明心中油然浮起一个崭新的念头。修这座桥需要20多万的资金，虽然，他当时流动的资金有点紧张，但还是毅然决定，征得村干部和乡亲们同意之后，立即动工。

几个月后，一座全新的现代桥梁，取代早已完成历史使命的旧桥。乡亲们感念姚明的热爱乡梓之情，在桥头立了一块石碑，记叙姚明修这座桥的经过，以感谢姚明。姚明深情地告诉乡亲们，最应当感谢的是他，家乡不仅养育了他，而且，他和乡亲们之间由淳朴乡情系起来的桥梁，更是成为他精神世界中美丽的风景和不断前行的力量。

让姚明感动甚至心灵震撼的还有一件事——后洋村的乡亲喜欢看戏，特别是乡土味浓郁的莆仙戏。它是福建地区的古老汉族戏曲剧种之一，至今有1000多年的历史，源于唐，成于宋、盛于明清。它的表演古朴优雅，不少动作深受木偶戏影响，富有独特的艺术风格；其唱腔丰富，综合莆仙的民间歌谣俚曲、十音八乐、佛曲法曲、宋元词曲和大曲歌舞的艺术特点，用方言演唱，具有浓厚的地方色彩，现存传统剧目高达5000多个，其中保留宋元南戏原貌或故事情节基本类似的经典剧目有80多个。新中国成立后，莆仙戏经过整理、改编、演出的优秀传统剧目有200多个。2006年5月20日，经国务院批准列入第一批国家级非物质文化遗产名录。

据统计，目前莆田市莆仙戏演艺人员达3800多人，总观众700多万人次，一个莆田人平均一年看10场莆仙戏。

然而，让后洋村老百姓感到难堪的是，村里没有一个像样的戏台，建一个现代化的戏台需要20多万元，谁来出这笔巨款呢？并不富足的村财政没有办法，姚明远远没有料到，主动出这笔钱的人居然是父亲姚麟仔。

姚明感到惊愕，因为在印象中，父亲是一个十分节俭的人，数十年的军旅生涯，养成严谨、简朴的生活方式。平时，老人家穿的多数是旧军装，菜是自己种的，吃得也很节省。退休以后，老人每天劳动两个小时，闽南天热，尤其是酷暑时节，早晨，太阳还没有露脸，老人往往像田野里的农民一样，赤着上身，开始在菜园里躬耕劳作。姚明多次凝视着老父亲被太阳晒得黝黑的身子，心里总是情不自禁地浮起浓浓淡淡的心疼和感动。父亲的收入并不高，现在除了每月4000多元退休金以外，没有其他收入。早年养育子女，培养他们念书，几乎没有什么积蓄。后来，他们兄弟姊妹长大了，父亲的负担才轻松下来。20多万元，很可能是父亲数十年全部的积累，一分一厘都是他血汗的结晶，都是从牙缝里节省下来的。如今，老人家毫不犹豫地奉献出来，而且，还对姚明保密。是担心有钱的儿子抢着替他承担这个责任，还是担心儿子心疼他呢？

姚明知道这件事的时候，戏台已经全部做好。为了方便村里人看戏，戏台就建在村中间位于村委会门前的小广场上，除了有现代化的灯光设备和宽敞的舞台以外，还有供演员用的化妆间和休息室。戏台旁恰好是百年老榕树，盘根错节，绿韵如画，就像天然的布景，装点着这片洋溢着浓郁乡情让人潸然感动的世界。

人生如戏，戏如人生，每个人的经历都是一部别开生面的戏剧。其旋律是壮美、激越如奔腾的长河，还是巍峨、雄奇如矗立的山峰，甚至悲伤、不幸、忧郁如幽怨断肠的乐曲，就看造化了。

姚明感到惭愧，也深深地为有如此善良、大方而且全心全意为乡亲着想的父亲感到骄傲。父亲的这一举动，对他更是鞭策，他觉得应当尽自己最大的力量，为故园和乡亲们做更多的事情。

个人的力量毕竟有限，要让乡亲们富裕起来，就要使乡亲们拥有自主发展的能力。姚明多次主动和村干部商讨这个问题，他相信，虽然此事牵涉各方面，但持之以恒，会取得成效。

母校情怀

　　母校，是莘莘学子永恒的精神家园。依山傍海的厦门大学，是姚明的自豪和骄傲。

　　在厦大求学四年，虽然短暂，却是姚明一生中最留恋的黄金时节。青春年少，激情、理想、浪漫、追求，编织出当代大学生被誉为"天之骄子"的时代风采。当时，大学还没有扩招，能够进入厦门大学的学子，皆是青年中的精华，恰逢改革开放春风浩荡时节，展现在姚明面前的，是万里锦绣的天地。

　　这所由著名爱国华侨领袖陈嘉庚亲自创建的大学，风光奇秀，成千上万的国家栋梁之材从这里走出。独树一帜的"自强不息，止于至善"的校训，滋养和陶冶走进这所名校的朝气蓬勃的年轻人。姚明深深地感悟到，大学里学到的不仅是知识，更重要的是气质、追求、思维方式，是文化的底蕴和积累。是母校给了他飞翔的翅膀。他在厦门创业，母校近在咫尺，只要有闲暇，或者要陪同交往甚密的客人或朋友游览厦门诸多景点，他总是喜欢到母校走一走。校园里，别具一格的嘉庚式建筑，风情万种的芙蓉湖，可以聆听涛声、仍然激荡着郑成功当年练兵英雄气的上弦场，处处牵起他美好的回忆和缅想。

　　走出校门以后，他怀着当厂长之梦，踏上自主创业的艰辛之路，他不会忘记，一路风雨，母校的老师和同学始终关心着他，他遇到困难或感到困惑的时候，可以请教乃至求助的第一个对象，就是可以予以信任的老师和同学。他们不计私利，更不会给他设圈套，下陷阱。人们常说，商场如战场，在商品经济无情席卷俗世间每一个角落的情况下，鱼龙混杂的商场，更是时时处处都有令人防不胜防的暗算、阴谋等人们所不齿的阴暗面。只有走进母校，走进曾经朝夕相处的老师和同学之间，姚明往往才能感受到心情如开遍母校的凤凰花一样，辉煌灿烂。

厦门大学著名的校友多，走进厦大，会发现有一个特殊现象：校园内有许多建筑，是以校友的名字命名的，如建文楼、志钦楼，那是这些校友捐款建起来的，他们继承嘉庚先生倾资办学的传统，毫不犹豫地奉献出自己长期劳作积累起来的财富，为母校的建设尽自己的绵薄之力。为了感念他们对母校的深情，学校特地用他们的名字为独资捐建的楼房命名。

在一次校庆纪念会上，姚明目睹了这样一个感人的细节：两位白发苍苍的老校友，来自泰国，那位一脸沧桑的先生问他的夫人："我们两个人加起来几岁啦？"

慈祥的太太回答："160岁啦！"

"那我们就捐款160万元人民币吧！"

他说得如此轻松、自然，好像是轻而易举的事情。姚明的企业还刚刚起步，他深知，作为企业家，能够赚点钱，谈而容易！那是挥汗拼搏的结果。只有把母校当成自己的家，才能如此慷慨、大方！姚明不认识这两位

老人，后来打听，这一对夫妇居然是厦大商科毕业的学生。老厦大的商科就是厦门大学经济学院的前身，这样算起来，他们和姚明还是系友。

这样的校友，厦大有很多很多，他们的名字未必被刻在厦大的建筑物上，但他们的精神却化为源源不断的精神长河，成为滋润厦门大学的瑰宝。

如实地说，像姚明这样经济实力的校友，为数不少，但有姚明这样敢于和美国人叫板，毅然奋起，挺身应诉美国商务部发起的"反倾销、反补贴"调查，成为中国第一个赢得胜利因而饮誉中外的中年企业家却是第一个。正因为如此，适逢厦门大学厦门校友会换届，要求会长同样实行年轻化的时候，当时厦大校友总会的王豪杰理事长（原厦大党委书记）首先就想到姚明并亲自找姚明商量。

厦门大学厦门校友会已经成立 20 多年了，是个广泛联系海内外校友的群众组织，在社会上，特别是校友中，拥有很高的声誉，被称为"校友之家"。

姚明得知到王豪杰理事长的意图，吃了一惊。怎么会想起我呢？比他出名而且经济实力完全超过他的校友还很多。王豪杰理事长亲切地告诉他，当校友会的会长同样是不搞论资排辈的，之所以选中他，并不是因为姚明有钱，更为重要的是看中姚明的人品和精神，请他出来，为母校做点事情。关键词只有两个字——服务。

面对母校郑重的托付，姚明无法推辞，能够为母校做点力所能及的工作，是他应尽的责任和光荣。当然，大方的姚明也并非空手上任，他捐款100万元，作为厦门大学厦门校友会的活动经费。对没有政府拨款的群众组织而言，100万元可是一个大数字。有了它垫底，校友会可以就做许多事情了。

从此，姚明的社会职务中多出了一项——厦门大学厦门校友会会长。这是一个没有薪酬更没有奖金的社会职务，只有奉献和服务。能够为自己心爱的母校尽一份心，出一份力，姚明心里感到无比的温暖、幸福。姚明热情、有魄力，他上任以后，厦门大学厦门校友会的工作呈现出红红火火的喜人局面。

姚明传奇

厦门大学如今已经成为有几万学生规模的大学。来自全国各地包括海外的莘莘学子，有来自富裕家庭的子弟，也有不少来自相对贫困家庭的学生。为了勉励学生潜心学习，成为对国家和社会有用的人才，学校建立了各种基金会，从不同的层次和角度解决学生学习中的经济困难。从这里走出的姚明最理解大学生求学时因经济困境所遇到的无奈和尴尬。于是，2014年姚明又捐出100万元人民币成立"厦门大学姚明励学金"，资助厦大150位贫困的学生，每人6660元。这是姚明的心意，更是他对如今有幸走进这座校园的年轻人殷切的期待和厚望。

至2016年9月止，姚明先后已经向厦门大学捐资310万元，鉴于他热爱母校的拳拳之心以及对教育事业的突出贡献，2016年9月10日，厦门市人民政府郑重地授予姚明"捐资兴学尊师重教"金质奖章，这是本次表彰中最高级别荣誉。奖章上镌刻的赞语"捐资兴学，功在千秋"，正是对其所做贡献的最大肯定。同学聚会是很有意思的事情。2013年，姚明毕业25周年，不少同学提出，分别25年，四分之一世纪了，当年的青春学子，如今已是人到中年，有太多的话想相互倾诉。25年过去，母校门前妩媚的大海依旧，屋后雄奇的五老峰依旧，但世界变了，学子们的风采更是变了！

每一个同学的经历都是一本书、一首歌，甚至是一个传奇或者神话！

毕业以后，只有少数同学留在厦门，绝大多数同学远走高飞，创业、成家。他们的生活怎样，无情的岁月怎样雕刻他们？姚明想知道，所有久别的同学都想知道。

同学聚会是大家渴望已久的事情，姚明当仁不让，主动承担起筹备会务的责任。聚会首要的条件是筹措经费，虽然，大家知道姚明事业成功，有点钱，但担心增加他的负担，开始提出采取AA制，姚明怎能同意？他提出，所有经费由他一个人负担，而且把范围扩大一些，把原经济学院（现在是经济学院和管理学院）6个系13个班级毕业于1989年的全体同学都请回来。有幸成为同窗共读的同学，那是美丽的缘分。

这是一次难得的大聚会。2014年10月25日，原经济学院505名毕业生中333位来自世界各地的同学重回母校，风尘仆仆，像远归的大雁，飞回来了。

欢聚一堂。重温恰同学少年的日子。记忆的种子，穿透时光的尘土，长出一片醉人的新绿。

并未远去的青春岁月，焕发出迷人的异彩。所有的艰辛、痛苦甚至不幸都灰飞烟灭，笑声、歌声汇成欢乐的海洋。

座谈会上，同学们想说的话太多，但时间有限，每人只限5分钟，简短的发言，虽难以尽意，但言有尽而意无穷，只要寥寥数语，万般思绪就化为甘露，落在同学们的心田里。

掌声阵阵，飞出窗外，和大海的涛声汇成激情四溢的交响曲。幸福之神将他们紧紧地拥抱在怀里。

说不够就用唱吧，在联欢会上，同学们尽情歌唱，抒发一发而不可收的激情。姚明平时不怎么会唱歌，此时此刻，那神秘的音符也情不自禁地从心田里飘飞而出。他感到惊讶，原来，欢乐是能真正激发潜能，甚至产生奇迹的。

相邀着一起去拜访德高望重的老教授们，然后前呼后拥把他们请到宴会厅，恭恭敬敬地向他们敬上一杯酒，25年的思念和深深的谢意就尽在其中了。

这是姚明最惬意的日子。能够为久别的老同学创造这样相聚的机会，能够为大家带来如此之多如银河倾泻而下的快乐，他感到特别地富有成就感。姚明平时不大喜欢喝酒，但在这次同学聚会的宴会上，他破例地喝了

姚明
传奇

不少酒，奇怪，他只是感到额上有点微微冒汗，头脑依然十分清醒，并不感到醉，真是如古人所说的"酒不醉人人自醉"哟！

聚会时间是有限的，但被时空越拉越长的同学情、母校情，就像校园中满园的鲜花绿树，永远植根在这片热土上了。

母校真是一片神奇的沃土哟！在这里播下希望、理想、憧憬、爱情，就可以收获幸福的人生。

姚明喜欢大海。不得不赞叹厦门这座城市的壮美和神奇，借改革开放的浩荡春潮，高歌猛进。到这里的人欣喜地发现：喧嚣的轿车时代还没有远去，浪漫的游艇时代已经接踵而来。尤其是"厦门号"帆船，2012年11月3日，从厦门启航，在世界上首次沿着地球的自然地理轨迹航行，历经近一年的拼搏，搏浪扬帆八万里，踏破无数惊涛骇浪，终于在2013年9月14日凯旋。这一壮举，不仅轰动全国，而且极大地推动了厦门的帆船运动。如今，厦门风光如画的五缘湾里，数百艘洋溢着浓郁现代风采的帆船和游艇，成为这座城市靓丽的名片。正是在这样的氛围和背景下，姚明也购置了一艘德国汉斯Hanse505帆船，取名"姚明号"。

这是一艘设备颇为先进的豪华型帆船，一次可以搭载20多人出海。蓝天、碧海、浪花，扬帆前进，看不尽台湾海峡的绮丽风光，那种感觉真好！姚明喜欢帆船运动，偶有贵宾或久别重逢的老朋友到厦门，他盛情接待的方式，不仅是简单地品味厦门驰名的海鲜，还乘坐"姚明号"帆船到海上去走一走。看几乎伸手就可以揽进怀里的金门诸岛，看天水一线的海域，潮涨潮落、云卷云舒，如果运气好，还可以看到世界上十分珍奇的白海豚在雪白的浪花里出没嬉戏。用这样最为时尚的方式接待贵客，展现了厦门这座城市特别好客的风气。

始终牵挂和钟爱母校的姚明，当然不会忘却厦门大学的师生们。虽然，厦门大学也组建了自己的帆船队，而且在厦门率先组建了女子帆船队，但对于有着数万师生的大学，毕竟无法满足人们对帆船运动的好奇和向往。这一回，厦大举行第五期校友零距离交流活动，姚明十分高兴地和同学们分享他创业的经历和收获。"姚明故事"感动了同学们。活动结束的时候，姚明随机抽取了一批"幸运学生观众"，分两批带领22名师生乘坐"姚明号"帆船出海，体验扬帆远航的况味。

这是一次在厦金海峡的畅游之旅。碧海长天，浪花如雪。一位曾经随姚明出海的厦大学生写了这样一首诗：

> 在大海的怀抱里
> 每一个人都是赤子
> 剪一片浪花做纪念吧
> 于是
> 你就成为最幸福、最快乐的鱼

乘坐过出海的人们或许都有这样的感觉，人快乐，海里的鱼更快乐。

人生如海，在正走海洋世纪的今天，谁不喜欢做可以在波涛万顷的大海中畅游的鱼呢！

姚明
传奇

换一种思路

　　成功的企业家回报社会，和被热捧的明星一样，最为常见的方式是捐款。尤其是某个地区发生严重自然灾害的时候，如前些年发生的汶川大地震，全国的电视观众从电视屏幕上看到，明星们捐款的钱是用布袋装的，在一片热烈的掌声中，他们把一捆捆人民币放进捐款箱。企业家用的是支票，模拟的大型支票上标出捐款的数目，几十万元、几百万元、几千万元，甚至上亿不等，他们的善举、义举同样获得人们的热烈欢迎和敬重。

　　在这样的捐款队伍里，当然少不了姚明。每逢发生类似的事情，姚明总是首先站出来，带领企业全体员工，为灾区送去爱心。此外，平时的扶贫、助学的许多活动中，也经常可以看到姚明的身影。

　　然而，善于多思的姚明心想，在人们的眼光中，难道成功的企业家只有钱吗？物质的生产和精神的生产实际上是紧紧相连的，作为企业家，能够回报社会的，不应当只是人们触目可见的金钱，而应当有更为广阔的天地和世界。

　　换一种思路，姚明豁然开朗。

　　正因为如此，姚明在为地震灾区捐款、捐物的同时，不忘送去祝福灾区人民平安的大批绿丝带，让他们系在手腕上，小小的绿丝带，柔美多情，既能作为平安的标示，又在满目疮痍的废墟上增添一点希望的亮色。在给艾滋病捐款的行动中，姚明送去黄丝带，暖暖的色彩，寄托着姚明织带深深的关爱之情。

　　以物质回报社会，人们是可以看得到的，在世俗社会，精神上的回报，往往不容易引起人们的高度重视。

　　企业家，尤其是制造商，回报社会的，当然首先是价廉物美的产品。

如今，假冒伪劣产品肆虐之风，人人痛恨，但禁之不绝。人们或许还记得，设立在厦门环岛路一侧的国家会计学院刚创办的时候，有关领导曾经请时任国务院总理的朱镕基题词，朱镕基大笔一挥，题了四个字"不做假账"！落地有声，令人震撼。这四个字后来成为该学院的校训。办学如此，办企业更是不能有丝毫的含糊。在产品的质量上，姚明以高度负责之心，层层把关，不仅为消费者提供健康、优质的产品，而且在审美上不断创新，真正实现在行业内引领潮流的郑重承诺。

姚明认为，小小的丝带，是物质的，具有多方面的实用价值，但同样是精神的，丝带是具有特殊审美韵味的载体，质地柔美，色彩缤纷，可以引发消费者的审美感。古诗云"动人春色不须多"，丝带就可以达到这一境界。尤其是崇尚多元化的大美时代，丝带花饰大量用于服装、装饰，美化生活，提高消费者的审美境界，激发消费者的审美情趣，就成为姚明回报消费者、回报社会的重要途径。

化普通的生活为精湛的艺术，化平常物质产品为高雅的精神作品，这是何等具有情味的事业。小小的丝带，同样系着大千世界，系着异彩缤纷不断创新的美学世界。对此，姚明用一个新名词来概括——丝文化。

倡导丝生活，提倡丝文化，是姚明的创造。不是简单的商业广告，而是高尚的追求。文化的魅力就在于神奇的点化作用，有文化内涵的产品的特点，不仅可以直接引起消费者的审美感觉，具有一定的视觉冲击力和诱惑力，而且以其独创性，叩动消费者的心弦，甚至引发消费者的想象力，去创造超越物质产品藩篱的艺术天地。姚明的可贵之处就在这里。他努力做丝带物质产品的创造者，也苦心追求做丝带精神产品的创新者。这一回报社会的新思路，展现了一代有文化修养的企业家全新的意识和动人的风采。

创新无止境，当把物质生产和自觉的文化意识艺术地结合起来，这种创新就洋溢着强烈的开拓和超越性质，开辟可以先人一步乃至高屋建瓴的途径。在生产中，模仿并跟在别人后面慢慢地爬行，哪种产品时髦就仿制哪种产品，哪种产品赚钱就一窝蜂地去生产哪种产品，这种情况在业界司

姚明
传奇

297

空见惯，而要超越别人，甚至超越自己，站在潮流前面发挥引领作用，就不那么容易了。须知，企业家回报社会的最佳方式，不是提供了多少平常的产品，而是为社会提供真正有创意并且深得消费者喜爱的产品。因为，社会是在创新旗帜下进步、飞跃的。

理念的创新，思维方式的创新，是最重要的创新。社会的进步和飞跃，首先是思想的进步和飞跃。作为新时代的企业家，不仅应当是物质产品的生产者，尽可能为社会、为广大消费者提供更多的优质产品，而且应当有气魄成为精神产品的生产者，为推动社会的进步和发展贡献绵薄之力。人们虽然不能苛求他们成为学者、诗人，他们却可以在引导消费者诗意生活或诗意栖居中占据一席之地。姚明的不俗就在此处。

"顾客是上帝"，此话颇有道理，因为产品最后要由消费者认可并接受，没有顾客就没有市场，没有市场，企业家就没有活路，从这个意义上看，高度重视顾客是必需的。姚明当然承认这一真理，但他并不因此满足，姚明认为，顾客不是高高在上几乎无所不能的上帝，而是可以沟通乃至心心相印的朋友。

从上帝到朋友，不仅是概念的改变，更重要的是思维方式的转变，它引起姚明织带回报社会方式的深刻变革。

上帝万能，人们往往顶礼膜拜；朋友却可以平等交往，在实践中建立情谊而互相扶持帮助。前者是神，后者是人，截然不同。

姚明从中引发出什么呢？

以前，姚明只专注丝带产品生产，他曾经认为，只要产品好，就有消费者，就有市场。实际上，并非完全如此，消费者需要引导，市场更需要精心地培育。把消费者视为朋友，在观念上就需要进行变革，精心为朋友服务即为消费者服务。从生产型发展到生产服务型，这是回报社会历程中了不起的飞跃！

从此，姚明织带企业不仅生产丝带产品，而且根据能力和实际情况，为消费者包括和自己有联系的有关厂家、客商，解决难题，为他们提供解决问题的方案。此路一开，服务之风劲吹，一扇扇大门启开。首先出现显著效益的，是散落在全国甚至海外的数十个办事处，以前，他们皆是以推销产品即做买卖为目的，如今，加上交朋友这一新项目、新元素，感觉工作效果大不一样。

有一次，姚明主动邀请部分客商和消费者代表参观工厂。要不要全部敞开给他们看呢？因为来客中，有不少是同行，姚明织带的一些新技术、新设备是花了不少代价建立起来的，轻易被别人学去进行仿造，不是泄密了吗？姚明告诉他的部属，全部敞开，让大家看看，而且毫无保留地回答参观者提出的问题，大家已经是朋友，对朋友应当真诚相待并予以全力支持，不要害怕新技术被别人学去，我们的力量在于未来，在于不断更新设备和技术。姚明的话，让人们自然想起以前常说的一句话"一花独放不是春，百花齐放春满园"。严酷的市场竞争虽然不可低估，但整个行业的前进依靠大家共同努力来实现，这才是敢于担当社会责任和义务的企业家应有的胸怀。

回报社会的道路越走越宽广。建设学习型的企业，是姚明始终不懈的追求。他认为，企业最为重要的活力，不是机器设备，而是人。正是出于这样的认识和理念，姚明建立了完整的培训体系，从刚进厂的新员工培训到高层的充电式改变观念的高等级培训。尤其是高等级培训，如007"合

姚明传奇

伙人"培训、"教导模式"培训，请的教师都是全国知名的专家，培训经费特别高。姚明总是主动邀请兄弟企业的高层参加，让他们也分享培训的成果。这种回报社会的方式，虽然不能像救灾助学捐款那样引起媒体的重视，任它如潺潺清泉，无声地滋润着人们的心灵，开启人们的睿智。回报姚明的是情谊，回报社会的是智慧。可以设想，这个社会有更多姚明这样的热心人，社会的进步、变革和风气的转变，将会出现更多让人耳目一新的成果。

　　人是社会关系的产物，所有的人都在一定的社会关系中生活。每个人都在为生存、生活、发展而耕耘，因此，每个人既是社会的受益者，又是社会的回报者。人的能力有大小、水平有高低，但只要像姚明那样，把回报社会作为责任、义务、快乐，不断升华自己，社会的文明进程和面貌就大不一样了。

关键是精神

　　姚明对社会最重要的贡献是什么？这是一个很有意思的问题。

　　他开拓了丝带生产的新时代，使中国的丝带生产跻身于世界丝带生产的前列，引领潮流。这是了不起的贡献。中国是制造业的大国，但在相当多的领域中，和西方发达国家相比，还有较大的距离。虽然，小小的丝带并不十分显眼，但姚明能够把它做到世界第一，就值得人们尊重和赞赏。

　　关键是精神，我们暂且把它称为"姚明精神"，在物质上，姚明丝带当然有着不可否定的实用价值和经济价值，但更值得人们深究和重视的，是姚明在创造世界第一奇迹中所展现出来的精神。在全国上下实现中华民族伟大复兴的中国梦的进程中，我们需要雄厚的物质基础，但更需要勇于赶超世界先进水平并敢于夺取世界第一的胆略和勇气。

　　"两军相遇勇者胜"，这是中古代统军事家总结出来的重要法则和经验。姚明最值得人们钦佩的，是面对美国商务部无端发起的"反倾销、反补贴"调查，能够拍案而起，挺身应诉。多年来，美国以及欧洲国家多次挥动这一大棒，对正在崛起的中国企业进行打击，他们屡屡得手。姚明没有三头六臂，也没有深厚的政府资源作为靠山，在被调查的企业逃之夭夭的情况下，姚明处于孤军奋战的不利地位。前景未卜，而且在"双反"调查中，以前起来应诉的企业从未取得过胜利，按照逻辑和实力来说，姚明败北的几率比较大，是凛然应战还是消极逃避？只有两种选择。可贵的是，姚明毫不犹豫地选择了前者。

　　解放初期，中美之间有一次大较量，这就是震惊世界并深刻影响时代走向的抗美援朝战争，面对当时在军事上占有绝对优势的美国人，中华优秀儿女组成的中国人民志愿军，高唱着"雄赳赳，气昂昂，跨过鸭绿江"

姚明传奇

的战歌毅然奔赴前线，经过三年的苦战，终于取得辉煌胜利。此战之后，相当长一段时间，美国以及其他西方国家再也不敢轻易欺负中国。曾经弥漫在中国人心中的恐美情绪也一扫而空。国格、民风往往是真枪实弹打出来的。

半个多世纪过去了，世界变了，昔日战场上的较量已经变成多元化、多层次、多领域的竞争，面对有着强烈霸权主义思想的美国的无端指责和欺负，敢不敢起来维护自身正当的权益，维护正常的国际贸易的秩序和基本的法则，展现中国人的顶天立地的精神和气魄，的确是一个严峻的考验。

并非苛责那些自动放弃应诉资格而消极逃避的企业，如实地说，那些在气势汹汹的美国人面前落荒而逃的人们，有相当部分人是被吓跑的。不必讳言，在激烈的国际竞争中，中国人怕老外的情绪依然存在。姚明怕美国人吗？不怕！在决定是否应诉的高层决策会议上，姚明义愤填膺，斩钉截铁地说道："这场官司，我们一定要打，因为道理在我们这一边。我们出

口美国，完全是按照国际贸易的法则，光明正大地去做的，我们既不倾销，更不享受任何的政府补贴，何罪之有？通过这场官司，可以还我们的清白，同时也展现我们中国企业家应有的品格和精神！"正是因为有这样的气魄，姚明才敢于接下美国商务部的战书，最后，以完胜的姿态在竞争舞台上亮相！

姚明的胜利，不仅是姚明织带一家企业的胜利，而且是中国第一起应诉美国商务部无端发起的"反倾销、反补贴"斗争的胜利。此次胜利，通过央视的专访节目播出之后，好评如潮，全国振奋，在中国加紧走向全球化的时代进程中，我们的国家太需要姚明式的企业家了，我们的人民太需要姚明这样敢于应对强手如中流砥柱般的"姚明精神"了！

姚明书写的传奇是典型的新时代的中国故事，"姚明精神"是时代激流中迸发出来的可贵的民族精神具体表现之一。作为企业家，生产消费者所需要的产品，回报社会，并不难；在社会和民众需要物质支持时，主动积极地参与捐款等善举、义举活动，也不难，但要在无法回避的现代国际竞争环境中，弘扬民族精神，做激励国人奋然前行的旗帜和标杆，却是难事。姚明对社会的最大奉献和回报，恰恰就在做别人所难以做到的事情上。他无愧是企业界勇于担当的开拓者、创新者、战士型的奋斗者。

姚明PK姚明，是姚明传奇中情趣横溢的故事，从此事件中，人们可以发现，姚明有着可爱、执着甚至有点执拗的性格。他对篮球巨星姚明并无私怨，丝带姚明虽然不大会打篮球，也不是篮球姚明的粉丝，但他对篮球姚明依然采取尊重、敬重的态度，偶尔遇到篮球姚明，尽管已经打了多年的官司，并不因此心存芥蒂，而是主动向前问候，这种君子之风之值得称道。值得人们注意，一场本来织带姚明有理的官司，几起几落，整整打了九年的持久战。

不平常的九年哟！人生能有几个九年呢？

姚明想到放弃吗？没有。他就是如此坚定不移，一旦认定道理在他这一边，就毫不动摇地走下去。或许，丝带姚明开始时并未想到，这场名字官司居然会打九年之久。

　　要成就一件事情实在太不容易了。此次丝带姚明所面对的不是美国人，除了"像一座大山一样"的篮球姚明以外，主要是掌管"生杀大权"的国家商标局和国家商标评审委员会。逆境之下，你敢不敢挺身而出，据理力争，维护自身应有的权益？老话"胳膊扭不过大腿"，但织带姚明不信，在一般人看来，上头的红头文件就是结论，甚至就是圣旨，你理解的要执行，不理解的也要执行。他就是不信这些"潜规则"。在我们国家里，到底是法大，还是权大？这个非常普通的问题，居然有很多人弄不清楚，或者，即使弄清楚了，但往往屈服于权力的压力，不得不低下头了。织带姚明始终不落入世俗之套中，他的确有得理不让人的"拗相公"之气，用我们今天的时尚的话来说，他是一个真正充满正能量的人，一个一身正气的人。人是要有点精神的，我们的世俗社会，物资供应充足，对绝大多数人来说，无衣食之忧，缺乏的就是姚明这样恪守实事求是的态度并坚持真理的精神，尤其是在权力面前，不信邪、不屈服，更不随波逐流。这种超越世俗的精神和境界，不仅值得企业家而且值得普通百姓赞赏和借鉴。

　　值得人们注意的是，姚明解决这些难题，不是依靠个人的上访。而是依靠深谙法律的律师，通过律师充分运用法律的手段解决争端和矛盾，这是丝带姚明睿智之处。因为，他清醒地看到，和篮球姚明的这场商标官司，最终解决的层面，不是声名的大小，也不是权力的大小，而是在法律层面上，无论是盛名之下的篮球姚明，还是手握大权的国家商标局和国家商标评审委员会，和丝带姚明是平等的。正因为有如此强烈的法律意识，织带姚明才敢于将这场官司打到底，一直到取得胜利为止。

　　回首姚明创业成功的壮阔历程，人们还可以发现一个极为重要的节点，那就是全厂实行高层次的信息化建设。这是姚明超越一般企业家的地方。因为织带这一行业，和那些高新技术含量很高的产业不大一样，它基本属于劳动密集型的产业，尤其是姚明织带企业中占有相当比例的花饰，完全依靠手工劳作。姚明不仅没有因此而降低信息化建设层次的要求，而是以最高的标准进行建设，其中经过了三次大规模的信息化建设的改造和升级，最后借助金蝶公司的帮助，实现整个企业高层次的信息化。为此，付出高昂的经济代价，姚明追求的是什么呢？他追求的不仅是利用现代化的信息技术，提高企业的整体效益，更看重和世界接轨。生产、管理、经营、销售全部实现信息化，就标志着取得建设世界现代化一流织带企业的通行证，

姚明传奇

就有了和世界对话的资格。姚明的眼界和一般的企业家不同的地方就在这里。他无愧是真正放眼世界织带风云的人。他能够跻身于世界舞台，能够大刀阔斧地施展身手，高层次的信息化显然是翱翔的翅膀。

至此，我们可以清楚地看到，"姚明精神"是什么呢？从企业的发展看，是立足本土、敢于突破常规、不断创造，走最适合自己实际情况道路的创新精神。从时代的视角看，是跻身国际竞争，不畏强手，敢于维护自身的权益、面对挑战傲然自立于世界舞台的担当精神。从科技范畴看，是不断采用现代化最新技术、全力走科技创新之路的科学精神。从人格魅力看，是专注、坚忍、坚持到极致的持之以恒的精神。因此"姚明精神"既是传统的，又是现代的。从农村走出的他，继承了农民的善良、质朴、诚实等优秀品德，更接受现代思潮的洗礼，成为敢于在国际商业竞争舞台上横戈跃马的新人。这一精神的可贵之处，是深深植根于传统的沃土，而将精神大树伸往现代的天空，传统和现代的隆重交接，造就了"姚明精神"的丰富和异彩。

第十三章

天外有天

多年来，姚明获得荣誉多达数十项，但从来没有像这个奖让他如此看重，并非此奖全国只有一人，就像群雄争霸的运动场上的激烈竞赛，最后能够登上冠军领奖台的，只有一个。更重要的是业界对他率领的企业尤其是领导能力的充分肯定。荣誉巅峰，鲜花、掌声、风光无限，鼓舞、激励，更多的是鞭策、责任。然而，山外有山，天外有天，他没有就此止步。

YaoMing
Legend

姚明传奇

殊荣：最杰出领导能力奖

2013年8月8日，深圳，洲际大酒店。

"第六届中国管理模式杰出奖"之"杰出领导力奖"颁奖典礼暨2013年中国企业管理全球论坛，在这里隆重举行。"中国管理模式杰出奖"活动是目前管理界发起的第一个针对中国境内企业管理实践成就的荣誉奖项，活动面向在中国大陆运营的所有优秀企业。中国管理模式杰出奖理事会由中国管理现代化研究会理事长成思危担任名誉理事长，中欧国际工商管理学院院长朱晓明担任理事长。理事会从2008年开始每年举行一次"杰出奖"遴选，组织企业管理领域的相关专家学者对入围企业进行实地走访调研。每年约有十家企业获奖，在历届"杰出奖"榜单中，先后出现格力、联想、招商银行、万科、腾讯、百度等企业的身影。该奖由中国企业管理全球论坛进行评选，不收任何评选费用，每年全国有1000多家企业报名参加角逐"战略远见奖""卓越运营奖""研发创新奖""文化风范奖""杰出领导力奖"五个奖项，每个奖项全国评奖一家，其中"杰出领导力奖"分量最重，2010年获得"杰出领导力奖"是格力空调，2011年是中粮集团，2012年是百度，2013年花落谁家？2013年，姚明高票当选，在一片热烈的掌声中，姚明款款登上领奖台。

上届获得此项殊荣的是被称为中国女强人的格力集团董事长董明珠，按照规定，由上届获奖者为这一届得奖者颁奖，当姚明从董明珠手上接过鲜花和荣誉证书的时候，他感觉站在风光无限的巅峰上，兴奋、自豪、激动，的确有一种一览众山小的感觉。轻易不落泪的他，情不自禁地眼含热泪，注视着台下的领导和同行们。

对姚明获奖的理由，专家用简洁的语言这样评价：

姚明织带凭借其"双反、姚明商标"胜诉和独创的"大销售、大生产、大库存"模式，确立了行业核心竞争优势，在不起眼的细分行业做出了不平凡的业绩，在国内涤纶织带行业具有定价定标的行业领导力，是全球织带行业公认的具有巨大影响力的领袖企业，引领了织带行业的发展。

　　移动办公与信息化技术实现了公司的精准化和时效性管理，实现了公司领导层思想的快速统一，支持了公司领导力和执行力的快速落地和高效运作。

　　姚明织带的领导力得到了行业的广泛认同。

　　多年来，姚明获得荣誉多达20多项，但从来没有像这个奖让他如此看重，并非此奖全国只有一人，就像群雄争霸的运动场上的激烈竞赛，最后能够登上冠军领奖台的，只有一个，更为重要的是业界对他率领的企业尤其是领导能力的充分肯定。

　　在长期的实践中，姚明深刻地感悟到，作为一个要统领企业全体员工，在已经达到白热化程度的激烈竞争环境中，不断斩关夺隘、奋勇前行的企业家，没有比领导力更为重要的事情了。虽然，如今，强调团队的集体作用，

但作为这个集团的领头人，在重大问题的决策上，发挥着灵魂和核心作用，就像一艘船上的舵手，稍有不慎，就会产生严重甚至可怕的后果。

真是千军易得、一将难求哟！

"杰出领导力奖"的评选，着重的标准：一是业绩，二是战略决策即运筹帷幄的能力。

姚明的业绩已经得到同行的公认。一个并不起眼的织带企业，在10年时间内，能够做到世界第一，取得全国首例和美国人打"双反"而赢得完胜的官司，这是奇迹，也是姚明超凡领导能力的最好佐证。在登上这一不寻常的领奖台的时候，姚明想起了什么呢？

回首走过的道路，就领导能力来说，他首先想到的是决策。

对此，同行的人都感到有点奇怪：姚明总是能够先人一步，几乎是精准地选择奋斗和突破的目标与方向。在大陆和台湾的织带同行都在生产尼龙质地织带产品的时候，姚明却另辟蹊径，"逆袭"而行，生产高品位的涤纶质地的织带产品，为了提高产品的质量，特地从瑞士进口世界最先进的机器设备。在同行发现姚明生产涤纶织带产品的优势和发展前景，纷纷转而生产涤纶丝带产品的时候，姚明在开发涤纶丝带产品方面，从单一生产丝带大步跨入一个丝带印刷、花饰制作等多元化发展的新阶段。一扇扇大门总是向姚明敞开。人们常说，市场是企业的生命线。面临国内市场激烈的竞争，姚明果断地把目光投向美国，姚明织带60%的产品销往美国市场，并以非凡的勇气，打赢"双反"官司，成为全国第一个独享产品出口美国零关税的佼佼者。此后，姚明并不停步，在国内织带企业激烈竞争的大背景下，目光却瞄准印度，在印度办厂，在实施"一带一路"的国家战略中，率先垂范。检阅姚明10年走过的辉煌历程，几乎步步都闪烁着让人们感到无比诧异的神奇。姚明怎么有如此的先见之明呢？

领导力最为关键的是决策能力。人贵有自知之明，对此，姚明心里很清楚，如果说，他有什么特别的地方，那么最为突出的是专注。自从创业以来，他最大的兴趣就是工作，此外，他几乎没有其他的兴趣。他不喝酒、不抽烟、不上歌厅、舞厅，不去崇拜明星，更不像某些企业家那样，用行

姚明
传奇

贿等非法手段去收买政府官员，编织关系网，搞官商勾结。他是把全部身心投入工作的人。在织带行业中，他始终专一做丝带。正因为如此，他对自己的工作产生了一种外人所不易理解的痴迷程度。他发现，痴迷同样出智慧。现实并非时时处处倾情于他，他和其他人一样，同样会遇到岔路口，会有困惑、困难甚至几乎山穷水尽的时候，但他却咬着牙坚持下来了。专注而毫不动摇地走自己的道路，是他成功的重要秘诀之一，也是锤炼出非凡领导力的必不可少的极为重要的内在因素。

决策的关键是善于发现。发现不仅依靠天才般的灵感触发，还建立在脚踏实地的专注基础上的勤奋耕耘。姚明在读中学的时候，就听老师说过马克思的名言"天才在于勤奋"。他知道自己不是什么天才，却自信是个勤奋之人，他把所有的才华、兴趣和绝大多数的时间都交给工作。结果，在一个十分平凡的行业和领域中，做出非凡的成就。他的成功再一次证明，发现的基础和前提是专注地几乎是心无旁骛地做一件事情。好比是修炼，作为领导者，没有像姚明这样花一番苦心、精心的修炼之功，领导能力中最为重要的决策力是难以提高的。

如今，人们最为欣赏的是专家型的领导，姚明在织带行业中是典型的专家型领导。在这一行业中，他不仅通晓全局、大局，而且精通从生产、管理、经营、销售过程中的细枝末节。只要轻风拂面，他就能感知春雨将至。这种精湛的功夫，就是在专注的实践中练就而成的。

所有走进姚明企业的人们，都对姚明领导企业中的"大生产、大销售、大库存"的精彩决策而喝彩。如今，举国上下都在实践和探讨转变经济发展方式，姚明这一决策，就是成功的范例之一。这一决策的关键是创新。创新是什么？姚明的理解颇为朴素，创新不是跟在别人后面简单而且机械地模仿别人的成功经验，而最为重要的是在分析全局的基础上，寻找并开创出最适合自己的道路。实事求是的务实态度和锐意开创的精神相结合，是姚明决策中创新能力特别醒目之处。

我们的时代是个创新时代，墨守成规地跟在别人后面慢慢爬行更没有前途，因此，企业家的领导能力中，创新能力是极为重要的。在这方面，姚明展现出来的特点，一是多思，二是执行力。他明白思路决定出路这一朴素真理的丰富内涵。他从小在军营中长大，养成敢作敢为、雷厉风行的作风，在个人品格和作风修养上，比一般没有军营生活经历的企业家高出一筹，接受过高等教育的深厚文化素养，又在他的性格因素中增添了儒将的风雅和沉稳。两者的结合，使姚明养成创新决策方面大胆而谨慎的作风，一旦决定，毫不动摇地摆开阵势，势如破竹地实现预定的目标，使思想的成果成为实际的金灿灿的收获。

切不要以为姚明在诸多具有强烈改革色彩的举措上一帆风顺，在关键性的决策上，同样会遇到不同意见，甚至遭受到激烈的反对，包括公司"元老级"人物的反对。遇到此种情况，姚明除了耐心做对方的思想工作进行说服以外，如果无效，他也不会在原则问题上让步。因此，彼此分道扬镳的事情偶尔也会发生。"道不同，不相为谋"，他恪守这一古训。

决策的执行力是领导能力中重要的一环。姚明专注中蕴含的有点执拗的性格，成就了他。优柔寡断，斩不断，理还乱，向来是兵家大忌，因此错失良机甚至遭受惨败的遗憾和教训实在太多，办企业也同样如此。

专家在分析姚明之所以能够独占鳌头，有一个特别值得注意的方面，那就是电子商务和信息化工程的高层次建设。在以信息化、数字化为标志的现代社会，对这一项目的深刻认识和展现出来的非凡效应，实际上是对领导者现代意识和时代精神的检验。姚明在这一问题上，始终坚持高标准，并要求做到可以和世界进行畅通无阻地进行沟通、对话。为了达到这一目标，姚明不惜花费巨资，三次升级，终于如愿以偿。站在时代潮流前面，充分运用现代科学技术的最新成果，精益求精，用一句通俗的话来说，就是强调领导者的现代意识和现代精神，在领导能力中，同样是不可缺少的。

姚明非凡的决策能力，锐意进取、不拘一格的创新能力，站在世界潮流前面现代性、时代性，构成了他杰出领导能力的重要因素。

获奖不容易，保持荣誉、百尺竿头再进一步更不容易。正如徐迟在《哥德巴赫猜想》一文结尾中所说的："他生下来的时候，并没有玫瑰花，他反而取得了成绩。而现在呢？应有所警惕了呢，当美丽的玫瑰花朵微笑时。"

姚明
传奇

品牌、品牌

如果说，姚明斩获2013年中国企业管理最杰出领导能力奖，是他个人荣誉的峰巅，而以姚明名字命名和姚明公司的"瑞蓓丝""姚明丝生活"等品牌，则是姚明织带在业界的丰碑。

品牌，行业的荣誉。驰名的品牌，是闪耀在消费者心中的明灯。

不得不赞叹姚明织带这一品牌的伟力。如今，世界织带行业，均以姚明公司的品牌产品为标杆，一般以该公司产品的80%标准报价，这就是说，姚明品牌产品，已经在业界取得定价的话语权。这不仅是业界最高的荣誉，而且是拥有霸主地位实力的标志。

显然，姚明品牌已经成为业界最有权威的通行证。

姚明品牌是怎样形成的？

是靠广告效益吗?在信息时代，切不要小看广告的神奇力量。人们还记得名噪一时的孔府家酒吗？该酒不惜投下血本，在受众最多的央视黄金时间做广告，结果走红全国。后来，终于因为代价太大，难以支撑，结果，广告一停，加上其他原因，该酒就悄然退出观众的视野，最后被联想集团收购，在酒业的影响就大不如前了。因为广告的奇效走红的产品不少，因为付不起昂贵的广告费而黯然消失的产品同样屡见不鲜。姚明偶尔也会选择某些适当的媒体做点广告之类，久在商界，他非常清楚，广告虽然有不可忽视的特殊意义和作用，但广告不是万能的。中国老百姓耳熟能详的一句老话"酒香不怕巷子深"，说的就是这个道理。锻造一个可以饮誉中外并真正得到消费者认可的品牌，是长期积累并包含各种因素综合的结果。姚明认为，品牌实际是企业的文化符号。

它是物质的产品。质量，产品的生命。姚明是个实诚的人，面对如今市场上假冒伪劣产品泛滥成灾的严峻现象，姚明特别注意抓产品质量。不仅在生产的全过程严格执行按照国际标准制定质量管理和监督体系，还在每一个细节上真正做到万无一失，时刻根据市场信息和消费者的需求，进行创新，使产品始终如鲜活甘甜的源泉，滋润消费者的渴望和心灵。

现代信息化、数字化的生产，是保证质量的关键。走进姚明企业，人们可以发现，每一款产品和生产过程中的每一个环节、细节，都经过信息化进行处理之后而投入运行。它远远超越以前由人来控制的旧模式，信息数字化在这方面的神奇作用，往往超出人们的想象而产生堪称极致的效应。

高质量产品的生产，背后是强大的经济实力和高新技术相结合的成果。它一扫传统作坊式的生产、小规模的低层次生产的缺陷乃至弊病，以令人耳目一新的崭新形象亮相于舞台。因此，品牌的物质性实际是企业底气、底蕴的形象展示。来不得半点的虚假。有经验的消费者，只要一眼就可以在同类产品中识别质量的优劣。以高质量产品取信消费者，从而确立自己的品牌，是姚明尤为重视的事情。

姚明不怕某些心怀不轨的企业，进行冒牌生产吗？对此，善良的人们偶尔会想到这个问题。因为，一旦某个企业出名，有了市场，接着，假冒该企业的产品就接踵而来。姚明对此当然也有心理准备，他自信地告诉关心他企业的人，姚明的产品，因为科技含量高，生产过程高度现代化和信息化，其他企业无法进行冒牌生产。此外，姚明的市场监督也做得比较到位，至今为止，还没有在市场上出现冒牌姚明产品的情况。

这是一个令人振奋且颇有深意的情况：

2009年，姚明织带经过苦战，终于取得"双反"官司的辉煌胜利，轰动海内外，随即刮起"姚明旋风"，更是风情万种、激荡人心。当姚明织带获得以独享零关税的资格，大阔步地进军美国市场时，国内和世界各地市场也炽热如火，姚明织带的品牌顷刻一炮打响。姚明声名鹊起，消费者赞叹姚明，崇敬姚明，喜欢姚明，姚明织带产品赢得前所未有的信任。因此，姚明织带销量大增，2010年企业的利润比2009年增加40%以上。由此可见，品牌既是物质的，也是精神的。在某种情况下，精神的因素甚至超过物质的因素。

企业形象是品牌十分重要的因素。从消费心理来看，一般的消费者都首选名牌企业的产品，这是千金难买的对厂家的信任。

细细寻思姚明的品牌，人们还可以发现一个更为有趣的现象：姚明本人是姚明织带的领航人，而从品牌的视角看，姚明的形象、气质、作风、追求等精神方面的内容，就是品牌的灵魂和核心。并非盲目推崇个人，更不是过分强调个人的魅力，不得不承认，作为企业的领导者，本身就是该企业的品牌。对此，姚明深谙其中的微妙和传神之处。

高度重视个人的品格、思想、情操等文化、精神方面的修炼，是姚明与一般企业家不同的地方。并非有意为打造企业品牌而故作姿态，而是发自内心的言行。

姚明获得的荣誉中，除了2013年中国企业管理全球论坛杰出领导力奖以外，还有一项奖，也是姚明特别看重的，那就是"厦门打工者最信赖十佳雇主奖"。

能够得此殊荣同样很不容易。

厦门民营企业包括台企近万家，改革开放以来，来自全国成千上万的打工者涌入厦门，他们文化水平、生活习惯、个人性格甚至修养皆不相同。

处理雇主和员工尤其是一线劳动者之间的关系，就成为重要的社会问题。在这方面，厦门市政府有关部门做了不少工作，如打工者的基本培训、就业、权益保护等等，但关键是雇主。为了倡导劳资之间的平等、和谐关系，建立文明的生产秩序，厦门每年都进行最佳雇主评选，以表彰那些优秀的雇主。这项评选由一线员工投票进行，完全尊重一线劳动者的意愿。姚明毫无高高在上的老板派头，他不图个人的享受，而希望给更多的人带来幸福。正因为如此，他长年累月都和普通员工一起在大食堂用餐。在劳动方面，姚明织带的条件在厦门也是最好的。雇主要真正得到员工的尊重和支持，不光靠漂亮的言辞，更要依靠实际的行动。接受过高等教育，深知个人品格、道德、思想等修养的意义和重要性，姚明对自己的严格要求和发自内心的对员工的关爱，赢得了员工的信任、首肯和赞扬，因而获得这一殊荣。

当然，品牌还有社会的因素，这就是消费者的欣赏习惯和追求，在这一问题上，姚明超出一般的企业家。生产丝带的同时，姚明通过各种形式提倡优雅、抒情、和谐的"丝生活"。什么是丝生活，从姚明的言行中，人们可以发现，"丝生活"的真谛实际上就是营造具有审美意识和境界的丝文化，用一根小小的丝带，牵起浓浓的爱心，牵起勇于迎难而上、敢于担当、执着、诚信、和谐的企业精神，牵起丝带和社会的广泛联系。于是，丝带犹如雨后的彩虹，分外绚丽。品牌的效应油然而生。创造品牌，要紧紧抓住生产物美价廉的产品这一核心，让消费者真正认识该产品，但又不能仅仅局限于产品的本身，而是跳出产品的狭窄天地，以产品为桥梁，系起消费者的情感、心灵乃至他的生活、追求、情趣、境界。耐心而细致地锻造产品的文化内涵、品位以及社会的认可度，使之成为社会文化的组成部分，是姚明品牌之所以能够饮誉中外尤为值得注意的地方。

姚明
传奇

走进哥伦比亚大学、哈佛大学

　　林毅夫，原名林正义（到大陆后改名），一个洋溢着传奇异彩的人物。

　　当年，他是台湾当局驻守金门马山广播站上尉连长。1979年的一个夜晚，乘着夜黑浪高，只身游过海峡，到了大陆。如今，林毅夫已经是北京大学国家发展研究院（原北京大学中国经济研究中心）联合创始人、名誉院长、教授、博士生导师。中华人民共和国第七、八、九、十届政协全国委员会委员、第十一届全国人大代表；现任全国政协常委、政协经济委员会副主任、中华全国工商业联合会副主席，林毅夫于2005年获选第三世界科学院院士，2008年2月，林毅夫还被任命为世界银行首席经济学家兼负责发展经济学的高级副行长。2012年6月，世界银行副总裁的任期已届满，回到北京大学国家发展研究院继续任教。

　　2014年，林毅夫入围2014年度华人经济领袖。

　　林毅夫在姚明为第一作者的《2014年海外中国企业声誉报告》一书的序言中这样写道：

　　　　中国企业国际化道路的创新导向在新的历史时期需要对"走出去"的策略提出新的理论方向，赋予新的理论内涵，引导中国企业的国际化发展尽早迈向创新导向阶段。"走出去"其实是更多代表了硬实力，当企业有了资本、技术和资源，为了进一步发展就需要同时利用国内、国外两个资源，布局国内、国外两个市场。但创新导向阶段更加需要的是软实力的体现，比如一家外企如何能够创新国际视野的思维，融入当地的政策、法规、社会、文化，从而得到所在国企业和人民的认可呢？如果再上一个台阶，提出更高要求，海外中国企业如何得到当地政府与人民尊重呢？

　　"走出去、走进去、走上去"是中国打造国际化企业和全球品牌的新三步走的战略，既有宏观层面的意义，也有微观层面的意义。从宏观层面来讲，它指导中国企业整体国际化发展方向与步骤。"走出去"指硬实力，是资金、技术、资源的实力体现；"走进去"是指软实力，是跨文化沟通与管理的成功体现；"走上去"是指硬实力和软实力的完美结合，是得到所在国政府、社会、企业和人民尊重的体现，是要享誉全球，是国际化企业追求的至高境界。

　　林毅夫高屋建瓴、一针见血地对中国企业走国际化道路的方向和策略提出的主张，得到业界、学界的高度重视和积极响应。2015年12月4日，由美国大纽约地区清华校友会、天津大学（北洋大学）校友会、北美浙江大学校友会纽约分会主办，美中国际商会、中国高校北美校友会协办的《2014年海外中国企业声誉报告》一书发布会在纽约哥伦比亚大学举行。零点研究咨询集团高级副总裁，零点国际发展研究院院长冯晞博士，英国曼彻斯特大学商学院中国区总裁、中国中心主任傅潇宵女士，中国民营企业代表姚明等应邀参加。发布会上就中国企业在海外的情况、对策等关键性的问题进行了深入的探讨。

　　姚明第一次走进哥伦比亚大学，也是第一次参加在美国举行的如此高层次的会议。

　　哥伦比亚大学位于纽约市中心，于1754年成立，属美国常春藤八大盟校之一。它坐落于曼哈顿的晨边高地，濒临哈德逊河，在中央公园北面。它于1754年根据英国国工乔治二世颁布的《国王宪章》而成立，命名为国王学院 (Kings College)，是美洲大陆最古老的学院之一。美国独立战争后更名为哥伦比亚学院，1896年成为哥伦比亚大学。哥伦比亚大学是最早接收中国留学生的美国大学之一。哥伦比亚大学的历届毕业生和教职员中累计共有97名诺贝尔奖得者，于世界各大学中排名第一。现有学生18000多人。

该大学所在的纽约市是国际经济、金融、艺术、传媒之都，联合国总部与各类国际性组织总部所在地，也是全球最具特色的移民城市之一，约有180个国家与地区的移民在此生活，这一丰富多元的人文社会资源极大地方便了学院的科研活动与学生实习。一方面，因地缘优势，学院承担了大量由联合国与各国际组织所委托进行的科研项目，同时本院学生可极为便利地获得去上述机构实习的机会。另一方面，移民城市的种族与民族多样性、流动性及阶层多元化，为学院教员与学生的各类教育研究提供了世界上最大最多元的教育研究与实验土壤，为各类研究提供了便利。此外，纽约市还为学生提供了大量非正式教育机会，学生可以广泛利用各类戏剧院、博物馆、音乐会、讲座或大型会议等进行学习。

　　这是一次不寻常的发布会，与会者除了美国的学者、学生，还有数百位在该大学留学的中国留学生。他们对中国企业家走进美国，走进国际社会，表现出强烈的关切和浓厚的兴趣。在发布会上，集中探讨了中国企业打造国际化企业和全球品牌的"走出去，走进去，走上去"新三步走的战略。

　　一扇具有全新国际视野的窗户向姚明打开。

　　会议的主要论题是人们十分关注的中国企业在海外的状况、中国企业商机、中美企业创业情况比较。这些年来，随着全球化步伐的加速，越来越多的中国企业走向国外，甚至在美国上市，如阿里巴巴、复兴国际等等，在资本、技术、经营等硬实力方面占据一定的优势，但跨越国界的文化方面却显得不足，缺乏应有的透明度和公关能力，显得水土不服，一时难以融入本土文化，也就是说，走不进当地百姓的心中，更没有做到硬实力和软实力的完美结合，"走上去"，取得当地政府、团体、社会的理解、支持。与会的专家、学者就这些中国企业国际化进程中的重大问题，发表了很好的意见。

　　姚明在会上发言，他不仅是像在国内一样讲述传奇式的"姚明故事"，更着重讲述成功的民营企业家在国际化道路上的深沉思考。从一个从福建莆田走出的小小的织带企业，成为在同行中赢得世界第一殊荣的企业，实际上一直在走国际化道路。他原来做得最多的是经营、经销，把市场做大、做强，在资本、技术等硬实力方面下功夫，而建设跨越国界的文化融合，的确还无暇顾及。通过和美国商务部打"双反"官司和在印度办厂，在全世界各地开拓市场，他深刻地感受到，"走出去"，走到陌生的国外或境外，虽然不容易，但要"走进去"，和当地文化融为一体，解决中国企业"水土不服"的问题，更加不容易。第三步"走上去"，得到当地政府、团体的理解、支持，这是更为重大的课题。姚明织带率先走出去，成为国内成千上万家同类企业的开拓者，面临的新的任务，是将第二步、第三步走得更好。

如何实行"三步走"？这次会议上，与会者还探讨到一个很有意思的问题，这就是中国企业在国外，应当用"心"经营。一个洋溢着浓郁中国文化和人情味的"心"字，道出在未来国际化道路上值得重视的关键问题。用"心"经营，也就是建立畅通无阻的和当地文化沟通的桥梁，和当地的百姓包括政府融为一体，使中国企业赢得本地珍贵的人文资源，真正扎根在异域的深厚大地上，那才是成熟的具有强大活力的国际化企业。

会议热议的议题，引起与会听众的强烈反响。自2008年金融危机爆发以后，美国的经济一直处于不景气状态，虽然，美国总统奥巴马在2013年6月7日在美国西点军校的讲话中，面对6000多名即将毕业走上军队岗位和

姚明传奇

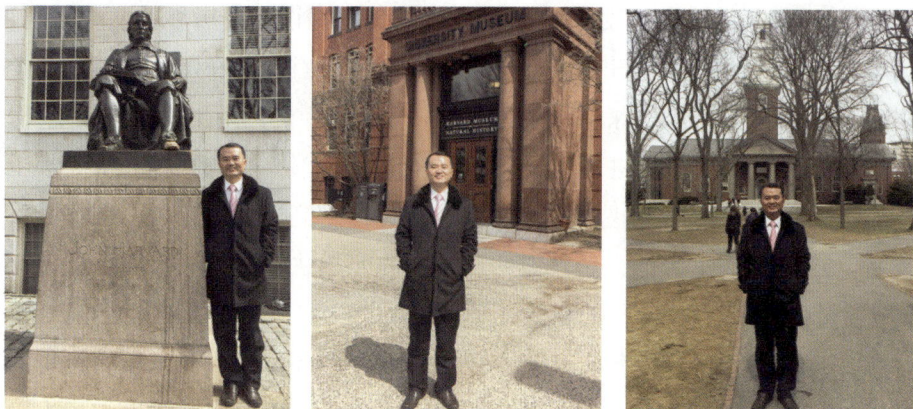

各有关军事媒体时说道："我们的底线是什么？我们的底线就是要领导世界100年，我们不领导谁来领导？"一副舍我其谁的霸主派头。但实际上，不少明智的美国人发现，如今这个有点无序的世界，要领导已经不像说大话那么容易了。

以中国加入WTO（世界贸易组织）前后的情况为例。2001年在卡塔尔首都多哈敲响了中国进入WTO的锤子，如果以2000年作为分界点，2000年以前的20年，中国出口的贸易年均增长率是8.3%，加入WTO之后的2001—2011年，中国出口贸易额的年均增长率猛增到22.8%。尤其是纺织品，在未加入WTO之前，纺织品有配额，不仅有主动配额，还有被动配额。其中规定，销往美国的衬衫，不能超过3万件。加入WTO之后，这些枷锁自动取消，中国的纺织品几乎是以排山倒海之势井喷而出，销往美国的裤子100多亿条，衬衫100多亿件，还有鞋子、手表、手机等，当然，其中也有姚明的丝带产品。姚明公司的出口产品60%以上销往美国市场，在赢得"双反"官司之后，在美国更是引起强烈的震撼，牢牢地占领了美国织带市场。

全球400多种主要生产产品和出口产品，中国占222种；全球1700多种主要出口产品，中国占1200多种。中国成为名副其实的世界工厂。正在迅速崛起的中国，在经济上的巨大影响，当然让美国决策者深深地感到不安，因此出现挥舞大棒，搞"反倾销、反补贴"调查来遏制中国，就很自然的了。

世界真的大变了！美国人要维护的霸权地位，受到严峻的挑战。正因为如此，美国人启动回归亚洲、重返亚洲的战略计划。因为，当前敢于和美国竞争甚至叫板的国家，都可以说是亚洲国家，美国不是亚洲国家。在这样错综复杂的国际环境中，中国企业实行"三步走"，就显得更为重要和迫切了。

站在哥伦比亚大学的讲台上，姚明自然产生"欲穷千里目，更上一层楼"的感觉。姚明织带虽然在同行中取得世界第一，但对待面临的挑战和应当承担的责任，依然不敢懈怠。

美国的媒体，尤其是美国华人报纸，纷纷报道这次发布会的新闻，他们以"走出去，走进去，走上去"——中国企业在国际化道路上的三步走策略为中心，向美国读者透露中国企业走出国门的最新动态和信息。发布会很成功，它已经不是普通的一本专著的发布会，而且在一定程度上，成为中国企业走向国际化之路的宣言。4月的美国纽约，正是春光明媚的时节，百花盛开，从哥伦比亚大学传出的阵阵中国春风，温馨和谐，激荡人心。

第二天，姚明又应邀走进哈佛大学演讲。主题依然如在哥伦比亚大学的一样，探讨中国企业在国际化道路上的"三步走"问题。

哈佛大学坐落于美国马萨诸塞州剑桥市，是一所享誉世界的私立研究型大学，是著名常春藤盟校成员。这里走出了八位美利坚合众国总统，上百位诺贝尔奖获得者曾在此工作、学习，其在文学、医学、法学、商学等多个领域拥有崇高的学术地位及广泛的影响力，被公认为是当今世界最顶尖的高等教育机构之一。

哈佛同时也是美国本土历史上最悠久的高等学府，其诞生于1636年，最早由马萨诸塞州殖民地立法机关创建，初名新市民学院，是为了纪念在成立初期给予学院慷慨支持的约翰·哈佛牧师。学校于1639年3月更名为哈佛学院。1780年，哈佛学院正式改称哈佛大学。截至2014年，学校有本科生6700余人，硕士及博士研究生14500余人。

要想走进哈佛大学并不容易，曾经以"有钱就是任性"闻名的亚洲首富马云，在一次演讲中自曝说，他十次想进哈佛大学念书深造，都被拒绝了。因此，姚明第一次走进这座世界最为顶尖的大学，感到特别兴奋。

哈佛大学真美！鲜花绿树掩映的校园里，处处是古老却极为雅致的英式建筑，每一幢建筑都是一座动人的艺术雕塑，都遗落了无数的传奇故事。所有走进这里的人，几乎都要在为该所大学的创建立下不朽功绩的哈佛牧师的坐像前悄然停留，向这位并没有远去的老人致以崇高的敬意。

姚明在哈佛大学演讲，虽然他并不认识台下数百位听众，但从他们热烈的掌声中，他感受到沟通的伟大力量。中国企业要走出去，而已经走出去的姚明织带更需要走进国外人的心中。小小的丝带系着广袤的世界，他的心中，激情如涌。他蓦然发现，历经拼搏得来的荣誉固然值得百倍珍惜，但中国企业家肩负的走向世界的重任，更值得身体力行。站在哈佛大学这片诞生无数世界级传奇的热土上，你才能真正感受到实现中华民族伟大复兴的中国梦的瑰丽前景和泰山般厚重的内涵。

敢问路在何方

中国有句老话"听君一席话，胜读十年书"，哥伦比亚大学、哈佛大学之行，聆听到众多专家、学者的精辟讲话，姚明收获太大了。他深刻地感受到文化和思想的力量。从美国回来不久，他积极和北京零点研究咨询集团联系，筹办"一带一路"倡议高峰论坛。2015年5月31日下午，由厦门大学厦门校友会和北京零点研究咨询集团主办，厦门大学管理学院EMBA中心、厦门大学管理学院EDP中心和厦门总商会联合协办的"一带一路"倡议高峰论坛在厦门大学科学艺术中心隆重开幕。

姚明以论坛主办方、厦门大学厦门校友会会长、姚明织带有限公司董事长的身份在论坛开幕式上致辞，他说：

> "一带一路"倡议是习近平总书记2013年提出，并受到国内外广泛认同。在世界经济动荡不安不景气的今天。"一带一路"强调的是沿途各国共同打造互利共赢的利益共同体，福建在这一倡议中被定义为21世纪海上丝绸之路的核心区域，体现了国家对于两岸经济发展的重视和支持，也体现了我们在"一带一路"中的重要意义。此次论坛在母校举办，就是希望通过这种思想盛宴的方式帮助校友企业、中国企业做大做强，走向国际，成为"一带一路"的排头兵，帮助中国企业实现中华民族伟大复兴的中国梦。

言简意赅，姚明的致辞赢得与会的800多人的热烈掌声。

中国的陆上和海上"丝绸之路"曾经有过炫目的辉煌，后来，因为种种原因，被湮没在岁月的风尘里。为什么要把重启"丝绸之路"，提出"一

姚明
传奇

带一路"倡议，中国国际经济交流协会秘书长，原国家外经贸部副部长魏建国做了主题为"中美新型大国关系及'一带一路'倡议"的发言。

这真是堪称让姚明和与会者有醍醐灌顶之感的精彩讲话哟！姚明第一个把工厂办到印度的时候，当时主要考虑印度有廉价的劳动力资源，作为一位精明的企业家，经济利益的思考是完全必要而且是可以理解的。说实话，当时的姚明并未从建立"一带一路"的方面进行太多深入的分析。姚明的人生经历就是如此富有传奇性，他往往率先跨出的第一步，正是切合时代发展的主旋律。他不是政治家，也不能算是思想家，他是一个富有强烈创新精神的实业家、实干家、活动家，或许，我们的时代是创新时代，正是他思想和精神领域中，强烈的创新意识和元素，才成为站在时代潮流前面引领同行的弄潮儿。

在印度办厂和大力开拓并引领美国织带市场，显然是姚明织带走国际化道路的两个极为重要的棋子。有了这两个棋子，无论在东方和西方，姚明织带就占据最为重要的战略位置，成为成就世界第一织带企业的强有力的支柱。

魏建国的主题发言，让姚明深刻地认识到，习近平主席提出的"一带一路"的倡议，是在复杂多变的国际背景尤其是如何在新常态的时代背景之下和怎样建立中美新型大国关系的情况下提出的。

世界变了，昔日的两极世界已经成为各种经济、政治力量激烈角逐的多极世界，在这个有点无序的热闹非凡地球村里，你方唱罢我登台，已经成为司空见惯的现象。但美国人要维护、维持世界霸主地位的"霸主思维"并未变。美国人之所以如此急切地提出重返亚洲，不断地在中国南海搅局，只要稍有一点政治眼光的人，都会发现，美国人的真正用意旨在遏制甚至孤立正在迅速崛起的中国。

怎么处理和美国这位山姆大叔的关系呢？2014年6月，习近平主席在访问美国的时候提出，要建立中美新型的大国关系。新在何处？核心在哪里？具有政治智慧的习近平主席讲了三点：一是不对抗，不冲突，二是不损失各自的核心利益和严重关切，三是走一条和平共赢合作共赢的道路。对此，美国总统奥巴马当然无法公开表示异议，但他代表的美国要继续充当世界霸主地位的目标是不可动摇的。

世界这块甜美的大蛋糕，美国已经很难一家独霸了。和平时期的大国竞争和角逐，除了政治和军事以外，最为主要的表现形式是经济。努力建立各国之间经济利益的共同体，就成为最为时髦的方式。

在这方面，美国加入了TPP，即跨太平洋伙伴关系协定，也被称作"经济北约"，是目前重要的国际多边经济谈判组织，前身是跨太平洋战略经济伙伴关系协定。它是由亚太经济合作会议成员国中的新西兰、新加坡、智利和文莱四国发起，从2002年开始酝酿的一组多边关系的自由贸易协定，原名亚太自由贸易区，旨在促进亚太地区的贸易自由化。

TPP成员国之间会带来产品、服务价格下降，物流速度增加，各国可以取长补短，消费者是最直接的受益者之一。但是贸易开放一直都是一把双刃剑，有领域受益，就有领域"受伤"。成员国的国家利益或某些产业的利益可能会因此受到他国的冲击，这一问题在关税方面尤其突出。

TPP谈判始于2010年3月，谈判由两大类内容构成：一是知识产权保护

姚明传奇

规则等12个谈判参与国一起决定的领域；二是如某类商品进口关税减免等双边磋商领域。

2015年10月5日，泛太平洋战略经济伙伴关系协定（TPP）终于取得实质性突破，美国、日本和其他10个泛太平洋国家就TPP达成一致。12个参与国加起来所占全球经济的比重达到40%。TPP将对近18000种类别的商品降低或减免关税。这一协定被称为"21世纪贸易协定"。

中国未参加TPP。这一协定当然对中国形成并产生冲击。

此外，就是各国致力于做FTA，即自由贸易协定。它是两国或多国间具有法律约束力的契约，目的在于促进经济一体化，目标之一是消除贸易壁垒，允许产品与服务在国家间自由流动。这里所指的贸易壁垒可能是关税也可能是繁杂的规则等等。美国不少，韩国最多。中国只有17个，远远不够。我国各地蓬勃兴起的自由贸易区就是与之配套的。

　　怎样把中国的FTA做大做强，于是，以习近平总书记为核心的党中央在审视全球化局势之后，适时提出"一带一路"倡议。这是宏伟而且振奋人心的合作愿景，用"一带一路"这一条线，把东盟的23个国家，非盟54个国家，欧盟23个国家串起来，沿线53个国家，从连云港出发，丝绸之路的12个国家加上相关的53个国家，总共有65个国家，沿途沿海的港口和城市还有93个。"一带一路"的交汇点是荷兰。习近平担任国家主席和总书记以后，首访欧洲国家的第一站就是荷兰的阿姆斯特丹港口，此处正是"一带一路"的交汇点。

　　《西游记》电视剧风靡世界，阎肃同志创作的主题歌《敢问路在何方》，经著名歌唱家蒋大为演唱，更是深得人们的喜爱，其中有句歌词："敢问路在何方？路在脚下。"中国未来的道路在哪里？同样在脚下。在这次论坛上，魏建国精辟地指出，如果说，第一次改革开放，邓小平提出建立经济特区的战略，果断地打开中国的大门。第二次改革开放是中国加入WTO，彻底改变中国，融入世界经济大格局。第三次改革开放就是"一带一路"未来30年的发展。前两次改革开放是大量国外或境外的资本潮水般涌入中国，而以"一带一路"为标志的第三次改革开放，其核心是中国的资本往外走，带动产业走出国门，走向世界。

　　外面的世界真是很精彩哟！外面的市场更是具有强烈的诱惑力。仅就基础设施而言，未来的5～10年内，仅是亚洲市场的需求就高达8万亿之多。"一带一路"，中国带路，让全球都可以享受到中国繁荣发展带来的丰硕成果，这是何等振奋人心、鼓舞人心、造福中国更是造福全世界的合作。

　　聚精会神聆听专家学者们演讲的姚明，心里洋溢着明媚的阳光。苏轼曾经高唱"坐看阳谷浮金晕，遥想钱塘涌雪山"，的壮阔瑰丽之景，令人奋进！

　　"一带一路"倡议，企业是主体。姚明在织带同行中，无疑成为率先走出国门的排头兵。这是他的光荣，也是姚明织带全体员工的光荣。他明白，"走出去"仅仅是第一步，真正"走进去""走上去"，还有更为漫长艰巨的征途。真正了解中国"一带一路"倡议深远意义的国家还为数不多，

姚明传奇

"一带一路"共建国家和地区，只有三分之一左右取支持态度，观望者居多，反对者也不乏其人。

关键是要让"一带一路"沿线所在国的人民理解、热爱、支持中国。这是摆在拥有资金、技术的中国企业面前不可推卸的重任。它意味着，走出去的企业家，需要在文化上做大量的工作，才能在"一带一路"倡议实施过程中排除种种困难。

有作为的中国企业家，在大踏步走出去的未来道路上，不仅是善于经营的行家，还应当是文化的使者，是增进中国人民和世界各国人民友谊的使者。姚明感到肩上的责任更重了。

姚明看了看窗外，5月初的厦门，正是凤凰花盛开时节，如火如荼，如燃烧的朝霞，如动听的歌唱，真美！

阵阵涛声从不远的海面上传来。正值大潮，天高海阔。山外有山，天外有天。姚明突然想起这句颇有警示深意的话语，已经到来的新一轮创业的热潮，鼓舞着他，更激励着他。他是从母校起步的，他和厦大有缘，未来的征途，还是从这里扬鞭催马启程吧！

姚明是善于抓住机遇的。机遇如春风，催动万物竞秀；机遇是阳光，照亮天内天外。

2017年金秋，"金砖会晤"在厦门隆重召开，习近平主席提出的"一带一路"倡议已经结出丰硕的成果，"金砖会晤"必将带来更为喜人的收获。姚明是"一带一路"倡议的先行者，早在2013年就率先在印度办厂，2014年8月正式开工生产。2017年4月，姚明审时度势，决定增加投资2亿元，大规模扩大在印度的投资，并提高在印度办厂的层次和水平。

目前姚明织带在印度保税区内的工厂只是专门的加工厂，其生产出的织带并不在印度国内销售，而是运到国内或者印度之外的其他国家销售。这两年，姚明看到印度巨大的市场需求。他满怀信心地告诉人们："现在印度政府很重视制造业，还提出'印度制造'这一概念。未来5到10年，印度市场会有积极的增长。"去年，姚明就考虑开拓印度市场，将产品在当地加工后直接销售。

　　厦门召开的"金砖会晤"让姚明敏锐地看到商机，他决定在印度增资扩厂。"新建工厂的规模将是原来保税区内的10倍以上，我们计划把厦门姚明织带的成功经验复制到印度，在印度再打造一个'行业第一'。"姚明告诉媒体，姚明织带将引领厦门及福建地区企业到印度设立福建工业园区，既可降低生产成本，打造更有竞争力的生产基地，又可通过实地设厂打入印度市场，为未来这个潜力巨大的市场提前布局。

　　金融，企业强有力的支柱。和银行实行战略合作，双方共赢，是姚明的尤为睿智之处。姚明集团是厦门唯一一家和三家银行（建行、招行、兴行）联合发行企业联名银行卡的公司。

　　敢问路在何方？在脚下，在胸怀全球的广阔视野和深邃目光里。

姚明
传奇

尾声

　　姚明的办公室里，有一束用丝带精心编织的玫瑰花，华贵富丽，栩栩如生，几乎所有走进他办公室的细心人，无不赞叹其超凡脱俗的艺术魅力。这束花可不寻常，它是姚明与法国设计师Ellin合作的成果，他们根据法国宫廷传统编织工艺手法，进行多次改良后创作出来的。独占风流的玫瑰花，颇有国色天香的风韵。姚明把这种花视为珍品，作为至上礼品，送给最要好的朋友以及合作伙伴。花的卡片上有这一花束的名字——LE TEMPS（时光，表达长久的意味）。

　　2014年，在伙伴的多次建议下，姚明决定让更多的人共同分享这一凝聚真挚情感和艺术精灵的作品，作品仍然叫LE TEMPS，在对的时间，送给对的人。此花犹如春风第一枝，成为点亮"姚明丝生活"的传神之作。

　　什么是"姚明丝生活"？它不仅是姚明于2014年创立并在国内成功注册的最新品牌，而且是姚明织带实践创新驱动宏伟战略的重大举措。它改变了丝带仅是辅料的历史，使由产品到供应商的模式转变为产品直接面对消费者的模式，这是有强烈的首创色彩并具有全新开拓意义的时代性转变。

　　"姚明丝生活"最迷人之处，就在于它已经不满足为社会提供冷冰冰的丝带产品，而以时尚情感为主线，致力于创造生活中最重要的幸福元素，通过设计师充满情感和创作才华的劳动，赋予每个产品以鲜活的生命力和丰富的情感色彩。柔美典雅的丝带，幻化出经典时尚并荡漾着不凡的情怀以及精致生活韵味的产品。它是足以扣动人们心弦的神奇音符，它是点燃春天万紫千红的鲜花，它更是激励人们追求幸福指数、美化时代、提高人们审美层次和境界的乐章。它是物质的，更是具有鲜明时尚性、情感性、艺术性、创造性的精神产品。

幸福、时尚是"姚明丝生活"的显著特征，这是一份美丽而有品位的幸福事业。小小的丝带，牵起美好的人生，成为一道别具异彩的靓丽风景。

走进异彩缤纷的"姚明丝生活"，可以发现，产品拥有经典玫瑰系列、浪漫婚嫁系列、时尚胸章系列、商务领结系列四大系列高端时尚精品，色系丰富，款式多样。飘溢着浓郁现代时尚风味的产品，刚进入市场，就赢得消费者的青睐，获得国际市场的广泛认可。

新的传奇如春回大地，无边锦绣扑面而来。

2016年6月22日的一个激情之夜，厦门帝元维多利亚酒店，高朋满座，宾客云集。姚明集团隆重成立，总部位于中国厦门。古诗云"欲穷千里目，更上一层楼"，当世界进入全球化的时代，单一行业的经营已经无法适应迅速变化的局面，只有以高屋建瓴、势如破竹的气魄和胆略，才能勇立潮头。据此，姚明秉承和高扬"专注到极致 坚持到第一"的企业精神，率领全体员工向成为国际化、多元化的现代企业集团高歌迈进。

对姚明织带来说，这是具有划时代意义的重大战略转折和进军。

2016年9月8日，姚明应邀参加第十九届中国国际投资贸易洽谈会。下午2时许，姚明出席厦门集美区的企业项目投资签约仪式，在媒体闪烁的聚光灯和现场热烈的掌声中，姚明庄重宣布：姚明织带决定在集美区增加投资1.5亿元人民币，建造"姚明织带工业园"，打造姚明织带的又一个辉煌。

它标志着，姚明不仅要在织带王国中继续独占鳌头，展现煌煌的王者之气，而且要以此为基点，大刀阔斧地开辟新的天地和世界。我们的时代是个以创新为旗帜的时代，创新才有未来，创新才有明天。创新是什么？震撼！姚明此举，的确令同行、媒体、社会各界为之震撼！

扬鞭催马，驾长风，属马的姚明，不负厚望，在创新的大道上，纵横驰骋！

如今姚明集团旗下产业覆盖织带制造、终端零售、大数据技术、科技创业、时尚传媒、主题乐园、科技医疗、休闲养生、环保技术、母婴健康等版块，拥有厦门姚明织带饰品有限公司、莆田瑞蓓丝织带饰品有限公司、姚明丝生活创意设计（厦门）有限公司、海西商界传媒有限公司（海西商界）、厦门汇誉通数据科技有限公司、厦门明心堂医疗科技有限公司、厦门明馨天使母婴护理服务有限公司、厦门姚明环保塑胶有限公司、姚明乐园管理有限公司、厦门姚明进出口有限公司等近十家国内公司，还拥有美国瑞蓓丝织带饰品有限公司、印度瑞蓓丝织带饰品有限公司等2家海外子公司。

这是一个全新的威武方阵，他以成为受人尊敬的企业为目标，坚持品质经营理念，以诚信为核心竞争力，以用户为中心，实现各相关方的共赢增值，秉持一贯的社会责任意识，在制造、创意、文化、服务等方面，坚持人的价值第一，实现共创共赢的企业文化生态圈。姚明新传奇，瑰丽、雄奇，而且洋溢着浪漫的神话色彩！

我们的时代急切地呼唤大手笔，姚明最为看重也最感兴趣的"姚明奇幻乐园"就是大手笔，是姚明谱写的新传奇中最为灿烂、也最为激越人心的篇章。

厦门系中国十大花园城市之一，其独特的海光山色和异彩纷呈厚重的文化积淀，使之成为国内外著名的风景旅游城市，据统计，以厦门为中心的厦漳泉福地区，每年吸纳来自世界各地的游客高达6 000多万。2015年，四个地区的游客总人数居然达到1.8亿人次之多，旅游总收入达219.23亿元。这数据每年都在增加，让人遗憾的是，厦门的旅游长期以来尚处在游览自然和历史景观的传统阶段而缺乏现代高新科技的重大项目。独具慧眼的姚明，发现了其中潜在的巨大商机和发展前景，下定决心，决定弥补这一缺陷，首期投资20亿元人民币，创立占地达10万平方米的姚明奇幻乐园。

姚明奇幻乐园是具有国际影响力的室内多主题乐园。在同类型同模式的竞争对手不明显且市场迎合度高、需求呈上升趋势的状态下，通过拓展衍生品、文化类产品、网络衍生品，实物消费品的模式，围绕厦门国际化"花园城市"的品位提升，规划集自有知识产权、先进创意内容、最新技术应用开发和设备引进极致体验为一体的泛娱乐产业的综合体。其目标是使之发展闽南地区具有代表性、唯一性旅游消费地产圈，成为具有产业链性质的大型综合企业，最终升级为具有国际水平的梦幻科技体验场所，成为福建省内乃至中国大陆地区标杆性的旅游综合体。

这无愧是洋溢着现代奇幻异彩的创造！

这是一个全新的产业，不仅项目新，而且思路新。姚明奇幻乐园坚持旅游与娱乐新经济化战略，文化升级战略，IP技术和设备国际化战略，主题乐园商圈综合化战略，管理机制与合作机制创新的五大战略。它的创立，必将填补厦门市国际级娱乐体验的空白，有力地推动厦门以及周边城市旅游人数的增长，增加厦门市社会就业和本地消费投资，为全面提升厦门市民和游客享受"花园城市"的快乐与幸福指数作出应有的奉献。

此事已经不局限于纸上谈兵。2016年11月15日至18日，姚明奇幻乐园董事长姚明和副总经理林颖，赴美国奥兰多参加了2016年IAAPA展会，18日至19日至奥兰多迪士尼乐园及环球影城进行了考察。通过这次参加展会活动和考察，姚明不仅对参展硬件设备供应商及相应硬件设备进行了详细的了解，而且与同行业的国际公司进行了深入的沟通和交流，在展会上还与多家国际知名公司达成合作意向，其中不乏为迪士尼提供影片制作，为IMG提供景点设计的规划设计类企业alcons。

厦门市有关部门高度重视姚明奇幻乐园这一工程。2016年12月8日，厦门市思明区招商局洪新局长一行亲自到姚明奇幻乐园公司总部进行项目考察及工作指导。进入2017年以来，该项目更是紧锣密鼓，进行各项工作的筹备和实施过程中。姚明奇幻乐园将成为厦门一张靓丽的城市名片，为厦门增添异彩，也将成为姚明传奇中新的丰碑。

事业如日中天的姚明并不止步，他正在书写人生更为辉煌的记录。

直接融入消费者情感和生活的"姚明丝生活"，将如万紫千红的烂漫春花，装点人们梦想的世界。

事业如日中天的姚明没有止步，他也不会止步。时代呼唤传奇，呼唤能够用大手笔开拓一个更加美好的世界。

姚明的出现不是偶然的。一个姚明走过来，千千万万个姚明式的人物，将聚集在新常态新时期昂扬奋进的大旗下，书写更为壮美的篇章。

后记

曾写过多部长篇人物传记，却是第一次写企业家。

老话"商场如战场"，在改革开放大潮中涌现出来的无数企业家，他们是最能体现时代脉搏和时代精神的特殊群体，他们的性格、经历、命运往往最具有故事性甚至传奇性，民营企业家，更是如此。

经济的腾飞和绝大多数老百姓脱贫并逐步过上小康生活，是中国30多年改革开放有目共睹的重大成果。创造这一丰硕成果的社会群体中，成千上万的企业家是不可忽视的队伍。他们用自己艰辛的劳动和强烈的创造精神，成为催动中国经济突飞猛进最为活跃的元素。他们无愧是改革开放大潮中的弄潮儿，他们在奔腾咆哮的激流中奋勇前进的勃勃英姿，是现代中国最为靓丽的风景。他们中有人幸运地成为"大款"乃至"巨富"，但毕竟仅是少数，人们同样也看到，中途落水甚至被无情淹没的人却并非少数，而是多数。

企业家这一群体可谓是最有故事甚至谱写传奇的群体，他们经历的悲欢离合和命运的跌宕起伏，是时代精神的缩影和写照。遗憾的是，中国的文学家很少注意到他们，更少发现、体验、表现他们。在这个"娱乐至死"的时代，他们宁可将自己的才华消耗在炮制远离人们生活且没有任何风险的历史剧、风情剧、武侠剧乃至现代的荒诞剧中。现实生活是文学之根，文学离开老百姓，老百姓当然也自然视之为草芥。今日，中国文学走入低谷，原因很多，不少作家对现实生活的漠视，是不可推卸的原因之一。

此次应邀写姚明，对我是个发现、体验、表现时代新的人物的好机会。写长篇人物传记，最为重要的是人物定位。我还清楚地记得，当年我写长篇人物传记《陈景润》，整整跑了三个月，将徐迟老先生对陈景润的定位"数学上的巨人，其他方面都是傻子"改为"数学上的巨人，其他方面都是孩子"。改动一个字，整整跑了三个月。为了深刻了解姚明这个富有传奇性的企业家，我在该厂住了半个多月，走访了企业的各个部门，包括杏林分厂等。在姚明两兄弟的陪同下，访问了他的莆田老家以及姚明的莆田老厂，聆听了他的家人、乡亲、老师、朋友的详尽介绍。我确定姚明的人物定位是：他是一个儒商，一个洋溢着强烈进取和创新时代精神的儒商。在他身上，中华民族的深厚传统和现代文化精神得到完美的结合。他的成功，除了个人的因素，更为重要的是时代的因素，他无愧是时代的弄潮儿。他走过的道路，是我们这个昂然奋进时代的缩影。

感谢吴玉梅教授的引荐，使我结识了姚明并成为好朋友。感谢姚明织带的广大员工，其中有公司高管，中层、基层的管理干部，以及一线的操作工，感谢他们对我的信赖和支持。感谢姚明的老弟姚忠以及非常善良朴实的姚明的父母。感谢姚明家乡的乡亲们。最后，也应当感谢姚明对我的高度信任，他不仅毫无保留地坦诚讲述了自己的经历，而且为我的采访提供了最好的条件和方便。

写一部长篇作品很像跑马拉松，需要体力，更需要毅力和坚韧不拔的精神。创作辛苦，但创作也是快乐的，它让我一次次走进人物的世界包括他们的情感、心灵家园，感受到生命的无比丰富和精彩。每写一部长篇人物传记，都是一次探险，一次长途跋涉。甘苦寸心知，当最后完成的时候，同样能够如辛勤耕耘的农民一样，有幸领略到金秋的绚丽和厚重。

　　谢谢厦门大学出版社，谢谢老朋友王依民策划此书，感谢责任编辑王鹭鹏的艰辛劳作和参与此书出版工作的设计、美编等工作人员，是大家同心协力，本书才得以问世。

　　本书采用了厦门大学翁君奕教授等对姚明以及姚明织带进行精心研究的诸多成果，采用众多媒体以及该企业办的《姚明织家》的报道内容，在此，向他们致以深深的谢意和敬意。

　　感谢我敬重的朱崇实校长百忙中为本书作序，他中肯的评述和热情的鼓励，为本书增色添彩。

　　每一部作品问世，作为作者，在感到欣慰、轻松的同时，更期待同行、专家、朋友的赐教。

作者

2016年5月28日

再印后记

　　此书自去年5月出版以来，得到专家的首肯和读者的欢迎，一年过去，姚明锐气倍增，乘胜前进，率领团队和企业书写更灿烂的华章。因此，本次重印，增添了有关内容。借此说明，并向所有支持本书创作的人们致以深深的谢意。

作者

2017年5月11日

姚明
传奇